Lili Eden ist das Pseudonym der Autorin Lilian Kaliner, die mit ihrer Familie und zu vielen Hühnern in Süddeutschland lebt. Seit jeher liebt sie Geschichten und Bücher, weshalb sie zunächst eine Ausbildung im Verlagswesen machte. Jahre später wagte sie es endlich selbst zu schreiben – und blieb kurzerhand dabei. Für den dp Verlag veröffentlicht Lili humorvolle weihnachtliche Romance, zusätzlich schreibt sie für Bastei Lübbe und S. Fischer. Folge ihr auf Social-Media:
www.instagram.com/die.landschreiberin
www.facebook.com/Die.Landschreiberin

LILI EDEN

A Very Merry Ex-Mas

Weihnachtsflirt
mit Hindernissen

Überarbeitete Neuausgabe November 2024

Copyright © 2024 dp Verlag, ein Imprint der
dp DIGITAL PUBLISHERS GmbH
Made in Stuttgart with ♥
Alle Rechte vorbehalten

A Very Merry Ex-Mas

ISBN 978-3-98998-229-1
E-Book-ISBN 978-3-98998-228-4
Hörbuch-ISBN 978-3-98998-931-3

Copyright © 2020, dp Verlag, ein Imprint der
dp DIGITAL PUBLISHERS GmbH Dies ist eine überarbeitete Neuausgabe des bereits 2020 bei dp Verlag, ein Imprint der
dp DIGITAL PUBLISHERS GmbH erschienenen Titels
Mein Ex, Weihnachten und ich (ISBN: 978-3-98637-854-7).

Covergestaltung: Dream Design – Cover and Art
Umschlaggestaltung: ARTC.ore Design
Unter Verwendung von Abbildungen von
shutterstock.com: © Lana Brow, © Borodacheva Marina,
© VasilkovS, © ProStockStudio
stock.adobe.com: © 123levit
Lektorat: Mira Massong
Satz: dp DIGITAL PUBLISHERS GmbH
Druck und Bindung: Books on Demand GmbH, Norderstedt

Vorwort der Autorin

Mit Weihnachten ist es ja so: man liebt's oder man kann's nicht leiden.
So ein richtiges Zwischendrin gibt es da eigentlich kaum. Entweder volle Eskalation inklusive Glitzerdeko, Weihnachtsmusik am laufenden Band und Rentier-Onesie (Fritzi) oder stoische Ignoranz dieser speziellen Wochen im Jahr (Tilo).
Wenn solche zwei nun aufeinandertreffen und sich die beiden dann auch noch aus der Jugendzeit kennen, dann wird es sicher unterhaltsam, dachte ich mir. Und schon war die Idee zu dieser (ich verspreche es) nicht zu kitschigen Weihnachtsromance geboren.
So saß ich dann da, bei schönstem Frühlingswetter am Laptop und fand es ausgesprochen schade, dass nirgends ein Glühwein aufzutreiben war. Das Buch lief dennoch von der Hand und machte mir dabei so viel Spaß, wie Ihnen hoffentlich beim Lesen.

Herzlichst
Lili Eden

Kapitel 1
Fritzi

Fritzi balancierte die Tasse mit dem Glühwein in der einen Hand, hielt die Lichterkette in der anderen, während sie sich auf dem Stuhl stehend in Richtung Gardinenstange reckte und im Takt zu *Last Christmas* wippte. Mit einer flinken Bewegung schleuderte sie die blinkenden Lichter über die Stange, streckte sich noch ein wenig mehr, um sie zurechtzurücken, und nahm schließlich zufrieden einen Schluck.

„Eines Tages wirst du dir bei deinen Turnereien noch den Hals brechen", kommentierte Alina, ohne von der Zeitschrift aufzusehen.

„Das ist jahrelange Übung. Wie du weißt, bin ich ein Weihnachtsprofi." Fritzi lachte, stieg von dem Stuhl und ließ sich neben ihre Freundin auf das bequeme quietschgelbe Sofa plumpsen. Der Glühwein schwappte bedenklich hoch an den Tassenrand und Fritzi stellte ihn zur Sicherheit auf dem Beistelltisch ab. „Nebenan zieht jemand ein", erzählte sie ihrer Mitbewohnerin von der Beobachtung, die sie von dem Stuhl aus gemacht hatte.

„Wirklich?" Nun sah Alina doch von dem Artikel über die Rock- und Hosentrends des Winters auf.

„Unten hat eben ein Möbelwagen geparkt und die ersten Kartons stehen schon auf dem Gehweg."

„Hmmm." Alina setzte sich auf. „Haben sie also endlich jemanden gefunden, der diese unverschämt hohe Miete bezahlen kann. Hat ja 'ne Weile gedauert."

In der Tat hatte die Wohnung, deren Eingangstür genau gegenüber von ihrer lag, einige Monate leer gestanden. Während ihre Drei-Zimmer-WG bezahlbar war, dafür allerdings kaum Sonnenschein abbekam, da sie an der Rückseite des Hauses in Richtung Hang lag, trumpfte die Wohnung nebenan mit mehr Platz, einer großen Terrasse und einem unverschämt beeindruckenden Blick über die Stadt auf.

Fritzi seufzte und stellte sich vor, wie schön sich ein Weihnachtsbaum vor der breiten Fensterfront machen würde. Hier war nur Platz für den nach Plastik riechenden, künstlichen Weihnachtsbaum, der, wenn man seine Äste etwas nach oben drückte, gerade so in die Wohnzimmerecke neben den Fernseher passte. Nebenan würde sich eine prachtvolle zwei Meter Nordmannstanne ganz bestimmt herrlich im Wohnbereich machen.

Einmal war es Alina und ihr gelungen, sich heimlich reinzuschleichen, während ein Handwerker dort irgendeine Reparatur ausgeführt und etwas aus dem Auto geholt hatte. Die Neugier war einfach zu groß gewesen. Es war doch verständlich, dass man wissen wollte, was auf der anderen Seite des Zauns war. Und in diesem Fall war das Gras dort wirklich grüner. Und dichter. Und moosfrei auch noch. Gut, der Vergleich hinkte ein wenig, gestand sie sich ein, dennoch war die Nachbarwohnung ein wahrer Traum. Und ein ziemlich teurer noch dazu. „Nun sieh dir das an", hatte Alina gerufen und Fritzi hatte ihre Freundin am Arm von der Aussicht wegziehen müssen, ehe sie beinahe erwischt worden wären.

„Wer dort wohl einzieht?" Alina sprang auf und linste durch das Guckloch in der Tür. Rumpeln war im Hausflur zu hören. „Eine Umzugsfirma", berichtete sie. „Man lässt schleppen und schleppt nicht selbst."

Wer sich diese Aussicht leisten konnte, der hatte natürlich auch das Geld für professionelle Packer. Fritzi hingegen hatte all ihren Besitz erst aus der Wohnung im dritten Stock hinuntergeschleppt, die sie sich mit ihrem Ex-Freund geteilt hatte, alles in ihr klappriges Auto gepackt, war durch die Stadt gefahren und hatte es hier wieder heraufgeschleppt. Als sie auf halber Strecke im Treppenhaus beinahe mit dem großen Gummibaum festgesteckt hätte, hatte sie ihren Ex-Freund, die Hanglage, die ein Treppenhaus bei nur einem bewohnten Stockwerk überhaupt erst nötig machte, und den verflixten Baum verflucht und mit dem Gedanken gespielt, ihn einfach dort stehen zu lassen und zukünftig bei jedem Weg aus dem Haus oder wieder hinein eben einfach unter den Ästen durchzukrabbeln. Doch dann hätte ihr Alina, die sie damals erst wenige Tage kannte, vermutlich den Scheibenwischer gezeigt und sich die Sache mit der Untervermietung des Zimmers womöglich noch mal überlegt. Unter einem Baum kletterte man täglich höchstens für Freunde hindurch, mit denen man schon in den Kindergarten gegangen war, aber nicht für dahergelaufene neue WG-Mitbewohnerinnen, die man über die Kleinanzeigen gefunden hatte.

Ein vertrautes, einem Propellerflugzeug gleichendes Surren war zu hören und beförderte Fritzi schlagartig in die Gegenwart zurück, in der der Gummibaum seit inzwischen drei Jahren in ihrem Schlafzimmer stand. Sie duckte sich, während Alina hektisch ein Werbeprospekt von der Kommode bei der Tür griff und über ihren Kopf hielt. Aus den Augenwinkeln sah Fritzi etwas Blaues neben der Heizung unter dem Fenster zu Boden gehen und richtete sich auf, während Alina das Heftchen weglegte und rasch zu dem Bruchpiloten eilte. Ihre Mitbewohnerin bückte sich und hob Hansi mit beiden Händen auf, streichelte ihm mit dem Daumen über den Rücken und setzte ihn wieder an seinen angestammten Platz auf dem obersten Brett des Bücherregals neben dem Durchgang in den Flur.

Der Wellensittich knötterte etwas, stolzierte einige Schritte von der einen Seite seines Regalbretts zur anderen und hockte sich dann flach wie eine Flunder auf seinen geliebten grünen Waschlappen, der für Hansi wohl so etwas wie ein Vogelnest für Faule darstellte. Meist bewegte sich der alte Vogel kaum, nur hin und wieder setzte er todesmutig zum Flug an, schien dabei aber grundsätzlich zu vergessen, dass er dank seines Übergewichts nur nach unten und nicht nach oben segeln konnte. An guten Tagen schaffte Hansi es auf die Fensterbank, meist landete er allerdings unter oder neben der Heizung. Lenken konnte Hansi ebenso wenig wie nach oben fliegen, weshalb es regelmäßig zu Zusammenstößen mit ihm kam. Wirklich Leben kam jedoch nur dann in den Vogel, wenn gekocht wurde. Dann krakeelte er so lange auf seinem Waschlappen herum, bis Alina oder Fritzi ihn sich auf die Schulter setzten und Hansi Sicht auf das hatte, was in der kleinen Küche vor sich ging. Und natürlich forderte er seinen Anteil ein. Besonders Spaghetti hatten es dem Wellensittich angetan und einmal war er sogar ins Nudelsieb geplumpst.

Alina betrachtete den schon wieder auf dem Waschlappen ruhenden Vogel und nickte wohlwollend, ehe sie auf ihre Armbanduhr sah. „Herrje, ich muss dringend los!"

Fritzi griff nach der Tasse, schlürfte Glühwein und beobachtete amüsiert, wie Alina einem aufgescheuchten Huhn gleich durch die Wohnung rannte, etwas in ihre Handtasche stopfte, rasch den Lippenstift vor dem Spiegel neben der Garderobe auftrug, mit einer Knautschbewegung vergeblich versuchte, etwas Volumen in ihre dunklen, schulterlangen Wellen zu bringen, in den grauen Wintermantel schlüpfte und sich schließlich zu ihr umdrehte. „Geht das so?", fragte sie und klang wenig zuversichtlich.

Lächelnd nickte Fritzi ihrer Freundin zu. „Der Kerl wird sein Glück nicht fassen können, dass eine Frau wie du ihre Zeit opfert, um mit ihm einen Kaffee zu trinken."

Alina hätte auch in einem Sack gehen können und dennoch eine gute Figur gemacht. Ihrer mit einer seit eh und je und von Natur aus gegebenen Kleidergröße sechsunddreißig gesegneten Freundin stand einfach alles. Alina konnte auch essen, was immer sie wollte, während Fritzi erst gestern festgestellt hatte, dass sie ihre Lieblingsjeans kaum noch zu bekam. Aus ihrer Zweiundvierzig würde wohl bald eine Vierundvierzig werden, wenn sie nicht endlich etwas unternahm. Joggen oder so. Oder die Sache mit den zehntausend Schritten am Tag endlich mit etwas mehr Elan anging. Wenn das nicht nur so furchtbar anstrengend wäre.

Fritzi schielte zu Hansi, dessen Kopf auf den Waschlappen sank. Ihr ging es wie dem Vogel: Sie hasste Sport und liebte gutes Essen. Vermutlich half der Glühwein auch nicht gerade dabei, weiterhin in die Lieblingsjeans zu passen. Aber heute mussten ein oder zwei Tassen einfach sein, auch wenn erst Nachmittag war. Immerhin hatte der schönste Monat des Jahres vor ein paar Tagen Einzug gehalten, und da heute Samstag war, war es nun auch dringend an der Zeit, die Wohnung endlich festlich zu schmücken.

Fritzi beobachtete, wie Alina ihre langen Beine in schicke Stiefel packte, die ihre hochgewachsene Figur noch mehr betonten, was sie wieder zu ihrem Dilemma mit der drohenden Vierundvierzig zurückbrachte. Eigentlich war Fritzi nicht wirklich dick, das war ihr klar, nur eben leider zu klein. Wenn man nur knapp ein Meter sechzig war, dann wirkte man eben viel schneller moppelig. Das klang nach einer lahmen Ausrede und vermutlich war es auch eine. Fritzi griff nach der Tasse und trank schlürfend einen Schluck.

„Ich hoffe nur, er hat sein Profilbild nicht ebenso bearbeitet wie der letzte Kandidat." Alina verzog den geschminkten Mund und warf sich die Handtasche über die Schulter. „Wünsch mir Glück, ja?"

„Viel Glück." Fritzi machte eine Handbewegung zur Stirn, die einem Salutieren glich. Sie hatte keine Ahnung, warum sich Alina schon wieder auf ein *Tinder*-Date einließ. Es musste das zweite in dieser Woche sein. Oder das dritte? Vermutlich verlor ihre Mitbewohnerin schon selbst den Überblick. In ein paar Stunden würde Alina heimkommen und Fritzi bis ins kleinste Detail erzählen, wie es gelaufen war. Ob der Kerl seinem Profilbild ähnlichsah, ob er nur von sich sprach oder auch an ihr Interesse gezeigt hatte, ob die ganze Zeit ein Stückchen Salat zwischen seinen Zähnen gehangen oder er es mit dem Parfüm übertrieben hatte.

Alina hatte ein Händchen dafür, sich immerzu mit den falschen Kerlen zu verabreden. Die Ausdauer und Zuversicht ihrer Freundin, unter all den Blindgängern auf *Tinder* noch *den* Mann zu finden, war beeindruckend. Dennoch ließ Fritzi es sich nicht nehmen, sie ein ums andere Mal darauf hinzuweißen, dass *Tinder* vielleicht doch nicht der richtige Ort für ihre Männersuche sei. Dann zuckte Alina nur mit den Schultern und sagte stets: „Du weißt ja, im Notfall eben Plan B." Alina hatte nicht nur einen Plan A, der vorsah, den perfekten Kerl auf *Tinder* zu finden, sondern auch ein Back-up, falls daraus nichts werden sollte, ehe sie dreiunddreißig wurde. Dann würde sie sich einfach einen der Zahnärzte aus der Praxis angeln, in der sie in Basel arbeitete und dort als zahnmedizinische Prophylaxe-Assistentin mal locker mehr als doppelt so viel verdiente wie Fritzi im Kindergarten. Aber Fritzi putzte lieber in einer Tour kleine Rotznasen, als großen Menschen die Zähne zu reinigen.

Dreiunddreißig war deshalb die von Alina gewählte Schallwand, da man dann noch zwei Jahre hatte, um die Beziehung zu testen und zu heiraten, ehe es dann mit fünfunddreißig Zeit für das eine Kind wurde, das sie haben wollte. Vier Jahre hatte ihrer Freundin bis dahin noch und damit fünfhundertzwanzig *Tinder*-Dates, wenn Alina auch weiterhin bei ihren durchschnittlich zweieinhalb Verabredungen pro Woche blieb.

Mit einem „Na dann wollen wir mal sehen", winkte Alina ihr zu, rauschte aus der Tür und überließ sie der im Hintergrund dudelnden Weihnachtsmusik.

Fritzi sah zu den beiden mit Deko vollgestopften Kisten, mithilfe derer sie die Wohnung heute noch in eine glitzernde Wunderwelt verwandeln wollte. Das war jedes Jahr Pflichtprogramm am ersten Wochenende im Dezember, auch wenn sie Alina damit zuverlässig zur Weißglut trieb. In zwei, drei Stunden würde diese heimkommen, darüber schimpfen, dass Fritzi es einmal mehr übertrieben hatte, und schließlich mit den Schultern zucken und sich dem Weihnachtswahnsinn ergeben. Der Deal war, dass Fritzi all den Kram, den sie heute noch in den Zimmern verteilen würde, spätestens am zweiten Januar wieder in die Kisten stopfte und für elf Monate in die Abstellkammer verbannte. Darauf hatten sie sich in ihrem ersten gemeinsamen Jahr hier geeinigt und mit dieser Abmachung konnten sie beide gut leben.

Fritzi summte und nahm den letzten Schluck, ehe sie die Schneemanntasse auf den Schneeflockenuntersetzer stellte. Ihr fiel ein, dass sie nachher noch *Pinterest* nach neuen weihnachtlichen Bastelideen für den Kindergarten durchsuchen musste. Auf keinen Fall wollte sie diese Rentiere aus Papptellern basteln, die ihre Kolleginnen wie jedes Jahr ganz sicher bei der Dienstbesprechung am Montag vorschlagen würden.

Seit die Leiterin vor Jahren bei einem Ausverkauf hunderte, wenn nicht gar tausende Pappteller zum Schnäppchenpreis erbeutet hatte, wurde zu jedem Fest irgendein Mist mit diesen Dingern gebastelt. Und wenn tatsächlich mal eine ihrer Kolleginnen eine andere Idee hatte, dann war es grundsätzlich irgendwas mit Toilettenpapierrollen. Anscheinend gehörte das Werken mit Papptellern und Klorollen zum Einmaleins der Erzieherinnenausbildung, doch für Fritzi kam das nicht in Frage. Sie wollte etwas Besonderes. Etwas Buntes, Glitzerndes und Spektakuläres. Etwas, das die Eltern nicht mit einem gequälten Lächeln in Empfang und bei der erstbesten Gelegenheit im heimischen Mülleimer entsorgen würden. Sie musste die richtige Idee nur noch finden und *Pinterest* war dafür immer eine gute Adresse. Doch nun war erst einmal die Wohnung an der Reihe. Heute Abend würde kein Zweifel daran herrschen, dass es endlich Dezember war.

Gerade, als Fritzi sich erneut über die Dekokisten beugte, klingelte ihr Handy. Ein Blick auf das Display verriet, dass es Alina war.

„Hast du was vergessen?", fragte Fritzi und fischte ein mit einem Tannenbaum besticktes Kissen heraus, das sie mit einem gezielten Wurf auf das Sofa beförderte.

„Nein", flüsterte es an ihr Ohr. „Hier wurde eben ein Namensschild an der Klingel angebracht."

Fritzi richtete sich auf. „Stehst du etwa noch unten vor dem Eingang?"

„Ja", zischte Alina. „Ich war schon fast um die Kurve, da habe ich gesehen, wie ein Mann sich an den Klingeln zu schaffen gemacht hat."

Erneutes Rumpeln im Treppenhaus war zu hören und dann hallten Schritte durch den Flur. Fritzi schlurfte in Richtung Tür. „Und da bist du zurückgegangen, weil du einfach schrecklich neugierig bist, was?"

„So in etwa." Alina gluckste. „Ich habe zwar nur einen ganz kurzen Blick auf den Typ werfen können, aber ich glaube, der ist 'ne echte Schnitte. Groß, ganz bestimmt sportlich gebaut unter seiner Jacke, und er hat hohe Wangenknochen."

„Ach ja?" Fritzi rollte mit den Augen. Warum auch immer, fand Alina hohe Wangenknochen bei Männern heißer als jedes Sixpack. Fritzis Empfinden nach war beides nicht notwendig, um gut auszusehen. Aber nun hatte der neue Nachbar hohe Wangenknochen und Alina schmolz natürlich dahin. Ganz bestimmt würde sie gleich versuchen, den Kerl auf *Tinder* zu finden – während sie auf dem Weg zu einem Date mit einem anderen Kerl war. Fritzi gluckste amüsiert und linste, so wie Alina vorhin, durch den Spion. Zwei Männer, deren Jacken mit dem Logo sie als Mitarbeiter der Umzugsfirma auswiesen, trugen Kartons in die Wohnung nebenan. Ein weiterer Mann trat in ihr Sichtfeld und Fritzi drückte sich etwas näher an die Tür, in der Hoffnung, mehr erkennen zu können. Er stand einen Moment lang regungslos da, dann zog er die dunkle Wintermütze ab, fuhr sich durch die Haare und drehte sich um. Sein Blick wanderte über die Eingangstür der WG und Fritzi hielt ertappt die Luft an. Sie wollte sich schon lautlos von der Tür entfernen, als ihr etwas an ihm merkwürdig vertraut vorkam. Sie sah genauer hin und glaubte, ihr Blut rauschen zu hören. *Diese Augen.*

War er es wirklich? *Bitte sei es nicht.*

Sie wollte schlucken, doch ihr Hals war so trocken wie ein Brötchen von gestern. Er sah anders aus als damals. *Natürlich, er ist älter geworden, so wie du ebenfalls.* Fritzi legte sich eine Hand über den Mund, während sie weiterhin durch den Spion in sein Gesicht starrte, um nicht aus Versehen doch noch einen Mucks zu machen. Vielleicht bildete sie es sich ja nur ein? Sie betrachtete seine Haare, die einen frechen Schnitt hatten, aber durch die Mütze etwas verstrubbelt waren. *Weder blond noch braun.* Schon damals hatte Fritzi nicht gewusst, welche Haarfarbe er hatte. Es war weder das eine noch das andere, sondern ganz genau in der Mitte. Ebenso wie seine Iriden, die gleichzeitig grün und grau strahlten und sie vor langer Zeit einmal in ihren Bann gezogen hatten. Und das innerhalb nur weniger Tage. Weil sie eine dumme Nuss gewesen war.

Fritzi stemmte sich von der Tür weg und schnappte nach Luft. Wurde ihr schlecht? Hoffentlich kam ihr nicht der Glühwein hoch. Es war doch die erste Tasse des Jahres und die kotzte man nicht aus. Ganz sicher wäre das ein schlechtes Omen für die Weihnachtszeit. Und Wein machte schreckliche Flecken. Was, wenn sie es nicht rechtzeitig bis zur Toilette schaffte?

Noch ehe sie weiter darüber nachdenken konnte, was ein ausgekotzter Glühwein für Folgen hätte, lachte es an ihr Ohr. „Der Name passt wirklich, also unser neuer heißer Nachbar heißt ...“

„Tilo Scheiße“, flüsterte Fritzi zu sich selbst.

„Tilo Schön", hauchte Alina durchs Handy.

Verdammt.

Fritzi lehnte sich an die Wand. Er war es wirklich. „Nun geh schon endlich los, der Kerl wird nicht ewig auf dich warten", murmelte sie und unternahm den Versuch, ihre Freundin loszuwerden, da sie kurz davor war, das Telefon fallenzulassen. Ihre Hände zitterten unkontrolliert. Gerade so klang ihre Stimme noch normal, zumindest hoffte Fritzi es.

„Bis nachher!", rief Alina unbeschwert und schien in der Tat nichts gemerkt zu haben.

Fritzi legte das Handy auf die Ablage unter dem Spiegel. Dann blinzelte sie noch einmal durch das Guckloch, doch der Flur war leer, während Stimmen aus der offenen Tür der Nachbarwohnung drangen. Sie wandte sich um und ging zum Sofa zurück, wo sie sich der Länge nach auf dem Rücken liegend ausstreckte und an die Decke starrte. Hatte sie im letzten Jahr irgendetwas verbrochen, um das zu verdienen? Warum strafte das Schicksal sie derart? Was tat dieser Kerl ausgerechnet hier, in dieser Stadt, in diesem Haus? Und wie lange war es überhaupt her?

Fritzi runzelte die Stirn und versuchte, sich zu konzentrieren. „Dreizehn verdammte Jahre", murmelte sie. Vor dreizehn Jahren hatte sie Tilo Scheiße zum Teufel gewünscht und heute war er einmal mehr ausgerechnet pünktlich zur Weihnachtszeit in ihr Leben geschneit.

***

Tilo

Tilo stand an der breiten Fensterfront und sah in den wolkenverhangenen Himmel hinaus. Selbst an einem so trüben und freudlosen Tag wie heute war die Aussicht packend. Und genau deshalb hatte er sich auch hinreißen lassen, die überteuerte Miete zu berappen. Doch es würde sich auszahlen, da war er sich sicher. Immerhin würde er hier nicht nur leben, sondern auch arbeiten.

Mit zusammengezogenen Augenbrauen betrachtete er die unzähligen Häuser, die sich über die Hänge erstreckten. Vor ihm breitete sich seine Geburtsstadt aus, in die er nun ganz offiziell zurückkehrte. Der Wohnungsschlüssel in seiner Hosentasche war der Beweis dafür, dass es tatsächlich so war. *Lörrach.* Ein kleines Nest im Vergleich zu den Städten, in denen er im vergangenen Jahrzehnt gelebt hatte, und das waren einige gewesen. Höchstens zwei Jahre hatte er es an einem Ort ausgehalten, dann hatten sich neue Gelegenheiten für seinen Job geboten. Ebenso lange, oder besser kurz, hatte er studiert, ehe er alles hingeschmissen hatte. *Ingenieur.* Tilo schmunzelte in sich hinein. Was hatte er sich damals nur gedacht?

„Ein ordentliches Studium, dann eine gute Arbeit und eine abgesicherte Zukunft." Beinahe glaubte er, die Stimme seines Vaters zu hören. Daraus war nichts geworden und Tilo hatte seinen alten Herrn mit dem Studienabbruch derart verärgert, dass sie Monate kein

Wort miteinander getauscht hatten, nachdem sein Vater ihm prophezeite, dass er eines Tages pleite enden und diesen Schritt bereuen würde.

Tilos Mundwinkel zuckten. Er hatte es nicht einen Tag bereut, seiner Leidenschaft zu folgen, und wie sich zeigte, ließ es sich auf diese Weise tatsächlich überleben. Und das gar nicht so schlecht, wie die neue Wohnung anschaulich demonstrierte. Tilo nahm sich vor, Fotos zu machen, sobald alles eingerichtet und ausgepackt wäre, um sie seiner Mutter zu schicken. Sein Vater würde die Bilder brühwarm serviert bekommen und Tilo ein wenig Genugtuung, auch wenn er sich das Rechthabenwollen eigentlich versuchte abzugewöhnen, da es nicht zu seiner Lebenseinstellung passte. Manchmal tat es allerdings verdammt gut, seinen niederen Bedürfnissen zu folgen.

Die Aussicht löste die unguten Gedanken in ihm auf. Hier hatte er vor, es länger auszuhalten. Sich endlich dauerhaft etwas aufzubauen, auch wenn ihm das Leben in einer Großstadt ganz sicher fehlen würde. Viel zu bieten hatte Lörrach nicht, mal abgesehen von der Burg Rötteln, zu der er als Kind so gern gewandert war. Aber dafür war das Städtchen praktisch gelegen hier im Dreiländereck und man konnte vom Maienbühl, an dessen Hang das Haus lag, bis in die Schweiz und nach Frankreich blicken, doch ansonsten war Lörrach eben auch ziemlich unspektakulär. Trotzdem hatte Tilo den Entschluss, hier seine Zelte aufzuschlagen, bewusst getroffen. Viele kleine Dinge hatten schließlich den Ausschlag gegeben, dass er seine Sachen ein letztes Mal gepackt hatte.

Ein Scheppern ließ Tilo seine Aufmerksamkeit in Richtung der offenen Küche lenken.

„Sorry, ist mir aus der Hand gerutscht", brummte einer der Möbelpacker und wuchtete den Karton, der dem Geräusch nach Tilos Töpfe und Pfannen enthielt, auf die Arbeitsplatte.

„Ist ja noch mal gutgegangen." Tilo kam sich unnütz vor, wie er hier herumstand und abwartete, bis sein Hab und Gut hinauftransportiert war. Doch als er eben unten hatte anpacken wollen, hatte einer der Möbelpacker etwas von „Versicherungsschutz" und „Geht schon, ist ja nicht viel" genuschelt und ihn aus dem Weg geschoben. Da nun immerhin schon einmal ein Teil der Küchenausstattung da war, konnte er diese auch gleich einräumen, anstatt weiterhin aus dem Fenster zu starren und darüber zu sinnieren, ob er wirklich die richtige Entscheidung getroffen hatte.

Tilo ging zu der glänzenden weißen Arbeitsplatte der Kochinsel hinüber, auf die ein anderer Mann der Umzugsfirma in diesem Moment einen weiteren Karton schob, sich über die Stirn wischte und wieder verschwand. Tilo kramte den Hausschlüssel heraus und zerschnitt mit ihm das Klebeband. Vermutlich wäre es eine gute Idee gewesen, die Kisten zu beschriften, denn was mit dem zweiten Karton in der Küche gelandet war, waren die Schmutzmatte und einige seiner Turnschuhe, doch irgendwie hatte er es dieses Mal vergessen. Tilo schnappte sich das Teil, trug es in den Flur, kippte die Schuhe aus und stellte sie in einer Reihe entlang der Wand auf. Dann trat er hinaus in den Hausflur und legte die Schmutzmatte an ihren Platz. Dies war schon die dritte Wohnung, zu der er sie mitschleppte, was daran lag, dass sie bis sechzig Grad waschbar und damit langlebig und ökologisch sinnvoll war. Zwar hatte sie mindestens so viel gekostet wie sechs normale aus dem Möbelhaus, aber es ging ums Prinzip und Prinzipien waren manchmal eben teuer.

Er richtete sich auf und sah auf die Tür gegenüber, die ihm schon eben, beim ersten Betreten des Hauses, ins Auge gestochen war. Davor lag ebenfalls eine Matte, allerdings bunt bedruckt. Ein zwergartiges Geschöpf in einer Winterlandschaft hielt ein Schild hoch. „Hereingewichtelt", las Tilo tonlos und unterdrückte ein Stöhnen. Nicht nur, dass jemand Geld für eine Fußmatte ausgab, die man nur ein Zwölftel des Jahres nutzen konnte, was weder ökologisch sinnvoll noch praktisch war, stellte der darüber hängende Türkranz aus pinken und roten Weihnachtskugeln auch noch geradezu einen stilistischen Affront dar.

Sicherlich wohnte dort eine ältere Dame mit zu viel Zeit. Wahrscheinlich hatte sie auch noch Katzen. Katzen passten zu einer Frau mit Wichtelmatte und solch einer Scheußlichkeit von Türkranz, fand er. Tilo konnte Katzen nicht leiden, was vor allem der Tatsache geschuldet war, dass seine Augen in ihrer Nähe zuschwollen und er alsbald nach Luft japste. Nein, hier wohnte keine Katze, beruhigte er sich. Im Mietvertrag hatte ausdrücklich gestanden, dass Haustiere untersagt waren.

Erleichtert machte er auf dem Absatz kehrt und ging wieder hinein. Eine Oma, die ihre Tür zu jeder Jahreszeit passend schmückte, würde schon zu ertragen sein. Vermutlich war das allemal besser als eine Familie mit

Kindern, die schrecklich laut waren und ihn bei der Arbeit störten. Ältere Leute waren für gewöhnlich immerhin ruhig, dafür manchmal aber eben auch neugierig. Und vorhin hatte er in der Tat das merkwürdige Gefühl gehabt, durch den Türspion beobachtet zu werden. Sicherlich hatte er es sich nur eingebildet.

Tilo öffnete den Karton auf der Arbeitsplatte und räumte die Pfannen und Töpfe aus und in die Schubladen, die sich lautlos und scheinbar schwebend beinahe von allein öffneten und schlossen. Diese Küche war ein Traum. Er konnte es kaum erwarten, hier zu kochen. Zuletzt hob er den schweren Standmixer heraus und teilte ihm einen Platz neben der Spüle zu. Dann öffnete er den gewaltigen, silbern glänzenden Kühlschrank, der für nur eine Person deutlich überdimensioniert war und vermutlich viel zu viel Strom verbrauchte. Tilo drehte das Rädchen, das die Temperatur einstellte, von der kältesten Einstellung auf die mittlere.

„Haben sie da etwa Steine drin?“, stöhnte der Mann, der eben beinahe die Töpfe hatte fallen lassen, und stellte einen Karton mitten im offenen Wohnbereich ab.

„Das werden die Hanteln sein.“ Tilo lächelte ihn entschuldigend an.

„Aha.“ Der Mann warf ihm einen prüfenden Blick zu, als wollte er erkennen, ob sich die Schlepperei auch lohnte und Tilo die Hanteln überhaupt nutzte, doch seine dicke Winterjacke gab keinen Aufschluss darüber und der Mann schlurfte hinaus.

Tilo schob die Kiste an die Wand zu der Stelle, an der er das Regal für das Sportzubehör aufbauen wollte, und blickte sich in dem großen Raum um. Er war perfekt, nicht nur, was die Aussicht anging, sondern auch perfekt für das geschnitten, wofür Tilo ihn nutzen wollte und das ganze Tageslicht würde natürliche Aufnahmen sicherstellen, was mit Kunstlicht einfach nicht zu erreichen war. Die Kiste mit der Technik, den Kameras und dem Laptop hatte er zur Sicherheit im Zug transportiert. Nicht, dass diese ebenfalls jemandem aus der Hand rutschte. Sobald die Umzugsfirma verschwunden war, würde er auf sein Rad steigen, das inzwischen unten im Eingangsbereich stand, und zum Biomarkt fahren, um sich mit dem Notwendigsten einzudecken, da morgen Sonntag war. Sein Magen rumorte schon jetzt und verlangte allmählich mit Deutlichkeit nach Essen. Tilo griff in die Jackenrasche und zog einen Müsliriegel heraus. Das würde noch eine weitere Stunde überbrücken.

Den ersten Abend in der neuen Wohnung hatte Tilo damit verbracht, die Kartons auszupacken und das Bett aufzubauen. Wahrscheinlich war diese Bezeichnung übertrieben, denn er hatte den Lattenrost lediglich, wie auch schon zuvor, auf acht rote Backsteine gelegt und die Matratze darauf gewuchtet. Seine Schlafstätte machte optisch vielleicht nicht viel her, war aber dafür praktisch und schlicht – zwei Dinge, die Tilo zu schätzen wusste. Erst recht, wenn man regelmäßig umzog. Ob er sich nun endlich ein Bettgestell zulegen würde, da er vorhatte, länger hier zu wohnen, wusste er nicht. Aber eigentlich war die Konstruktion vollkommen ausreichend und hielt auch in gewissen Situationen stand, wie er bereits hier und da ausgiebig getestet hatte. Und der Staubsaugroboter passte haarscharf unten durch, was ein weiterer Vorteil war.

Tilo hängte die letzten Bügel mit Shirts und Hemden an die Kleiderstange aus Bambusholz, die einen Kleiderschrank ersetzte, und blickte sich zufrieden um. Die Nachttischlampe stand auf der alten Weinkiste, die er schon seit der kurzen Studienzeit als Nachttisch nutzte und die gerade genug Platz für die Ladegeräte seines Handys und der Smartwatch bot. Im Innenteil der aufrecht sehenden Kiste stapelten sich all die Bücher auf, die er aktuell las oder noch lesen wollte. Mehr brauchte er nicht. Zwar hing von der Decke bisher nur eine traurig wirkende, nackte Glühbirne, doch einen passenden Lampenschirm zu finden hatte noch Zeit. Und vielleicht sogar ein oder zwei Bilder für die kahlen weißen Wände. Alles in allem war er zufrieden mit dem Schlafzimmer, ebenso wie mit dem Wohnbereich nebenan.

Tilo ging hinüber und ließ sich auf die Couch fallen, die die Möbelpacker der breiten Fensterfront zugewandt aufgestellt hatten. Hinter der Terrasse bot sich nun ein Bild aus leuchtenden Punkten in der Dunkelheit. Die Lichter, die aus unzähligen Fenstern drangen, ließen in ihm für einen kurzen Moment ein seltenes Gefühl von Einsamkeit aufsteigen. Bekannte und Freunde hatte er in München, Berlin, Hamburg und Frankfurt, denn dort hatte er in genau dieser Reihenfolge gelebt. Die Freundschaften waren durch gemeinsame Interessen geprägt und dementsprechend praktisch gewesen. Und nun würde er sich einmal mehr einen neuen Kreis suchen müssen, wenn er diese Aussicht nicht andauernd allein genießen wollte.

Wobei es hier Menschen gab, die ihm mehr bedeuten als all die Kumpels der vergangenen zehn Jahre. Und mit Luis hatte sich für morgen schon der Erste angekündigt. Sein bester Freund aus Grundschulzeiten war nie aus Lörrach herausgekommen, überspielte diese Tatsache aber gekonnt mit seinem überdurchschnittlichen Selbstbewusstsein, das gelegentlich in Selbstverliebtheit abdriftete. Dennoch war Luis durch und durch ein Kumpel, auf den man sich verlassen konnte, und sie hatten es all die Zeit geschafft, sich jedes Jahr mindestens einmal zu sehen. In der Regel war Luis für ein Wochenende zu ihm gereist, zwei oder dreimal hatten sie sich auch für einen Kurzurlaub irgendwo in der Sonne getroffen, da es meist nicht teurer war, nach Gran Canaria oder sonst wo zu fliegen, anstatt mit der Deutschen Bahn von Süden nach Norden durch die ganze Republik zu tingeln. Was er damit seinem ökologischen Fußabdruck zugemutet hatte, wollte Tilo besser gar nicht so genau wissen. Immerhin hatte er Besserung gelobt und sich geschworen, nur noch in Ausnahmefällen zu fliegen. Und da Luis und er nun einmal mehr in der gleichen Stadt leben würden, gab es vorerst auch keinen Grund, einen Platz in einem Billigflieger zu buchen.

Während er da so saß und seinen Gedanken nachhing, waren im Hausflur klackernde Schritte zu hören. Tilo sah auf die Armbanduhr. Es war kurz nach neun und damit wohl höchste Eisenbahn für die ältere Nachbarin, ins Bett zu kommen. Er würde in der kommenden Woche Kekse besorgen und sich nebenan ordentlich vorstellen, so wie man das eben machte. Ein

Schlüssel klimperte, dann war das gedämpfte Zufallen der Tür zu hören.

Einen Moment lang überlegte er, sich zur Feier des Tages noch ein Bier zu gönnen, doch dann rappelte er sich gähnend auf und ging in Richtung Badezimmer. Immerhin war er heute von Frankfurt inklusive Karton in einem überfüllten Zug gefahren und hatte bereits den Großteil seiner Dinge ausgepackt. Eine heiße Dusche und danach ein gutes Buch im Bett klang jetzt genau richtig.

***

Fritzi

„So ein Mistkerl", fauchte Alina und warf die Tür zu. Hansi ließ ein erschrockenes Kreischen hören, döste jedoch gleich darauf wieder ein, wie er es schon den ganzen Abend tat.

Alina hängte den Mantel auf und beförderte die Handtasche auf die Ablage, dann sah sie sich überrascht um. „Wo ist denn das Winter Wonderland?", fragte sie, ehe sie zu Fritzi sah und auf die halb aufgegessene Tafel Schokolade in ihrer Hand.

Schuldbewusst starrte Fritzi auf die Zahnabdrücke in dem Dunkelbraun und legte den Rest der Tafel auf den Beistelltisch. „Ich hatte irgendwie doch keine Lust, heute zu schmücken", sagte sie und gab vor, auf dem Tablet auf ihrem Schoß ausgesprochen spannende Dinge zu betrachten.

„Du ..." Sie konnte Alinas stechenden Blick auf sich spüren. „Du und keine Lust auf Weihnachtsdeko?" Ihre Freundin trat auf das Sofa zu und setzte sich neben sie. Alinas eiskalte Finger tasteten ihre Stirn ab und Fritzi wand sich aus der Untersuchung.

„Lass das, du Hobbykrankenschwester."

„Hier stimmt doch was nicht. Wirst du etwa krank?", fragte Alina.

Fritzi zuckte mit den Schultern. „Vielleicht", antwortete sie ausweichend. Auf keinen Fall sollte Alina mitbekommen, was wirklich los war. Den ganzen Nachmittag und Abend schon versuchte sie, rauszufinden, was zum Teufel hier los war und was das mit ihr anstellte. Nachdem ihr endlich nicht mehr schlecht gewesen und der erste Schock verflogen war, hatte Fritzi sich erst einige Spaghetti mit Hansi geteilt und dann zur Schokolade gegriffen. Irgendetwas musste ihre Nerven ja beruhigen.

„Soll ich dir einen Tee machen?", fragte Alina und rückte zur Sicherheit auf die andere Seite des Sofas. Ab sofort galt Fritzi immerhin als potentiell tödlich. Mindestens.

„Nein danke, es geht schon. Ich werde aber wohl früh ins Bett gehen." Sie musste ihre Freundin dringend von sich ablenken, ehe diese noch die Schwindelei bemerkte. „Wie war denn dein Date?"

„So ein Mistkerl", wiederholte Alina ihren Satz von eben mit der gleichen Inbrunst und rollte die Augen. *„Thomas, dreiunddreißig",* führte sie aus.

Bingo. Fritzi lehnte sich zurück und legte die Füße auf dem Beistelltisch auf. Und schon ging es nicht mehr um sie.

Alinas dunkelrot lackierte Fingernägel zupften einige Chipskrümel vom Sofa, für die Fritzi verantwortlich war. „Ich hatte diese Woche drei Dates. Zwei wollten schon beim ersten Treffen knutschen und einer kiffen." Sie seufzte.

„War der von heute der Kiffer?"

Alina schüttelte den Kopf. „Nein, der Kiffer hat immerhin noch so was wie Humor gehabt. Der heute wollte direkt mehr, dabei mache ich immer vorab klar, dass ich nicht an einem One-Night-Stand interessiert bin und habe bei *Tinder* auch LZB angegeben, nur das scheint die meisten Kerle ja nicht zu interessieren."

LZB stand für Langzeitbeziehung, wie Fritzi dank Alinas *Tinder*-Abenteuer inzwischen wusste. Sie nickte und versuchte, mitfühlend zu gucken, während ihre Gedanken wieder zu der Wohnung nebenan abdrifteten. Wie war Tilo nur ausgerechnet in ihrem Haus gelandet?

„Dann wollte er auch noch die ganze Rechnung bezahlen, dabei habe ich beim Betreten der Bar deutlich gesagt, dass ich meinen Deckel selbst übernehmen werde. Als es dann so weit war, hat er mir ein schmieriges Grinsen zugeworfen und ,alles zusammen' zur Bedienung gesagt." Alina schnaufte. „Ist es wirklich so schwer, die Selbstständigkeit einer Frau zu akzeptieren? Diese Typen glauben, wenn sie uns einladen, dann schulden wir ihnen etwas und sind leichter rumzukriegen. Aber nicht mit mir. Ich lasse mich nicht einladen."

Fritzi nickte. Sie kannte diese Leier. Alina hatte ihr schon in der ersten Woche, in der sie hier zusammengewohnt hatten, eingebläut, dass sich eine Frau von heute nicht von Männern aushalten ließ. Dabei hatte Fritzi kaum Dates gehabt, seit sie hier wohnte, weshalb sie gar nicht in die Lage kam, eine Einladung ausschlagen zu müssen. Das hatte Alina nicht von einem Monolog über die Selbstständigkeit der Frau abgehalten. Grundsätzlich gab Fritzi ihr ja auch recht, aber manchmal wollte sie doch zu gern fragen, weshalb so eine selbstständige Frau wie Alina denn überhaupt so sehr nach einem Mann suchte. Kinder konnte man heute notfalls auch ohne Kerl bekommen, wie die lesbischen Mütter von Nils bewiesen, der in Fritzis Gruppe war. Kind zwei und drei waren dort gerade gleichzeitig unterwegs und beide Mütter schoben beachtliche Kugeln vor sich her. Wie genau sie das angestellt hatten, wusste Fritzi nicht und es ging sie natürlich auch nichts an, aber sie freute sich, war Nils doch einer ihrer heimlichen Lieblinge und mit etwas Glück wurden seine Geschwister ähnlich niedlich.

„Also folgte eine Diskussion, wer denn jetzt was bezahlt und weil er mich so genervt hat, habe ich der Bedienung einfach fünfzig Euro gegeben, was für die Drinks von uns beiden ausgereicht hat." Alina kicherte. „Du hättest mal sehen sollen, wie peinlich das dem Kerl war. Er war so rot wie eine Tomate. Ich habe ihm dann das Knie getätschelt und ‚geht auf mich, Schätzchen' gesagt." Nun gab es kein Halten mehr. Alina krümmte sich lachend und Fritzi erkannte Feuchtigkeit in ihren perfekt geschminkten Augen.

„Also kein weiteres Date mit *Thomas, dreiunddrei-ßig?*", fragte sie und schmunzelte.

„Er hatte unser Match schon aufgelöst, kaum dass ich im Bus saß", prustete sie. Dann rappelte sich ihre Freundin auf. „Und was machst du so?" Neugierig schielte sie aufs Tablet, was nicht so leicht war, ohne die Sicherheitszone zu verlassen, die Alina nun um Fritzi zog, um sich ja nicht anzustecken. Enttäuscht zog sie eine Schnute, weil dort nur Basteleien für Kinder zu sehen waren. „Es ist Samstag, Fritzi. Du wirst doch nicht den Samstagabend damit verbringen, Kindergartenzeugs zu recherchieren."

„Doch, genau das habe ich gemacht. Und nun gehe ich mir die Zähne putzen und ins Bett." Sie stand auf, reckte sich, um nach Hansi sehen zu können, der auf seinem Waschlappen schlief, und ging dann auf die Badezimmertür zu.

„Es ist kurz nach neun an einem Samstag! Du bist eindeutig krank, wenn du jetzt schon ins Bett gehst. Stell deine Zahnbürste bloß nicht zu nah an meine, ja?", rief Alina ihr nach und Fritzi war sich sicher, dass sie bereits das Handy gezückt hatte, um nach einem neuen Date zu suchen. So oft hatte Alina sie schon versucht zu überreden, sich ebenfalls bei *Tinder* anzumelden, und einmal sogar heimlich die App auf Fritzis Handy installiert. *Fritzi, neunundzwanzig, mag lange Spaziergänge, nette Männer, Wein und Pizza* – jedenfalls hatte Alina sie so beschrieben. Vermutlich stimmte es, überlegte Fritzi. Zumindest bis auf die langen Spaziergänge, die sie nicht wirklich freiwillig, sondern mehr aus schlechtem Gewissen ob ihrer Essgewohnheiten unternahm. Sie hatte sich nie Gedanken darüber gemacht, welche

Kurzbeschreibung zu ihr passte. Aktuell wäre es wohl eher etwas wie: *Fritzi, neunundzwanzig, deprimierte Weihnachtsfee mit erneut aufkeimendem Jugendtrauma, futtert zu viel Schokolade, betrinkt sich gelegentlich, bekommt ihre Lieblingsjeans bald nicht mehr zu und misstraut Männern grundsätzlich.*

Fritzi schaltete das viel zu helle Badezimmerlicht an und schloss die Tür hinter sich. Seufzend trat sie ans Waschbecken und betrachtete ihre fahle Gesichtshaut. Noch heute Morgen war sie voller Elan aus dem Bett gesprungen und hatte die Kisten mit der Deko noch vor dem ersten Kaffee aus der Abstellkammer herausgeschoben. Und nun war alle Euphorie verpufft und das erste Mal im Leben war ihr nicht nach Glitzer und Weihnachtsmusik. Weil nebenan der Mann eingezogen war, der ihr schon einmal ein Fest verdorben hatte. Und nun tat er es erneut.

Kapitel 2
Fritzi

Es schepperte, dann war ein Fluch zu hören. Fritzi setzte sich auf und blinzelte in ihr Zimmer hinein. Etwas Licht fiel durch die Schlitze in den Rollläden. Gähnend sah sie auf den Wecker und stellte fest, dass es schon fast halb zehn war. Wann hatte sie das letzte Mal zwölf Stunden geschlafen?

Fritzi hielt inne. *Tilo.* Deshalb war sie gestern so durch den Wind gewesen und früh ins Bett gegangen. Um nicht weiter über diesen Mistkerl nachdenken zu müssen. Und doch war er heute ihr erster Gedanke. Ein Murren drang aus ihr, als sie sich aufrappelte und die Rollläden hochzog. Hinter der Scheibe war in einigen Metern Entfernung der felsige Hang zu erkennen, mit seinen moosbewachsenen spitzen Steinen und einigen Grasbüscheln hier und da. Dieses Zimmer war immerzu dunkel und nie fiel auch nur ein Sonnenstrahl hinein. Es war geradezu ein Wunder, dass der Gummibaum überhaupt noch lebte. Immerhin wuchs er endlich nicht mehr. Ganz sicher war diese Bonzenwohnung nebenan lichtdurchflutet, in der Tilo Scheiße bestimmt gerade einen Latte Macchiato schlürfte und die Aussicht genoss.

„Was bist du denn so giftig?", murmelte Fritzi zu sich selbst. Sie durfte es nicht zulassen, dass dieser Kerl ihr den Advent verdarb. Sie hatte sich gestern schrecklich gehen lassen, wenn sie ehrlich mit sich war. Plötzlich hatte sie sich wieder gefühlt wie damals mit sechzehn. Wie am Tage nach *der Sache*. Einsam und verletzt.

Fritzi schluckte das miese Gefühl hinunter, das sich in ihr auszubreiten drohte. Wieder war ein Schimpfen zu hören und sie schlüpfte in den Onesie, der über dem Stuhl am Schreibtisch hing. Dann eilte sie in den Wohnbereich, um nachzusehen, weshalb Alina derart Radau machte.

Ihre Freundin stand in Leggins und einem seidenen Spitzenschlafhemdchen an der Küchenzeile und rührte in einer Schüssel. Fritzi erkannte Mehlstaub auf der Arbeitsplatte und als sie näher kam, eigentlich so ziemlich überall. Hansi wackelte auf Alinas Schulter herum und spielte mit dem Schnabel in ihren Haaren. „So ein Mist." Alina schleuderte den Rührlöffel zur Seite und drehte sich um. Überrascht blickte sie Fritzi an. „Ah, du bist auf. Gut. Sehr gut. Dann kannst du mir mit diesen Bananenplätzchen helfen."

Ehe Fritzi sich versah, hielt ihr Alina schon das Display ihres Handys vors Gesicht. *Vanillekipferl.* Fritzi nahm es ihr aus der Hand. Alina backte nicht. Niemals. Weil sie es nicht konnte. Darin war sie noch schlechter als beim Kochen und das hieß was. „Was tust du denn hier?", fragte sie.

„Backen." Alina hielt ihr nun die Schale unter die Nase. „Sieht das richtig aus? Oder zumindest halbwegs passabel?"

Fritzi sah auf den klebrigen Klumpen, der freudlos in der Schüssel lag. „Das ist zu feucht. Da fehlt Mehl."

„Ja, was das angeht … Wir hatten gerade noch genug da, aber dann ist es mir runtergefallen." Ihre Freundin deutete auf den Boden und runzelte die Stirn. „Du hast gestern Morgen gesaugt, oder nicht?"

Fritzi wusste nicht, was das jetzt mit zu wenig Mehl zu tun hatte, aber sie nickte.

„Dann geht's, nehme ich an." Alina schnappte sich die Teigschüssel, kniete sich hin und begann, das Mehl auf dem Boden zu kleinen Häufchen aufzutürmen und dann mit beiden Händen in die Schale rieseln zu lassen.

„Das ist eklig", befand Fritzi und schnupperte in die Luft. Es roch nach Kaffee und mit etwas Glück hatte Alina noch etwas übriggelassen. Sie machte einen großen Schritt über den mehlversauten Küchenboden, zwängte sich zwischen Alina und den Schränken hindurch und hob prüfend die Thermoskanne an. *Immerhin.* Rasch nahm sie eine Tasse heraus, füllte Kaffee ein und beugte sich dann über ihre Freundin, um den Kühlschrank zu erreichen. Gerade so gelang es ihr, an die Milchpackung zu kommen. Nach einem großen Schluck davon versenkte sie noch ein Stück Würfelzucker in der Tasse und gab einen Schuss Haselnusssirup hinzu. Fritzi rührte alles kräftig um, atmete verzückt den herrlichen Duft ein und nahm einen Schluck. Süß und heiß musste ein Kaffee sein, um gute Laune zu machen, und heute brauchte sie jede Unterstützung, um diese zu bekommen. Verdammt, sie war keine sechzehn mehr! Sie war eine selbstbewusste, erwachsene Frau, die eine Wohnung zu schmücken hatte. Und die es irgendwie schaffen musste, sich vor dem Kerl nebenan zu verstecken. Jedenfalls vorerst.

Hansi versuchte, an Alinas Hemdchen hinabzuklettern, verlor das Gleichgewicht und plumpste auf den bemehlten Boden. Augenblicklich probierte er, das weiße Zeug aufzupicken und ließ ein Knöttern hören, was wohl so viel wie *schmeckt ja furchtbar* bedeuten sollte.

Fritzi stellte den Kaffee beiseite, beugte sich hinunter und hob den Vogel auf. Dann trug sie ihn zu seinem Platz auf dem Regal und beobachtete, wie Alina aufstand und mit beiden Händen knetete.

„Also sag schon, warum backst du an einem Sonntagmorgen, wenn du da sonst eigentlich immer mindestens eine Stunde mit einem Hörbuch in der Badewanne liegst?", fragte Fritzi und ging wieder zu ihrer Tasse zurück.

„Wir brauchen doch ein Willkommensgeschenk für unseren neuen Nachbarn", murmelte Alina und pustete sich eine Haarsträhne aus dem Gesicht, während sie angestrengt knetete. „Und weil heute alle Geschäfte zu haben, dachte ich mir, so schwer können ein paar Plätzchen nicht sein und ich probiere einfach mein Glück."

Alina wollte, dass sie beide Tilo Scheiße Plätzchen zum Einzug schenkten? Panisch starrte Fritzi auf den Teig. Das musste sie verhindern.

„Boah, klebt das." Ihre Freundin zupfte den Teig von ihren Fingern und leckte ein Stückchen auf. „Aber der

Geschmack ist gar nicht so schlecht." Sie ging zum Waschbecken und stellte das Wasser an.

Ähnlich wie gestern glaubte Fritzi, keine Luft mehr zu bekommen. Sie musste wirklich etwas unternehmen. Und zwar schnell. Während Alina sich die Hände schrubbte, stellte Fritzi sich unauffällig neben die Schüssel und schielte auf die Tupperdose mit dem Salz. Ehe sie genauer darüber nachdenken konnte, griff sie schon danach und kippte eine ordentliche Menge hinein. „Das muss noch besser geknetet werden", sagte sie und schnappte sich den Teigschaber, um das Salz einzuarbeiten, damit es nicht auffiel.

„Hätte ja nicht gedacht, dass ein paar Plätzchen so eine Arbeit machen. Na, immerhin ist der Typ süß. Habe gestern noch geschaut, ihn aber nicht bei *Tinder* gefunden. Vielleicht ist er dort mit einem anderen Namen." Alina zuckte mit den Schultern.

Mit aufeinandergepressten Lippen drückte Fritzi den Schaber in den Teig. „Nicht alle sind bei *Tinder*, Alina."

„Die meisten schon. Nur du nicht, warum auch immer."

Fritzi rollte mit den Augen. Nicht jedem ging es darum, mit aller Macht nach einem Partner zu suchen. Manche genügten sich auch selbst und waren zufrieden mit Freunden und einer Arbeit, die Spaß machte. Und mit einem flugunfähigen, von der Oma geerbten Wellensittich.

„Wir machen uns hübsch und stellen uns dann mit den Plätzchen in der Hand vor, ja?" Alina wartete gar nicht auf eine Antwort, sondern rauschte in Richtung Flur. „Ich bin schon mal im Bad, forme du doch diese Vanilledinger rasch, in Ordnung?"

Murrend holte Fritzi das Backblech hervor und breitete das Backpapier darauf aus. Dann pulte sie ein Stückchen von Alinas Pampe ab und rollte es zwischen den Handflächen. Wenn die Plätzchen versalzen waren, würde Alina hoffentlich davon absehen, nebenan zu klingeln. Fritzi blickte an sich hinab und murrte erneut. Nun hatte sie auch noch Teig an ihrem geliebten Onesie.

***

Tilo

Natürlich klingelte Luis nicht wie jeder normale Mensch einmal, sondern mindestens eine halbe Minute lang Sturm, bis Tilo in den Flur gehetzt war und auf den Öffner gedrückt hatte. An den Türrahmen gelehnt, wartete er ab und lauschte den Schritten.

„Da ist er ja!" Mit einem breiten Grinsen und hochgestreckten Armen trat Luis wie der König von Lörrach aus dem Treppenaufgang heraus.

Tilo freute sich ehrlich, den Kerl endlich wiederzusehen, ging ihm entgegen und umarmte ihn. Augenblicklich stieg ihm das Rasierwasser seines Freundes in die Nase und eine Woge aus Vertrautheit schien ihn einzulullen.

Luis fuhr ihm durch die Haare, wie er es zu Tilos Missfallen stets tat, und schlug ihm etwas zu fest auf dem Rücken, ehe er ihn von sich wegdrückte und ansah. „Die Brüder sind wieder zusammen", verkündete er und grinste erneut.

„Sieht ganz so aus." Mit dem Kopf deutete Tilo zur offenen Wohnungstür. „Na, komm schon rein."

„Dann lass mal sehen." Luis dachte offenbar gar nicht daran, sich die Schuhe auszuziehen, und latschte direkt in den großen Wohnbereich, wo er sich vor der Fensterfront aufbaute. „Herrlich. Einfach herrlich", befand er und nickte anerkennend. Nachdem er die Aussicht ausgiebig bewundert und die Partytauglichkeit der Terrasse verkündet hatte, drehte er sich um und warf eine Bäckertüte auf die Arbeitsplatte, während Tilo Kaffeepulver und Wasser in den kleinen Espressokocher füllte und ihn auf die Herdplatte stellte.

„Hast du das alte Teil etwa immer noch?", beschwerte sich Luis. „Kauf dir doch endlich einen Vollautomaten."

Tilo lachte leise. „Am besten noch so eine Kapselmaschine, oder was?"

„Die sind echt praktisch. Gibt's mit vielen Geschmacksrichtungen und machen kaum Arbeit."

Die einzige Geschmacksrichtung, die Tilo mochte, war schwarz und kräftig. Er verkniff sich einen Hinweis auf all den Müll, den diese Maschinen produzierten. So lange Luis und er sich kannten, so unterschiedlich waren sie in manchen Dingen auch.

Luis riss die Bäckertüte auf und es kamen mehrere unterschiedliche süße Teilchen zum Vorschein. Sein

Freund frühstückte also noch immer wie ein Zehnjähriger, schloss Tilo daraus. Manche Dinge änderten sich eben nie.

Tilo beugte sich vor und zog die offene Tüte ein Stück von Luis weg. „Erst gibt es was Vernünftiges."

„Das habe ich befürchtet", seufzte Luis und beobachtete wenig begeistert, wie Tilo den Kühlschrank öffnete und alles herauskramte, was in einen anständigen grünen Smoothie gehörte. „Hast schon Sport gemacht, wie es aussieht", kommentierte Luis Tilos Aufmachung aus kurzer Hose und atmungsaktivem Shirt.

„Ist doch schon der halbe Vormittag rum." Tilo griff nach dem großen Messer und dem Schneidebrett und zerteilte eine Gurke und eine Birne, die gleich darauf in den Mixer wanderten, ebenso wie eine Handvoll gefrorener Beeren, die den eigentlich grünen Smoothie kackbraun einfärben würden, aber dafür Unmengen an Antioxidantien enthielten.

„Nicht der Sellerie", stöhnte es hinter ihm und Tilo stopfte lachend eine Stange in den Glasbehälter.

„Wird Zeit, dass wir dich wieder in Form bringen. Du bist kurz davor, einen Dad Bod zu bekommen und du hast weder Kinder noch eine Frau", kommentierte er Luis' Gejammer.

„Ich bin bestens in Form, nur dass du es weißt. Und außerdem sind Waschbrettbäuche jetzt out."

„Dann ist gut, denn so einen wirst du mit deiner Ernährung nie bekommen."

Luis kannte jeden Dönermann in Lörrach mit Vornamen, was eine Menge über die Lebensgewohnheiten seines Freundes aussagte. Dabei war Luis einst ein hervorragender Fußballer gewesen, jedenfalls bis ihm eine

Knieverletzung jede Hoffnung auf eine zumindest kleine Karriere genommen hatte. Also hatte Luis studiert und eine eher größere als kleinere Karriere im Marketing bei mehreren wichtigen Firmen hingelegt. Was genau sein Freund eigentlich trieb, wusste Tilo nicht, aber wie auch er hatte Luis vor einigen Jahren den Sprung in die Selbstständigkeit gewagt. Während Tilo aus Leidenschaft das tat, was er tat, machte Luis es, um ordentlich Geld zu verdienen und sich mit spätestens fünfzig zur Ruhe setzen zu können. Sein Freund sah sich vermutlich schon mit einem Cocktail in der Hand an einem weißen Sandstrand. Tilo schmunzelte in sich hinein und stopfte eine Handvoll Spinat in den Mixer, ehe er noch ein Stückchen Ingwer reinwarf und alles mit Wasser auffüllte.

Noch ehe er den Schalter auf die höchste Stufe stellte, hielt sich Luis die Ohren zu. „Verdammte Höllenmaschine!", brüllte sein Freund über den Krach hinweg.

Tilo reihte zwei Bierkrüge vor dem Mixer auf und steckte in jeden eines der wiederverwendbaren Röhrchen, dann verstummte der Mixer und er goss den Smoothie ein.

Mit einem „Voila" platzierte er ein Glas vor Luis, der wenig begeistert mit dem Röhrchen in der Flüssigkeit rührte und auf die diabetesversprechenden Zuckergussteilchen schielte.

„Die gibt's gleich. Dann ist auch der Espresso fertig." Mit Luis kam er sich stets wie eine Mutter vor, die versuchte, ihr Kind dazu zu bringen, ausnahmsweise mal etwas anderes als Süßkram zu futtern.

Luis ergab sich und saugte mit leidender Miene am Röhrchen. Dabei schmeckte der Smoothie wirklich gut, wie Tilo fand. Der Ingwer riss es eindeutig raus. Und er schätzte eine Vitaminbombe nach dem Morgensport. Daran änderte auch die Tatsache nichts, dass Sonntag war.

Während er den Smoothie trank, musterte er Luis unauffällig. Sie beide hatten in diesem Jahr die böse Drei-Null geknackt. Die Zwanziger waren unwiderruflich dahin und seitdem empfand Tilo ein merkwürdiges Bedürfnis nach etwas Sicherheit. Vermutlich war das mit ein Grund, warum er sich für den Umzug entschieden hatte, anstatt sich weiterhin durchs Leben und die Republik treiben zu lassen. Schließlich war Luis nicht der einzige Mensch in dieser Stadt, der ihm am Herzen lag.

Wie immer saß die Frisur seines Freundes perfekt. Die dunkelbraunen Haare zeigten weder ein graues Härchen noch eine lichte Stelle. Sie waren fast so dicht wie Luis' Brusthaar. Es war wirklich kaum zu glauben, dass in diesem Kerl kein Tropfen türkisches oder italienisches Blut floss, sah Luis doch wie die perfekte Mischung daraus aus. Nur an der Körpermitte war die zunehmende Bequemlichkeit und das Alter seines Freundes zu erkennen, was den Adonis-Look ein wenig trübte. Noch vor Monaten, als Tilo das erste Mal bei einem ihrer Telefonate einen möglichen Umzug erwähnt hatte, hatte Luis mit „Perfekt, dann wirst du mein Personal Trainer!" geantwortet und an sein Ohr gelacht. Die Begeisterung, mit der sein Kumpel in diesem Moment in das Plunderstück biss und den erst halb getrunkenen Smoothie ignorierte, ließ Tilo daran zweifeln, dass Luis sich noch an das Gespräch erinnerte. Oder es ernst gemeint hatte.

„Was macht eigentlich die Liebe?", erkundigte er sich und stellte den leeren Bierkrug Schrägstrich Smoothiekrug zur Seite, um den Kaffeekocher vom Herd zu nehmen.

Luis zuckte mit den breiten Schultern. „Ach, hier was und da was. Nichts festes momentan." Plötzlich blitzten seine Augen auf. „Ich soll dich übrigens von Vali grüßen. Sie freut sich, dass du wieder hier lebst."

Tilo unterdrückte ein Stöhnen. Valentina war Luis' jüngere Schwester und irgendwie war sie schon seit der Grundschule, als sie in der vierten und Vali in der ersten Klasse gewesen waren, in ihn verschossen. Wochenlang war sie ihm auf dem Heimweg hinterhergedackelt, bis endlich die Kreuzung kam, an der sie in verschiedene Richtungen gehen mussten. Luis hatte das auch genervt, aber irgendwann, so mit Mitte zwanzig etwa, musste sich was geändert haben. Plötzlich hatte er regelrecht versucht, ihm Vali aufzuschwatzen. Ein Basarhändler war nichts gegen diesen Marketingfuzzi, wenn es darum ging, etwas an den Mann zu bringen – in diesem Fall eben die kleine Schwester, die natürlich längst nicht mehr klein war, sondern zu einer wahren Schönheit herangewachsen war. Die Guts machten einfach hübsche Kinder, daran gab es nichts zu rütteln. Trotzdem kam Vali Gut nicht als Partnerin in Frage, sah sie Luis doch so verflucht ähnlich, dass Tilo garantiert das Gefühl gehabt hätte, mit seinem besten Kumpel im Bett zu liegen. Er schüttelte sich unwillkürlich. Genau so hatte er es Luis auch irgendwann gesagt, in der Hoffnung, dass dieser dann endlich damit aufhören würde, seine Schwester anzupreisen. Luis hatte sich schlappgelacht, ihn einen Perversling genannt und gesagt, dass Tilos Kinder dann immerhin so gut wie er aussehen würden. Nein, Kinder, die Luis ähnlich sahen, waren keine Option.

„Richte Vali Grüße aus", sagte er also möglichst ungerührt, um Luis nicht anzufeuern, und holte die Espressotassen aus dem Schrank.

„Vielleicht bucht sie dich und deine Leistungen ja mal", nuschelte Luis mit vollem Mund.

Tilo schob ihm eine Tasse hin. „Das werde ich mit deiner Schwester nicht machen", brummte er. „Das wäre so was wie ein Interessenkonflikt."

„Gibt es das in deinem Job überhaupt?" Luis' rechte Augenbraue wanderte nach oben. „Ist ja nicht so, dass du Arzt wärst. Und sonst nimmst du doch jede Frau, die einen Termin will."

„Ich werde auch hier und da von Männern gebucht, das ist dir schon klar, oder?"

„Du fasst Kerle weiß Gott wo an und lehnst Vali ab?"

„Das ist nun mal mein Job. Aber ganz sicher nicht, was deine Schwester angeht. Also sag Vali das, falls sie etwas in dieser Art erwähnen sollte."

„Es würde ihr sicher guttun, sie ist in letzter Zeit immer so angespannt, weißt du. Ich glaube, das liegt daran, weil sie schon länger keinen Kerl mehr hatte." Luis grinste dreckig.

Tilo verschränkte die Arme vor der Brust. „Bist du sicher, dass du weißt, wie diese Großer-Bruder-Nummer überhaupt geht?"

Vorsichtig, wie es einem stattlichen Kerl wie Luis kaum zuzutrauen war, hob er die zierliche Espressotasse an und nahm einen Schluck, ehe er antwortete. „Ich bin ein moderner Bruder, falls dir das noch nicht aufgefallen sein sollte, und mir geht das Wohlergehen meines Schwesterchens über alles. Und wenn das bedeutet, dass sie öfter mal Dampf ablassen sollte, dann ist das eben so."

„Dann soll sie das tun, nur eben nicht hier", murrte Tilo und trank ebenfalls. Wie verdammt gut diese Kaffeesorte doch schmeckte, stellte er einmal mehr fest. Fairtrade schmeckte man einfach heraus. Vielleicht war es auch nur das Wissen, keine Kinderarbeit zu unterstützen. Wie auch immer, der Espresso war eine Wucht. Der Preis zwar ebenfalls, aber den ignorierte Tilo geflissentlich, so wie die Kupplungsversuche seines Freundes.

„Also, was machen wir nun?", fragte Luis und wischte sich die Hände an der dunkelblauen Jeans ab.

Tilo deutete nach hinten in den Raum. „Regal aufbauen."

„Zum Glück hast du so wenig Zeug." Sein Kumpel seufzte und erhob sich. „Bei einer ganzen Schrankwand würde ich dir nicht helfen. Freundschaft hin oder her. Dann lass uns anfangen, damit wir nachher noch was unternehmen können."

„Eine Runde Joggen, zum Beispiel." Tilo schlug ihm auf die Schulter.

„Das kannst du vergessen."

Tilo lachte. Er würde Luis schon wieder in Form bringen. Sein Freund wusste es nur noch nicht.

***

Fritzi

Als Alina aus dem Bad kam, lag Fritzi auf dem Sofa, die Arme theatralisch von sich weggestreckt, und hustete absichtlich.

Alina blieb wie angenagelt stehen. „Wirst du doch noch krank?", fragte sie und reckte sich ein wenig vor, um sie besser sehen zu können, ohne näher zu kommen. Wegen des Plätzchenabenteuers musste ihre Mitbewohnerin vergessen haben, dass um Fritzi eigentlich eine Sperrzone gehörte.

„Ich glaube schon", röchelte Fritzi und nieste. Das war echt und kam wie gelegen.

Alina machte einen Schritt rückwärts und wäre beinahe gegen Hansis Regal gestoßen. „Hm. Bist auch ganz blass um die Nase", stellte sie fest.

Das wollte Fritzi auch hoffen. Schließlich hatte sie sich etwas von dem Mehl ins Gesicht gerieben, um kränklich zu wirken, und musste seitdem immer wieder niesen. Immerhin machte dieser Umstand ihre Story glaubwürdiger. Und da Alina nichts so sehr fürchtete wie krankheitserregende Keime, würde sie auch nicht nahe genug kommen, um es herauszufinden. Fritzi wollte sich nicht allein auf die versalzenen Kipferl verlassen, am Ende würde Alina sie dennoch auf die andere Seite des Hausflurs zerren.

Ihre Freundin zupfte sich das knappe Top zurecht, für das es jetzt im Winter viel zu kalt war, und wirkte unentschlossen. „Sind denn die Plätzchen fertig?", fragte sie.

„Müssten jeden Moment so weit sein", antwortete Fritzi mit theatralisch dünner Stimme.

„Dann hole ich sie mal besser raus." Sich an der Wand entlangdrückend, ging Alina zur Küchenzeile. „Willst du dich nicht lieber in dein Zimmer legen? Ist doch im Bett bestimmt viel bequemer als hier auf der alten Couch."

„Das geht schon", antwortete Fritzi und wusste, dass sie Alina damit nervte. Kaum hustete sie mal, schickte ihre Mitbewohnerin sie zur Selbstisolierung in ihr Zimmer. Immer war es das Gleiche. „Aber vielleicht solltest du hierbleiben und nicht rübergehen und unseren neuen Nachbarn am Ende noch anstecken?", überlegte sie laut.

Erschrocken sah ihre Freundin vom Backblech auf und ließ es mit einem Schimpfen auf den Herd fallen, ehe sie sich einen Finger in den Mund steckte. „Ich bin gesund, ganz sicher", zischte sie mit dem Daumen in der Backe.

„In Ordnung. Dann koste doch mal die Kipferl, um zu sehen, ob sie als Willkommensgeschenk taugen."

„Die werden schon gut sein." Alina griff nach dem Pfannenwender und beförderte die Plätzchen nacheinander auf einen Suppenteller.

Nun fühlte Fritzi sich wirklich nicht besonders. Alina wollte es in der Tat durchziehen und sich nebenan vorstellen. Sie wusste, dass es unsinnig war, sich vor Tilo verstecken zu wollen, würde sie ihm doch früher oder später gezwungenermaßen begegnen. Aber solange Fritzi keinen Plan hatte, wie sie sich dann verhalten wollte, konnte sie das Unausweichliche immerhin noch etwas aufschieben. Sollte Alina ihn jedoch toll finden, so würde sie ihn ganz bestimmt umgehend dazu bringen, mit ihr auf ein Date zu gehen. Und das durfte auf keinen Fall passieren. Tilo war ein Arsch und Alina zu gut für ihn. Jede Frau war zu gut für diesen Mistkerl. Höchstens Christina nicht, ihre nervige und viel zu unfreundliche Arbeitskollegin, die die Kinder immer anschnauzte, wenn sie zu laut waren. Die hätte ein wenig Tilo schon verdient.

„Bin ja echt gespannt, wie der so drauf ist", plapperte Alina und betrachtete zufrieden ihr Werk.

„Er ist erst gestern eingezogen. Lass dem Mann lieber etwas Ruhe, ehe du ihn überfällst. Immerhin ist heute Sonntag." Fritzi unternahm einen letzten, halbherzigen Versuch, Alina aufzuhalten.

„Ach was, er wird sich freuen, jetzt so nette Nachbarinnen wie uns zu haben."

Sie sollte es ihr sagen. Unbedingt. Einfach frei heraus ausspucken, was für ein schlechter Mensch der Kerl war, unabhängig von den hohen Wangenknochen. Doch dann würde Alina wissen wollen, warum und woher Fritzi ihn kannte. Sie konnte nicht darüber sprechen. Auch jetzt nach dreizehn Jahren nicht. Es war so schrecklich peinlich. Und dabei hatte Fritzi geglaubt, damit abgeschlossen zu haben. Es war nur eines dieser Gespenster aus der Jugendzeit, die man weit hinten im Schrank verbarg, hin und wieder aus der Ferne einen Blick darauf warf, den Kopf über sich selbst schüttelte und sich schwor, nie wieder so dämlich zu sein wie damals mit sechszehn. Jeder hatte solche Geschichten, richtig? Allerdings hatte sie dennoch hin und wieder an Tilo gedacht. Ach, es war zu verwirrend. Alles in ihrem Kopf schien sich zu drehen.

Ehe Fritzi weiter darüber nachdenken konnte, drückte sich Alina mit dem Teller in der Hand erneut an der Wand entlang bis zur Eingangstür und überprüfte ihre eben im Badezimmer kunstvoll hochgesteckte Frisur. Sie zog den Lippenstift nach, machte mehrmals eine Kussbewegung mit den Lippen und warf Fritzi einen Seitenblick zu. „Lüfte hier bitte ordentlich durch, während ich weg bin, und dann husch in dein Zimmer, ja?“ Ohne auf eine Antwort zu warten, schlüpfte sie schon durch die Tür und Fritzi hörte, wie sie nebenan klopfte.

Das war ein Albtraum. Sie fühlte sich wieder wie in der Pubertät. Etwas zu dick, mit etwas zu vielen Pickeln und einem unvorteilhaften Haarschnitt, zu dem ihre Mutter sie überredet hatte. Und Tilo Scheiße sah noch immer so gut aus wie damals, als er ohne Weiteres als Sänger einer Boyband auf das Cover der *Bravo* gepasst hätte. „Mist“, fluchte Fritzi und rappelte sich auf, um schon wieder von dem Mehl zu niesen, noch ehe sie das Fenster erreicht hatte.

Kapitel 3
Tilo

Luis rutschte mit dem Schraubenzieher ab und fluchte, während Tilo überlegte, warum er ausgerechnet seinen besten Freund ausgesucht hatte, um das Regal mit ihm aufzubauen. Luis hatte schon immer zwei linke Hände gehabt, was ihn aber nicht davon abhielt, sich immer und immer wieder an handwerklichen Dingen zu versuchen. Mehr als einmal hatte er sich dabei ordentlich verletzt, doch manche lernten offenbar auch aus Schmerzen nicht.

„Nun gib schon her." Tilo nahm ihm den Schraubenzieher ab. „Du hältst das Brett und ich schraube. Sonst landen wir noch in der Notaufnahme und dafür bin ich nach dem Umzug echt zu erledigt."

Unwillig reichte Luis das Werkzeug rüber. „Ich hatte es schon fast geschafft", brummte er und fasste an den Regalboden, als es klingelte.

Überrascht hielt Tilo inne. Er kannte hier kaum jemanden und niemand sonst hatte sich für heute angekündigt. Hatte Luis etwa hinter seinem Rücken Vali eingeladen? Prüfend sah er zu seinem Freund, doch der pustete etwas Holzstaub vom Regal, der aus einem der

Bohrlöcher stammte, und gab sich unbeteiligt. So ganz überzeugt war er nicht, dass Luis keine Ahnung hatte, wer da klingelte. „Bin gleich zurück", sagte Tilo und legte den Schraubenzieher auf das Brett, das Luis nach wie vor stützte, ebenso wie die Rückwand, die ebenfalls noch darauf wartete, festgeschraubt zu werden.

Er ging in den Flur, drückte auf den Knopf und griff nach der Klinke, um abzuwarten, wer die Treppe heraufkam. Zu seiner Überraschung strahlte ihn eine Frau an, kaum dass er die Tür geöffnet hatte.

„Ähm, ja?"

„Hi." Sie strahlte noch breiter und Tilo fiel der perfekt aufgetragene dunkelrote Lippenstift auf. Und ihre Schlüsselbeine, die dank des knappen Tops zu sehen waren. Sie hielt ihm einen Teller unter die Nase. „Vanillekipferl zur Begrüßung von Nachbarin an Nachbar", sprach sie schnell und in einem etwas zu aufgeregtem Ton. Dann streckte sie ihre Hand aus. „Schön, dich kennenzulernen, Tilo. Ich bin Alina."

Irritiert, woher sie seinen Namen kannte, griff er nach ihrer Hand, die schwach die seine umfasste. Dann nahm er den Teller ab und warf einen Blick auf die unförmigen Dinger, die also Kipferl sein sollten. „Vielen Dank", antwortete er.

Sie sah an ihm vorbei. „Die Wohnung stand eine ganze Weile leer und das bei *dem* Ausblick, nicht zu fassen, was? Ich bin ja ganz neidisch, dass wir nur hinten rausgucken können, bei dieser Lage echt eine Schande. Immerhin ist unsere Wohnung dadurch nicht so unverschämt teuer." Sie lachte hell und linste wieder an ihm vorbei.

„Möchtest du vielleicht einen Moment reinkommen?“, fragte Tilo widerstrebend.

Sie zuckte mit den Schultern. „Ich habe ja eigentlich was zu tun, aber da du schon so nett fragst.“ Mit einem zuckersüßen Lächeln zwängte sie sich an ihm vorbei und Tilo roch ein fruchtiges Parfüm.

„Ja, hallo“, hörte er Luis sagen und gleich darauf rumpelte es laut. Tilo stieß einen Fluch aus und stürzte mit dem Plätzchenteller in den Wohnbereich, doch es war natürlich schon zu spät.

Sein Freund stand neben einem Stapel Bretter und hielt die Hand dieser Alina in seiner. Und zwar zu lange, wie kaum zu übersehen war.

„Das Regal, Alter.“ Tilo seufzte. Ganz sicher hatten die Bretter jetzt Kratzer.

„Das bauen wir nachher auf, ja?“ Luis ließ die fremde Frau endlich los. Dann beugte er sich nahe zu ihr. „Luis Gut, freut mich, dich kennenzulernen.“

Sie lachte klangvoll. „Ihr seid Freunde und heißt Gut und Schön?“ Sie lachte lauter. „Habt ihr eine Ahnung, wie witzig das ist?“

Ja, die hatten sie. Das war schon der Running-Gag damals in der Schule gewesen. Tilo verkniff sich eine Antwort.

„Und unsere Namen halten auch, was sie versprechen“, raunte Luis der Frau zu. Tilo wollte stöhnen. Auch dieser Spruch war alt, gab es ihn immerhin, seit bei ihnen die ersten Pickel und andere Dinge gesprießt waren. Er hatte wirklich gehofft, ihn nie wieder zu hören.

„Gut zu wissen“, sagte die Frau amüsiert.

„Und du wohnst also nebenan?“, erkundigte Luis sich.

„Mit meiner Mitbewohnerin.“

„Soso, gleich zwei Frauen in diesem Haus.“ Luis grinste ihn unverhohlen an und Tilo rollte mit den Augen, genau in dem Moment, als die Frau sich umdrehte. Rasch zwang er sich zu einem Lächeln.

„Danke für die Plätzchen. Das ist sehr aufmerksam“, beeilte er sich zu sagen und stellte den Teller auf der Armstütze der Couch ab. Also doch keine Oma, sondern eine Mädels-WG. Ob das besser oder schlechter war, würde sich zeigen. Tilo wagte keine vorzeitige Prognose.

„Und backen können sie auch noch“, sülzte Luis.

„Ach, das ist nur eine Kleinigkeit. Nebenbei gezaubert“, sagte sie und lachte schon wieder zu hell. Irgendwas an dem Ton war unangenehm. Es schepperte geradezu in seinen Ohren. Hoffentlich klopfte Luis nicht noch mehr vermeintlich witzige Sprüche. Der war nämlich ganz eindeutig auf der Balz, das war kaum zu übersehen. Und Luis auf der Balz war noch schlimmer als Luis mit dem Schraubenzieher.

„Das muss natürlich probiert werden.“ Luis machte ein paar Schritte auf die Couch zu und zupfte die Folie zur Seite, um sich gleich darauf ein Kipferl in den Mund zu stecken.

Na typisch. Tilo verschränkte die Arme vor der Brust und beobachtete irritiert, wie die Augen seines Freundes groß wurden. Dieser hob eine Hand unter den Mund, spuckte das, was sich daran befand, hinein und stürzte zur Spüle.

„Alles gut?“, rief Tilo, aber Luis schnappte schon nach dem Wasserstrahl und spülte immer wieder aus. Alina starrte betreten auf das Schauspiel und wirkte plötzlich gar nicht mehr so übersprudelnd unbeschwert. „Na ja, es wird schon nicht tödlich sein", scherzte Tilo und erntete dafür einen eisigen Blick der Besucherin, ehe sie mit spitzen Fingern ein Stück von einem Plätzchen abbrach und erst daran roch, ehe sie leckte. „Salz" murmelte sie.

„Jede Menge davon", schallte es aus der Küche, wo Luis sich mit dem Geschirrtuch den Mund abtrocknete.

„Das tut mir ehrlich leid, ich weiß auch nicht, was da passiert ist." Unglücklich sah Alina zwischen ihnen hin und her.

Luis machte eine abwehrende Handbewegung. „Ach, das passiert jedem mal. Der Gedanke ist es, der zählt."

Mannomann. Luis kroch dieser Frau ja gehörig in den Allerwertesten. Das wunderte Tilo auch nicht, entsprach sie doch genau dem Beuteschema seines Freundes, so elegant und schick sie zurechtgemacht war in dem süßen Top, das ihr zugegebenermaßen verdammt gut stand. Und dann erst die Haare, die mühevoll aufgesteckt waren. Farblich mussten diese perfekt zu Luis' Brusthaar passen, überlegte Tilo und schüttelte kaum merklich über sich selbst den Kopf. Was dachte er denn da nur? Er wollte sich auf keinen Fall irgendwas vorstellen, was mit den dunklen Locken unterhalb des Hemdkragens seines Kumpels zu tun hatte. Und doch war es heute schon das zweite Mal.

Just in diesem Moment erklang ein mehrteiliger Pington, der sogar Tilo etwas sagte. Alina hatte eben ein Match bei *Tinder* gefunden und er beobachtete, wie es in Luis' Augen blitze und er sich der Besucherin eilig erneut näherte. Natürlich tat er das, immerhin hatte Alina sich gerade unfreiwillig als auf der Suche geoutet.

„Ach, das war ja gar nicht auf lautlos gestellt", sagte sie leise und zuckte lächelnd mit den Schultern. Die Röte auf ihren Wangen verriet, dass ihr die Situation ein wenig peinlich war. Und das sollte es auch sein. Wer bitte suchte denn mit einer App nach der großen Liebe? Tilo schielte zu Luis, der seine Verzückung für den Gast nun kaum mehr verstecken konnte. *Luis tat es.* Und das schon seit Jahren.

Zwar waren bereits so einige kleine Abenteuer daraus entstanden, von denen er Tilo natürlich jedes Mal brühwarm in endlos langen Sprachnachrichten berichtete, aber verliebt hatte Luis sich nie wirklich. Verknallt allerdings schon, und jetzt gerade passierte es einmal mehr. Das mit dem Regalaufbau würde heute nichts mehr werden.

„Du solltest nachsehen, wer dein Match ist", sagte Luis und stellte sich etwas zu nah an Alina. „Oder du lässt es und verabredest dich stattdessen mit mir."

Sie zog eine Augenbraue hoch und Tilo überlegte noch, ob das wohl ein gutes oder schlechtes Zeichen wäre, als sie die Brust ein wenig vorreckte. „Wenn du mich bei *Tinder* findest, überlege ich mir, in welche Richtung ich wische." Damit ließ sie ihn stehen, schnappte sich den Teller und sah zu Tilo. „Es tut mir wirklich leid, dass ich offensichtlich Salz und Zucker verwechselt habe, aber meine Mitbewohnerin und ich möchten dich auch so herzlich willkommen heißen."

Tilo konnte erkennen, dass sie ihn unverhohlen abcheckte, und Luis merkte es offensichtlich ebenfalls, denn sein Freund stieß ein unzufriedenes Brummen aus. Allerdings hatte sie Luis deutlich interessierter gemustert, wenn er ihre Blicke richtig deutete.

„Danke für deinen Besuch." Tilo beeilte sich, die merkwürdige Situation aufzulösen.

„Fritzi wäre ja ebenfalls so gern rübergekommen, aber sie fühlt sich leider seit gestern kränklich." Sie verzog das Gesicht. „Bestimmt hat sie sich bei der Arbeit wieder so einen ekligen Virus eingefangen."

„Dann richte doch bitte unbekannterweise die besten Genesungswünsche aus", sagte Tilo so, wie es sich gehörte.

„Von mir auch", rief Luis und zog das Handy aus der Hosentasche. Vermutlich suchte er bereits auf *Tinder* nach Alina.

„Also dann." Sie lächelte von einem zum anderen. „Man sieht sich bestimmt wieder."

„Aber so was von", murmelte Luis und starrte auf den Bildschirm.

Tilo begleite sie in den Flur und hielt ihr die Tür auf, ehe er nach gegenüber deutete. „Ihr mögt Weihnachten wohl sehr, was?"

„Fritzi mag Weihnachten", sagte Alina. „Und alles, was damit zu tun hat, wie ja kaum zu übersehen ist. Guck einfach nicht genau hin, so handhabe ich das auch." Sie zwinkerte ihm zu. „Mach's gut, Tilo."

Er hob eine Hand und sah zu, wie sie gegenüber aufschloss. Ehe sie eintrat und die Tür zuwarf, glaubte Tilo, etwas vorbeihuschen zu sehen, das wie ein Rentier aussah. Wahrscheinlich litt er schon jetzt unter Einbildungen, dank der scheußlichen Deko im Hausflur.

Kopfschüttelnd ging er wieder in den Wohnbereich. Luis hockte inzwischen auf der Couch und sah nicht vom Handy hoch. „Hab sie gefunden! Mal sehen, was sie jetzt macht."

Tilo beugte sich über die Lehne und nahm ihm das Handy aus der Hand. „Regal aufbauen. Jetzt."

„Ist ja gut. Mach doch keinen Stress." Luis erhob sich stöhnend. „Die ist süß, oder?"

„Was weiß ich. Auf jeden Fall passt sie zu dir und deinem Brusthaar", antwortete Tilo, während er sich nach dem ersten Brett bückte.

Luis lachte dröhnend. „Dann sollte ich beim ersten Date vielleicht zwei Knöpfe offen lassen, damit sie es bewundern kann."

„Tu mir bitte den Gefallen und fang nichts mit meiner Nachbarin an. Wenn es schiefgeht", er sah Luis eindringlich an, „und das wird es, dann bin ich wieder der Leidtragende. Ganz so wie damals in der achten Klasse, als du mit Melli Schluss gemacht hast und ich den Rest vom Schuljahr neben ihr sitzen musste, weil die blöde Frau Kohler mich dorthin gesetzt hat."

Augenblicklich fühlte er sich wieder in sein vierzehnjähriges Ich zurückversetzt. Melli hatte ihn monatelang entweder mit stechenden Blicken bedacht oder ihm aber die Ohren vollgeheult, dass sie ja sooo sehr in Luis verliebt war. Es war schrecklich gewesen und Luis hatte ihm versprechen müssen, nie wieder etwas mit einem Mädel aus ihrer Klasse anzufangen. Natürlich hatte er sich nicht daran gehalten.

„Die Melli." Luis lachte. „Das waren die ersten Möpse, die ich anfassen durfte."

„Ich weiß“, knurrte Tilo. „Das hat sie mir damals auch erzählt.“ Und er hatte es ganz sicher nicht wissen wollen.

Luis schlug ihm grinsend auf die Schulter. „Also, kriege ich jetzt den Schraubenzieher?“

„Bestimmt nicht.“ Tilo drückte ihm ein Brett in die Hand.

***

Fritzi

Die Tür wurde geöffnet. Fritzi schloss hastig das Fenster und rannte durch das Wohnzimmer zu ihrer offenen Zimmertür. Beinahe wäre sie dabei über den bunten Läufer gestürzt, konnte sich jedoch mit einem filmreifen Hechtsprung gerade noch retten. Nun stand sie in ihrem Zimmer und beobachtete, wie Alina den Teller mit den Vanillekipferl achtlos auf die Arbeitsplatte stellte. Schuldbewusst sah Fritzi, dass die Folie etwas zur Seite gerückt war. Dann aber erinnerte sie sich daran, wer eines davon probiert haben musste und verspürte Genugtuung.

„Und, wie ist es gelaufen?“, fragte sie und gab sich Mühe, möglichst unbeteiligt zu klingen.

„Es war schön und gut." Aus irgendeinem Grund löste das, was Alina gesagt hatte, bei dieser einen fast schon hysterischen Lachanfall aus.

Fritzi wartete ab, bis sie sich wieder berappelt hatte, und sah sie fragend an.

Alina ließ sich aufs Sofa fallen. „Die zwei haben was, keine Frage."

„Zwei?" Fritzi trat ins Wohnzimmer, um sich zu ihr zu setzen, doch Alina hob drohend den Zeigefinger.

„Bleib wo du bist, du Bakterienschleuder!"

„Schon gut." Sie ging rückwärts und lehnte sich an den Türrahmen. „Also, welche zwei?"

„Na, unser neuer Nachbar und sein Kumpel. Sind total unterschiedlich, aber beide haben was. Er hat mich gleich zu einem Date eingeladen, ich habe natürlich erst mal abgelehnt. So leicht bekommt man mich nicht zu einer Verabredung." Alina zückte das Handy und scrollte.

Tilo hatte sie eingeladen? Fritzi wurde heiß und kalt zugleich. Das durfte sie nicht zulassen. Zwar tat Alina jetzt gerade so, als wäre sie schwer rumzukriegen, doch das war nur Gerede. Es fehlten nur ein paar Komplimente und der Mistkerl würde eines von Alinas zweieinhalb Dates der nächsten Woche werden.

„Ah, da ist er ja." Alina grinste.

Fritzi ignorierte jeden Protest und stürmte ins Wohnzimmer, beugte sich über die Sofalehne und starrte auf das Handydisplay. „Das ist nicht Tilo", entfuhr es ihr, ehe sie es sich verkneifen konnte. Ein *Luis, dreißig* grinste sie an. Dunkle Haare, dunkle Augen und das Lächeln eines Gebrauchtwagenhändlers, wie Fritzi fand.

„Woher weißt du, wie er aussieht?" Überrascht sah ihre Mitbewohnerin zu ihr hoch.

„Durch den Spion", antwortete Fritzi hastig. „Habe ihn gestern durch den Türspion gesehen."

Alina nickte und schien sich mit der Erklärung zufriedenzugeben. „Das ist Luis, ein Freund unseres Nachbarn, wie es scheint. Und ein ziemlich gutaussehender noch dazu."

Erleichterung machte sich in Fritzi breit, bis ihr klar wurde, dass auch eine Verabredung mit einem Freund von Tilo sicher keine gute Idee wäre. Sie wollte immerhin nichts mit dem Kerl nebenan zu tun haben, auch wenn sie noch nicht wusste, wie sie das anstellen wollte. Der Gedanke, Tilo nun regelmäßig beim Postholen über den Weg zu laufen, war schrecklich. Und bestimmt würde es in einem Drama enden, wenn Alina etwas mit diesem *Luis, dreißig* anfangen würde, die Sache schiefging und der dann regelmäßig Tilo besuchen sollte.

„Er hat mir ein Superlike gegeben." Die Mundwinkel ihrer Freundin zuckten.

Fritzi hatte zwar noch nie im Leben auf *Tinder* nach einem Kerl gesucht, aber dank ihrer Mitbewohnerin kannte sie sich bestens mit den Funktionen der App aus. Und natürlich hatte Alina *Tinder Gold* im Jahresabo und konnte so sehen, wer sie likte.

„Ich werde ihn noch etwas zappeln lassen. Bis heute Abend oder so. Vielleicht auch ein paar Tage." Sie legte das Handy neben sich und Fritzi atmete angesichts der Schonfrist durch. Allerdings bedeutete das auch, dass Alina wirklich an dem Kerl interessiert war. Je mehr Interesse bestand, desto mehr machte sie auf unnahbar.

Was auch immer da für eine Logik hinter steckte. „Die Plätzchen waren übrigens total versalzen, dabei habe ich nur eine Prise zugegeben. Merkwürdig, oder?" Alina zog die Augenbraue hoch.

„Das ist ja komisch", antwortete Fritzi mit Unschuldsmiene und fühlte sich kein bisschen schlecht dabei.

„Willst du das Ding eigentlich mal wieder ausziehen? Hast es ja schon seit gestern an. Oder planst du etwa wieder, den ganzen Dezember so herumzulaufen?" Alina zupfte an ihrem Onesie.

„Du kennst die Antwort", sagte Fritzi und lachte. Dieses *Ding* war einfach so bequem. Als hätte man Watte an. Nein, sie würde ihren Weihnachts-Onesie höchstens dann ausziehen, wenn er wirklich in die Waschmaschine musste. „Ich bin übrigens doch nicht krank", berichtete sie. „Mir geht's schon viel besser. War vielleicht so etwas wie ein Schwächeanfall oder was auch immer."

Alina beäugte sie kritisch. „Bist du sicher?"

„So sicher, dass jetzt endlich die Wohnung geschmückt wird. Na komm schon, du musst helfen." Fritzi zog ihre unwillige Freundin hoch. „Okay, Google", rief sie in den Raum hinein, „spiele *Last Christmas!*"

„Das wird ja immer schlimmer." Alina machte ein leidendes Gesicht.

„Ach was. Wir frühstücken noch kurz und dann machen wir den Glühwein warm, ja?"

„Jedes Jahr das Gleiche: Kaum ist Weihnachtszeit, wirst du zur Hobbyalkoholikerin", sagte Alina lachend.

„Nur an den Wochenenden", korrigierte Fritzi sie. Heute konnte sie in der Tat alles brauchen, was sie von

Tilo Scheiße ablenkte: glitzernde Deko, die Weihnachtsplaylist und Glühwein. „Und nachher müssen wir noch in den Wald hochlaufen und Tannenzapfen suchen."

„Wir müssen was?" Alina stand in der offenen Kühlschranktür und starrte sie an.

„Ich habe da was auf *Pinterest* gesehen und ..."

„Du willst damit irgendwas basteln, schon klar", fiel Alina ihr ins Wort und nahm eine Packung Eier aus dem Kühlschrank. „Dann machen wir aber Rührei. Wenn ich für deine kleinen Rotznasen durch den Wald wandern muss, dann brauche ich Energie."

„Rührei klingt gut." Fritzi kramte die Pfanne aus dem Schrank und stellte sie auf den Herd. Sie musste nur irgendwie aus dem Haus kommen, ohne von dem Mistkerl nebenan gesehen zu werden.

„Haben wir jetzt genug?", fragte Alina zum gefühlt zwanzigsten Mal. Mit ihrer Freundin hier den Waldboden zu durchforsten war schlimmer als eine stundenlange Autofahrt mit quengelnden Kindern.

Prüfend blickte Fritzi in die Stofftasche. „Ich glaube ja. Aber einige sind etwas dreckig, die werde ich wohl erst mal putzen müssen."

„Es ist deine Freizeit", antwortete Alina und zuckte mit den Schultern.

„Ach, so schlimm ist es hier doch gar nicht." Fritzi atmete die würzige Waldluft ein und sah sich um. Hohe Laubbäume und hier und da einige Tannen erstreckten sich um sie herum und der Boden unter ihren Füßen war weich und von trockenen Blättern bedeckt. Alles roch herrlich frisch und sie fühlte sich schon etwas leichter. War es ihr zu verdenken, dass sie am liebsten hierbleiben und gar nicht nach Hause gehen wollte, wo sie sich seit gestern dort plötzlich unwohl fühlte?

Alina hakte sich bei ihr unter. „Jetzt habe ich aber was gut bei dir. Schau dir nur meine Schuhe an, die sind total verdreckt."

„Dafür hast du hübsche rote Wangen."

„Ach ja?" Alina hatte sie schon wieder losgelassen und sah sich um. „Ist ja eigentlich 'ne schöne Location, was?"

Fritzi wusste, was nun kommen würde, und ihre Freundin zupfte schon die weiße Strickmütze und den falschen Pelzschal zurecht, ehe sie sich vor einem breiten Stamm in Pose warf und ihr ihre *gute* Seite zuwandte. Fritzi konnte keinen Unterschied zu der anderen finden, denn Alina sah eigentlich immer beneidenswert gut aus. Sie zückte das Handy und zog sich mit den Zähnen den rechten bunt geringelten Handschuh aus. Dann gab sie einige halbherzige Kommandos wie „lächle doch ein wenig breiter" und „streck dich noch etwas zum Stamm" und machte mehrere Fotos, über die Alina nachher wieder meckern und sie dann mit einem Bildbearbeitungsprogramm optimieren würde, um sie bei *Tinder* und *Instagram* einzustellen.

Aber gut, jeder hatte einen Spleen und immerhin hatte Alina es am Vormittag mit stoischer Ruhe ertragen, als Fritzi den gesamten Inhalt der beiden Dekokisten in der Wohnung verteilt hatte. Es war perfekt geworden, genau wie jedes Jahr. Die Fensterbank zierten kleine Häuschen und Kerzen, Hansi hatte einen künstlichen Tannenzweig für sein Regalbrett bekommen und auf dem Beistelltisch wirkte der große Adventskranz als Blickfang. Im Bad hingen die roten Handtücher mit der weißen Sternenbordüre und in der Küche würden sie die nächsten Wochen die mit Nussknackern bedruckten Geschirrtücher nutzen. Fritzi hatte auch extra einige Zapfen mehr gesammelt, um welche auf der Kommode zu drapieren. Bestimmt passte die batteriebetriebene kleine Lichterkette mit den roten Kugeln perfekt dazu.

Fritzi schloss die Augen und reckte ihr Gesicht den Sonnenstrahlen entgegen, die durch die Zweige über ihnen fielen und tatsächlich ein klein wenig wärmten. Ihre Wohnung hatte zwar den Nachteil, nach hinten hinaus zu gehen und auch etwas zu klein zu sein, aber sie lag perfekt für Streifzüge durch den Wald, die Fritzi gern unternahm – zumindest, wenn sie nicht ewig lange laufen musste. Und manchmal, so wie heute, konnte sie Alina sogar überzeugen, mitzukommen.

Als sie die Augen öffnete, stand Alina an den Baumstamm gelehnt da und pulte mit einem Zweigchen Erde aus ihrem Schuhprofil. Sie waren grundverschieden, daran bestand kein Zweifel. Und doch klappte das gemeinsame Wohnen meistens ganz gut. Fritzi hatte sich vor rund drei Jahren bei Alina vorgestellt, nachdem ihre letzte Beziehung in die Brüche gegangen war und sie ganz dringend aus der gemeinsamen Wohnung mit ihrem Ex rausgewollt hatte. Mehr als eine WG war mit dem schmalen Erzieherinnengehalt jedoch kaum drin gewesen, jedenfalls nicht, wenn man noch leben wollte, ohne jeden Euro zweimal umzudrehen. Und eine WG war Fritzi in der harten Trennungszeit wie eine gute Idee vorgekommen. Wenn noch jemand bei einem lebte, konnte man sich schlecht andauernd im Schlafzimmer verbarrikadieren und sich im Selbstmitleid suhlen. Und sie hatte kaum neue Möbel anschaffen müssen, weil das Zimmer bereits ausgestattet gewesen war – ein weiterer Vorteil. Stattdessen hatte sie sich den Vorwerkstaubsauer, die teure Küchenmaschine und den großen Fernseher geschnappt und mitgenommen, auch wenn sie kaum fernsah, meist zu faul war, die Küchenmaschine herauszuheben, um sie zu benutzen, und Alina bereits einen Staubsauger gehabt hatte. Es war ums Prinzip gegangen. Eigentlich könnte sie alle drei Dinge bei den Kleinanzeigen einstellen, überlegte Fritzi. Vermutlich konnte man davon einen kleinen Urlaub bezahlen.

„Jetzt aber nichts wie nach Hause, ich friere mir hier schon lange genug den Hintern ab", sagte Alina, die plötzlich wieder neben ihr stand und sich erneut bei ihr einhakte.

***

Tilo

Das Regal stand endlich und Luis war gegangen. Lediglich der Geruch seines Rasierwassers hing noch in der Luft. Tilo zog die dünne Joggingjacke über und schloss den Reißverschluss, dann steckte er sich die

Kopfhörer in die Ohren, stellte die Sport-Playlist ein, mit der es sich so viel besser schnell rennen ließ, schob das Handy in die extra dafür vorgesehene Seitentasche an der Laufhose und schlüpfte in die Schuhe. Er öffnete die Tür und stand einer strahlenden Alina gegenüber, die ihn mit rosa Wangen ansah. Rasch fasste Tilo an die Kopfhörer, um die Musik zu pausieren. „Hallo, schon wieder", begrüßte er sie in der Hoffnung, nicht lange aufgehalten zu werden.

„Hallo, schon wieder", gab sie lachend zurück, ehe sie sich zur Treppe umdrehte, wo eine in eine dicke Jacke, tief in die Stirn gezogene Strickmütze und einen überdimensionalen Schal gehüllte Frau erschien. „Guck mal, Fritzi, das ist der Tilo. Sag mal Hallo zu ihm."

Die Frau blieb ruckartig im Flur stehen und warf ihm einen verschwindend kurzen Blick zu, ehe sie „Hallo" murmelte und eine ziemlich vollgestopfte Tasche vor sich hielt.

„Hallo." Tilo musterte die Frau einen Moment lang irritiert. Irgendetwas war komisch an ihr, wie sie ihm anscheinend ausweichend hinter Alina vorbeihuschte und ihnen den Rücken zugewandt die Tür aufschloss. Sie war kleiner als ihre Freundin und während Alina einen figurbetonten Mantel, einen etwas übertriebenen und hoffentlich künstlichen Pelz um den Hals und eine strahlend weiße Mütze mit einem Puschel oben dran trug, waren Schal und Mütze dieser Fritzi eindeutig selbstgestrickt und geradezu ein Feuerwerk an Farben im Vergleich zu ihrer Mitbewohnerin. Tilo schmunzelte. Die beiden schienen ebenso unterschiedlich zu sein wie er und Luis. Er sah zurück zu Alina, die wohl kein Problem damit hatte, dass er bemerkte, wie sie seine enge Laufhose musterte. Nein, schüchtern war dieses Mädel auf keinen Fall.

„Also, ich muss dann langsam mal", sagte er, stellte die Musik wieder an und ging zur Treppe. Ob sie Luis wohl schon bei *Tinder* entdeckt hatte? Hoffentlich wischte Alina nach links. Tilo würde es nicht ertragen, wenn Luis seine Nachbarin erst flachlegen und es sich dann mit ihr verscherzen würde.

Während er mit leichten Schritten die Treppen hinunter zum Ausgang lief, runzelte er die Stirn. Irgendetwas hatte ihn an dieser Fritzi irritiert, auch wenn er nicht den Finger darauflegen konnte. Wenigstens war sie allem Anschein nach nicht so aufdringlich und direkt wie ihre Mitbewohnerin. Zwei von der Sorte wären wohl nur schwer zu ertragen gewesen. Tilo öffnete die Haustür und trat in die erfrischend kühle Luft nach draußen. Er atmete tief ein und blickte zu beiden Seiten die schmale Straße entlang. Sollte seine erste Runde in der alten neuen Heimat ihn den Berg hoch- oder runterführen? Nachdem Luis ihn genötigt hatte, zumindest ein halbes Plunderstück zu essen, entschied Tilo sich für den Weg nach oben in Richtung Wald. Außerdem war ihm heute nach Stille und nicht nach Menschen, die durch die Gegend schlenderten.

Nach wenigen Minuten hatte er den Waldrand erreicht und war sich sicher, kaum dass er den Fuß auf den schmalen Pfad durch die Bäume hindurch gesetzt hatte, dass es richtig gewesen war, diese Wohnung zu wählen. Ein wenig gesorgt hatte er sich, da er sie nur anhand einiger Fotos von Frankfurt aus gemietet hatte. Doch allein der kurze Weg in dieses Paradies hier war die Miete schon wert. Und ganz bestimmt würde sich hier auch das ein oder andere Fleckchen finden, das eine passende Kulisse für seine Videos bieten würde, wenn es erst wärmer wurde.

Die, die er unter freiem Himmel drehte, wurden immer etwas öfter angeklickt, hatte er längst festgestellt. Ganz vorne war das, das er vor zwei Jahren an einem Strand bei Sonnenaufgang spontan mit einer Bekannten gedreht hatte, die er zufällig bei einem der Kurztrips mit Luis in einer Strandbar in Griechenland getroffen hatte, und die der gleichen Leidenschaft verfallen war wie er. Luis hatte die Kamera gehalten und sich erst beschwert, dass es voll peinlich war, solch ein Video in der Öffentlichkeit zu drehen. Und dann waren seinem Kumpel anhand der Verbiegungen von Elena beinahe die Augen aus dem Kopf gefallen. Tilo lachte in sich hinein. Es war ein großartiger Tag gewesen und das Video eine würdige Erinnerung daran, auch wenn Elena und er danach Sand in jeder Ritze gehabt hatten, was noch weniger lustig war, als es klang. Aber was tat man nicht alles für den Job?

Er joggte weiter den Weg hinauf und achtete dabei auf die hier und da aus dem Boden ragenden Wurzeln. Ja, in diesem Wald würde er bestimmt einige Zeit verbringen, sobald das Wetter besser wurde.

Der Schweiß lief ihm trotz der Kälte über die Stirn und er fühlte sich zwar platt, aber eben auch ziemlich gut, wie es nach einer anständigen Runde stets war. Er ging die wenigen Stufen hoch und in den Hausflur, wo er die Schuhe auszog und den Schlüssel ins Schloss steckte. Ehe er eintrat, sah er noch einmal auf die Tür gegenüber und erinnerte sich an den merkwürdig verhuschten Blick dieser Fritzi, von deren Gesicht kaum etwas zu erkennen gewesen war, so tief, wie sie die Mütze ins Gesicht gezogen hatte. Wieder überkam ihn ein Gefühl, das er nicht richtig deuten konnte. So, als würde er etwas übersehen, das direkt vor ihm war.

„Du spinnst", murmelte er zu sich selbst und betrat endlich die Wohnung. Sein Magen knurrte inzwischen unüberhörbar, denn Plunderstücke waren eben keine gute Grundlage für einen eineinhalbstündigen Lauf ohne Mittagessen, wie er sich eingestehen musste, auch wenn sie verboten gut schmeckten. Und so hatte er vor den Herd einzuweihen und eine Pfanne Stir Fry mit Kichererbsen und Frühlingszwiebeln zu machen, die mit Mie-Nudeln in einer würzigen Soja-Ahornsirup-Soße schwammen. Es war eines seiner Lieblingsgerichte, doch eigentlich kochte Tilo vieles gern. In der Küche zu stehen, zu schnippeln und dabei einem Podcast zu lauschen, war definitiv sein liebstes Hobby. Und am Ende wurde man auch noch mit einem richtig guten Essen belohnt. Dagegen kam die Glutamat-Pampe vom Chinaschnellrestaurant definitiv nicht an.

Natürlich zauberte er jedes Mal mindestens die doppelte Menge, wenn nicht sogar die vierfache, um gleich noch etwas für die nächsten Tage zu haben. *Meal prep* wurde das jetzt genannt, so als ob es etwas Neues wäre. Tilo hatte es schon von dem Moment an betrieben, in dem er ausgezogen war, da er Effektivität in jedem Bereich seines Lebens schätzte und ungern Zeit vergeudete. Und da morgen sein erster Arbeitstag hier startete und er das Arbeitszimmer noch einrichten musste, wollte er erst recht vorkochen.

Ein Klingeln war zu hören, aber es war leiser als üblich. Tilo brauchte einen Augenblick, um zu verstehen, dass es von nebenan kam. Warum hörte er es, wenn in der WG geklingelt wurde? Bedeutete das, dass man seine Klingel dort umgekehrt auch hörte? Tilo stellte das Sieb mit den abgetropften Kichererbsen zurück in die Spüle und trat an das Fenster neben dem Regal, von dem aus man hinunter in die Einfahrt sehen konnte. Ein kleines, zerbeultes Auto mit Aufklebern an der Seite, die auf einen Pizza-Lieferdienst hinwiesen, parkte dort und in diesem Moment verschwand ein Mann mit Pizzaschachteln durch die Eingangstür. Tilo ging zurück in die Küche und beförderte die Kichererbsen zu den Zwiebeln in die Pfanne. Das Sesamöl zischte und der Geruch ließ seinen Magen noch mehr rumoren. Er hörte Alinas gedämpftes Lachen, dann wie eine Tür zugeschlagen wurde und jemand die Treppe hinunterlief. Etwas sagte ihm, dass Alina doch nicht die Küchenfee war, für die sie sich ausgegeben hatte. Zum Glück hatte Luis die Plätzchen probiert und nicht er.

Tilo schüttelte die Soße, die er in einem Glas vorgemischt hatte, und goss sie hinzu. Jetzt roch es wirklich wie im Stir-Fry-Himmel. Just in dem Moment bimmelte sein Handy und er lief rasch zum Sofa, um es zu holen. *Tara.* Lächelnd nahm er das Gespräch an. „Na, Schwesterchen?", begrüßte er seine zwei Jahre ältere Schwester.

„Ich wollte mal hören, ob du dich schon etwas eingelebt hast?", fragte sie und Tilo hörte seine Nichten im Hintergrund kreischen.

„Hier wird telefoniert!", rief Tara, dann vernahm Tilo Schritte und eine Tür, die geschlossen wurde.

„Wo versteckst du dich gerade?" Rasch ging er zur Pfanne zurück und rührte um.

„Gäste-WC. Ich sage dir, Sonntage sind auch nicht mehr das, was sie mal waren." Sie seufzte. „Manchmal kann man unsere Eltern schon vermissen. Als Babysitter wären sie ganz nützlich."

Tilo lachte. Kurz nach der Geburt seiner Nichten hatten seine Eltern tatsächlich das Familienhaus verkauft und waren nach Mallorca gezogen, um „noch etwas von ihrem Leben zu haben". Tara war tödlich beleidigt gewesen und hatte hormondurchflutet ins Telefon geheult, dass Zwillinge ohne Großeltern aufzuziehen ein Albtraum war. Tilo hatte wenig Ahnung von Kindern, aber Zwillinge klangen in der Tat anstrengend. Und dann hatte Tara ihm etwas über entzündete Brustwarzen erzählt, was man von seiner Schwester nun wirklich nicht hören wollte. Er hatte sich wie damals in der achten Klasse mit Melli gefühlt. Rasch konzentrierte er sich wieder auf die Gegenwart und versuchte, nicht an die Brustwarzen seiner Schwester zu denken, die inzwischen hoffentlich nicht mehr entzündet waren.

„Jetzt bin ich ja da. Und ich habe dir gesagt, dass ich ein extra Zimmer für die Mädchen einrichte, damit ich sie euch mal abnehmen kann." In der Tat waren seine Schwester und die Mädchen wohl der größte Pluspunkt auf der positiven Seite der Liste gewesen, die er gemacht hatte, um zu entscheiden, ob er wirklich wieder ins verschlafene Lörrach ziehen sollte. Er war immerhin Onkel und hatte damit doch auch gewisse Pflichten, oder nicht? Und er hatte die Zwillinge in ihren drei Jahren bisher nur wenige Male gesehen, was

Tara ihm auch regelmäßig vorhielt. Noch weniger waren nur ihre Eltern dagewesen.

„Das glaube ich erst, wenn ich es sehe", sagte sie und Tilo vernahm die Klospülung.

„Warst du etwa auf der Toilette?", fragte er.

„Na, wenn ich schon mal hier bin. Ich muss gucken, wie ich zu was kommen."

„Na dann." Tilo stellte den Herd aus und zog die Pfanne zur Seite. „Ich schaue die Tage mal bei euch rein, ja? Und grüß Reto von mir." Nun würde sich auch hoffentlich die Gelegenheit bieten, seinen aus der Schweiz stammenden Schwager Reto besser kennenzulernen. Sein Vagabundenleben, wie Tara es mehr als einmal genannt hatte, hatte in der Tat dazu geführt, dass er Reto damals erst bei der etwas überstürzten Hochzeit kennengelernt hatte. Da waren die Zwillinge schon unterwegs und Tara ununterbrochen kotzübel gewesen.

Ihre Mutter hatte zu viel Sekt getrunken und die ganze Zeit von der Idee gesprochen, sich bald auf Mallorca niederzulassen und Tilo sich gefragt, wann in seiner Familie alles plötzlich so komisch geworden war. Weil Tara – und wie er an diesem Tag erfuhr, auch Reto – unkompliziert und praktisch veranlagt waren, hatten die Brautleute ihre Gäste nach der standesamtlichen Hochzeit zum Spaghetti-Essen beim Italiener eingeladen. Das pikierte Gesicht seiner Mutter würde Tilo nie vergessen und auch nicht den geilen Abend, dem zu viel Spaghetti und Ramazzotti gefolgt war. Irgendwann hatte Reto gesungen, während Tara zwar etwas bleich um die Nase, aber so verdammt glücklich ausgesehen hatte wie nie zuvor und sie hatten nicht einmal die Tomatensoßenflecken auf ihrem etwas engen Brautkleid gestört. Da waren ihre Eltern schon längst weg gewesen und Tilo am nächsten Morgen mit einem mächtigen Kater auf der Couch seiner Schwester aufgewacht.

„Ruf an, ehe du kommst, ja? Wir dürfen den Zeitplan am Nachmittag und Abend nicht durcheinanderbringen, sonst flippen die Mädels aus und machen Party bis nach zehn", sagte Tara eindringlich.

„Ist gut, ich schreibe dir einfach vorher und frage, ob es passt."

„Wunderbar." Schon hatte sie aufgelegt und Tilo kippte endlich einen Teil aus der Pfanne auf die inzwischen lauwarmen Mie Nudeln. „Willkommen zu Hause", murmelte er, schnappte sich das Schälchen und setzte sich zum Essen aufs Sofa, um den Blick über Lörrach zu genießen. Er war wirklich wieder zurück.

Kapitel 4
Fritzi

Zwei Tage schon gelang es Fritzi, sich vor und nach der Arbeit unbemerkt aus dem Haus und wieder hinein zu schleichen. Bis auf das eine Mal am Sonntag war es ihr geglückt, dem verdammten Tilo aus dem Weg zu gehen. Und sie war sich ziemlich sicher, dass er sie nicht erkannt hatte.

Nun saß sie auf dem Sofa, löffelte Dosenravioli und blätterte in einer von Alinas Zeitschriften. Doch die Ablenkung funktionierte nicht, was vermutlich daran lag, dass ihr sowohl Tratsch als auch Modetrends schnurz waren. Seufzend schleuderte sie das Magazin auf den Beistelltisch und schob sich eine weitere Ladung Ravioli in den Mund.

Klackend öffnete sich die Tür. Alina kam herein, schimpfte etwas von wegen „Saukalt da draußen" und befreite sich von Mütze und Fakepelz, ehe sie auch den langen Mantel an die Garderobenhaken hängte. Ihr Blick fiel auf Fritzi und sie zog eine Schnute. „Ich hatte echt gehofft, du hättest gekocht. Ich bin auf dem Weg von der Busstation hierher bis auf die Knochen durchgefroren", murrte sie und rieb die Handflächen aneinander.

„Was sollte ich denn kochen?", fragte Fritzi. „Tütensuppe? Was anderes ist nicht mehr da. Wir sollten morgen dringend einkaufen gehen."

„Das ist so eklig", kommentierte Alina und Fritzi wusste, dass sie ihre Angewohnheit meinte, kalte Ravioli direkt aus der Dose zu essen. Doch das war so etwas wie eine Erinnerung an gute Zeiten. An das eine Ferienlager mit dreizehn, als sie fast jeden Tag Ravioli gegessen und irgendwann festgestellt hatten, dass sie auch ohne Erhitzen schmeckten. Allerdings musste man achtgeben, sich nicht am scharfen Rand zu schneiden, aber Fritzi war längst so etwas wie ein Profi im Aus-der-Dose-löffeln.

„Dann eben Tütensuppe." Alina lief in die Küche und holte einen kleinen Topf heraus. Ein Klingeln war zu hören und Fritzi fiel in diesem Moment wieder ein, dass man leider die Schelle von nebenan hörte. Warum auch immer. Sie hatte es ganz vergessen, so lange, wie die Wohnung leer gestanden hatte.

Augenblicklich rauschte Alina ans Fenster und schielte, an den Vorhang gedrückt, hinaus. „Du bist so schrecklich neugierig", tadelte sie ihre Freundin.

„Will nur sehen, ob es Luis ist", rechtfertigte Alina sich, die, wie sie Fritzi leider ausführlich berichtet hatte, tatsächlich nach rechts gewischt hatte und nun darauf wartete, dass Luis ihr schrieb, was der Kerl seit ganzen zwei Tagen nicht tat. Damit trieb er Alina eindeutig in den Wahnsinn, da sie es nicht gewöhnt war, dass man sie warten ließ. Entweder hatte dieser Luis doch kein Interesse, worauf Fritzi hoffte, oder Alina hatte einen würdigen Sparringspartner gefunden. „Eine Frau", berichtete Alina ihre Beobachtung. „Hübsch, Ende zwanzig, würde ich sagen." Sie beugte sich ein wenig mehr vor. „Beneidenswerte Beine", seufzte sie, obwohl sie doch selbst ein Paar davon hatte. „Trägt 'ne pinke Leggins, obwohl es dafür viel zu kalt ist."

Fritzi steckte sich einen weiteren Löffel in den Mund und zog die Augenbrauen zusammen.

„Schon wieder." Alina bewegte sich weg von ihrem Beobachtungsposten und ging zurück in die Küche, wo sie im Vorratsschrank nach der Tütensuppe suchte. „Gestern Abend sind schon zwei Frau vorbeigekommen."

„Ach ja?" Fritzi gab sich Mühe, unbeteiligt zu klingen. Montags hatten sie im Kindergarten immer Dienstbesprechung, weshalb sie spät heimkam.

„Die sahen auch echt gut aus", sagte Alina anerkennend und hielt inne. „Der *tindert* ebenfalls." Sie nickte heftig. „Aber gleich zwei Frauen nacheinander an einem Abend und heute schon wieder eine?"

Das klang ganz nach Tilo Scheiße, fand Fritzi, behielt es jedoch für sich. Sie konnte schon den Boden der Dose sehen und löffelte die letzten Stückchen heraus. Sie hatte keine tollen Beine und würde auch nie welche haben, also konnte sie ebenso gut die ganze Dose verdrücken.

Der Summer ertönte und dann hörte sie, wie nebenan die Tür geöffnet wurde. Sie vernahm Tilos Stimme und unterdrückte ein Stöhnen. Sie würde ausziehen müssen, ganz klar. Es gab keine andere Möglichkeit. Auf keinen Fall würde sie hier wohnen bleiben, sich immerzu verstecken und die Dates von diesem Mistkerl miterleben. Leider war Umziehen echt aufwändig und es in Lörrach schwer, ein passendes Zimmer zu finden. Noch dazu passte der Gummibaum bestimmt nicht mehr durch die Tür. Sie schielte über die Schulter zu Alina, die den Inhalt des Päckchens in den Topf kippte und dann das Wasser. „Du musst das einrühren, sonst klumpt es", rief Fritzi ihr zu. „Und eigentlich kocht man das Wasser erst auf."

Nein, sie konnte Alina nicht allein lassen. Ihre Freundin würde vor lauter *Tindern* irgendwann die Küche abfackeln. Fritzi war die Einzige, die immerhin gelegentlich kochte und zumindest dafür sorgte, dass sie beide jeden Morgen frühstückten. Und abgesehen davon gefiel es ihr hier. Die Wohnung war zwar nichts Besonderes, doch sie fühlte sich wohl. Und trotz aller Unterschiede hatte sie Alina längst in ihr Herz geschlossen. Sie war die nervige Schwester, die Fritzi nie gehabt hatte. Schmunzelnd beobachtete sie, wie Alina mit einer Gabel im Topf rührte.

„Schneebesen", kommentierte Fritzi.

„Ach ja." Alina kramte in der Schublade und steckte ihn demonstrativ in die Brühe. Dann sah sie auf die Uhr. „Mal sehen, wie lange dieses Mädel bleibt. Die beiden gestern sind nach je einer Stunde wieder gegangen."

„Du bist schrecklich, weißt du das?" Konnten sie nicht endlich das Thema wechseln? Fritzi zog das Haargummi aus den Haaren, das sie meist für die Arbeit nutzte, obwohl ihre Haare für einen Pferdeschwanz eigentlich zu kurz waren, aber es eben so viel praktischer war. Allerdings sah sie mit dem kurzen Zöpfchen wie ein Kind aus, wie Alina einmal wenig charmant bemerkt hatte. Doch längere Haare fand Fritzi wiederum zu aufwändig – ihr Longbob stand ihr relativ gut und er ließ auch ihren Hals länger wirken. Kurze Leute mussten nun mal darauf achten, dass Körperteile länger wirkten. Und pinke Leggins waren auf jeden Fall ein No-Go. Nicht jeder hatte beneidenswerte einen Meter vierundsiebzig zu bieten wie Alina. Andere waren eben nur knappe eins sechzig und mussten aufpassen, dass sie am Ende nicht pummelig aussahen. Dabei waren Fritzis Pfunde „immerhin sportlich verteilt" – das war auch so eine Aussage von Alina gewesen. Und sie hatte hübsche Brüste, wie sie selbst fand. Die standen sogar noch relativ gut, obwohl sie nicht gerade klein waren, und hatten bisher nie zu Beschwerden geführt. Im Gegenteil.

„Fritzi!"

Rasch sah sie wieder zu Alina. „Hast du was gesagt?"

„Ich wollte wissen, woher ich weiß, wann die Suppe fertig ist?" Ihre Freundin schüttelte den Kopf. „Du bist in letzter Zeit echt abgelenkt."

„Probiere einfach, ob die Nudeln durch sind."

Noch ehe Alina kosten konnte, klingelte es schon wieder. Dieses Mal aber bei ihnen. Fritzi sah an sich und ihrem Onesie herunter. Sicherlich klebte ihr auch Tomatensoße im Mundwinkel. „Geh du, ja?", flehte sie.

Mit einem Lachen lief Alina zur Tür, drückte den Knopf und öffnete.

Bereit, sich sofort in ihr Zimmer zu stürzen und sich etwas herzurichten, falls sie tatsächlich unangemeldeten Besuch bekommen sollten, lauschte Fritzi.

„Ein Päckchen für Alina Mahler", hörte sie die Stimme eines jungen Mannes. Zufrieden blieb Fritzi sitzen. Zum Glück war es kein Besuch.

Alina warf die Tür zu und betrachtete das kleine Paket in ihren Händen. „Komisch, ich habe gar nichts bestellt", murmelte sie.

„Das hast du vielleicht nur vergessen, wäre nicht das erste Mal."

Alina gehörte zu den Leuten, die spätabends nach zwei Gläsern Wein plötzlich auf die Idee kamen, durch *Wish* zu scrollen und lauter unnütze Dinge zu kaufen. Einige Wochen später häuften sich dann diese merkwürdigen grauen Plastikpäckchen bei ihnen im Briefkasten und Treppenaufgang und es war jedes Mal spannend, zu sehen, was die nüchterne Alina von der betrunkenen Alina geschickt bekam. Auch wenn es unterhaltsam war, wie Fritzi zugeben musste, war sie dennoch bemüht, eine gute Freundin zu sein und nahm Alina das Handy ab, wenn sie diese angeschickert beim Onlineshopping erwischte. Dieses Päckchen sah allerdings nicht wie von *Wish* aus.

Alina holte ein Messer aus der Küche, setzte sich neben Fritzi und zerschnitt das Klebeband. Zum Vorschein kam pinkes Verpackungsmaterial. Sie griff hinein und zog eine Zuckerpackung mit einer rosa Schleife heraus.

„Was soll das denn?", fragte Fritzi. Wer verschickte denn ein Kilo Zucker?

Ein verzücktes Lächeln zeigte sich auf Alinas Gesicht. „Luis."

„Luis?"

„Der Freund von unserem Schönling nebenan“, führte Alina aus.

Jetzt verstand Fritzi. Das war ein Scherz wegen der von ihr sabotierten Plätzchen. Und Luis hatte das Flirten mit ihrer Freundin gerade gekonnt auf ein neues Level gehoben. Erst hatte er Alina zwei Tage nicht bei *Tinder* angeschrieben, was diese, auch wenn sie es nie zugeben würde, fast verrückt gemacht hatte, und jetzt schickte er ihr per Post eine Botschaft. „Das ist süß“, gab Fritzi zähneknirschend zu.

„Das ist es wirklich.“ Alina grinste noch immer und stellte den Zucker zu Fritzis Deko auf das Tischchen. „Wie reagiere ich denn jetzt?“

Fritzi wollte verhindern, dass Alina etwas mit diesem Tilo-Kumpel anfing, aber ihre Freundin hatte schon lange nicht mehr so gerührt gewirkt wie in diesem Moment.

Sag es nicht.

„Wir könnten noch mal Vanillekipferl backen, also ohne zu viel Salz, und du schickst ihm die?“

Verdammt.

„Es müsste doch der Absender auf dem Aufkleber stehen, oder?“, setzte sie hinzu.

Warum bist du nicht einfach endlich still?

Alina untersuchte das Päckchen. „Ja, hier steht sie.“ Sie blickte auf. „Das ist eine ganz ausgezeichnete Idee, Fritzi. Wer hätte gedacht, dass du so gute Ideen beim Flirten hast?“

„Glaub mir, das überrascht mich selbst“, murmelte Fritzi und setzte sich auf. „Dann schlürf rasch deine Suppe, damit wir bald anfangen können. Ich möchte heute nicht zu spät ins Bett, der Tag morgen wird anstrengend, ich möchte mit den Kindern endlich die Tannenzapfen basteln", erzählte sie, obwohl es Alina wohl kaum interessieren dürfte. Fritzi freute sich auf die Aktion. Seit Tagen trocknete sie die gereinigten Tannenzapfen auf Zeitungspapier vor der Heizung und mehr als einmal hatte sie Hansi von dort wegbringen müssen, der es offensichtlich unterhaltsam fand, daran zu knabbern. Doch jetzt musste sie tatsächlich Plätzchen für diesen Luis backen. Immerhin würde es sie kurzzeitig von der Tatsache ablenken, dass der Mensch, den sie als letztes in ihrer Nähe haben wollte, gerade nebenan ein heißes Date hatte – und nicht ahnte, dass sie hier wohnte. Fritzi schüttelte den Kopf und stand auf. Sie würde schon mal die Backzutaten raussuchen.

Fritzi gähnte und hielt sich eine mit Glitter verklebte Hand vor den Mund.

„Bist du müde?", fragte Samantha und sah sie neugierig an. Das Mädchen hatte Glitzer in den Haaren, an den Wangen und an den Klamotten. Sie sah aus wie Tinkerbell, dachte Fritzi und lächelte.

„Ja, ich bin etwas müde, weil ich gestern zu spät ins Bett gegangen bin", erklärte sie, während sie Silberdraht an einem weiteren Zapfen befestigte und Tom reichte. Der Bursche griff sofort nach einem Pinsel und verteilte dick grüne Farbe darauf. Fritzi schob ihm die Schälchen mit dem blauen und silbernen Glitzer hin und passte auf, dass er wirklich nur Prisen davon auf der Farbe verteilte und nicht gleich eine ganze Handvoll.

An einem langen Stab hingen die bereits verzierten Zapfen von der Decke und es sah noch viel schöner aus, als Fritzi es sich vorgestellt hatte. Sie drehten sich und funkelten im Licht der Deckenlampen. Das hier war eine Dekoration, die die Mütter lieben würden, da war sie sich sicher. Und Fritzi hatte nicht widerstehen können, einige Zapfen für die WG zu verzieren, die sie plante, ins Fenster zu hängen. Mit dieser Idee hier hatte sie einmal mehr den Bastelhimmel der Erzieherinnenzunft erreicht, daran bestand kein Zweifel. Die Kolleginnen aus den anderen Gruppen waren ebenfalls schon gucken gekommen und hatten die Werke ihrer Kinder mit Lob überschüttet. Ganz sicher würden spätestens nächste Woche auch dort Tannenzapfen verziert werden. *Goodbye, Pappteller.*

Fritzi lachte, woraufhin Samantha sie komisch anguckte. „Das ist einer der schönsten Zapfen heute", flüsterte Fritzi dem Mädchen zu und erntete dafür ein breites Strahlen. Samanthas Kunstwerk aus pinker und gelber Farbe und rotem Glitter war ohne Frage ein Hingucker.

***

Tilo runzelte die Stirn und las die Mail von seinem Steuerberater noch einmal. Anscheinend hatte dieser ihm schon vor Tagen etwas per Post geschickt, doch bisher war es nicht bei ihm eingegangen. Tilo öffnete die Wohnungstür und trat in Socken hinaus. Kam der Postbote hier vormittags oder nachmittags? Er würde zur Sicherheit noch einmal im Briefkasten nachsehen.

Die Augen weiterhin auf das Handy gerichtet, nahm er die ersten Stufen und hielt abrupt inne, als vor ihm ein Schatten auftauchte. Rasch sah er hoch und auf eine bunte Strickmütze. „Oh, entschuldige. Man sollte nicht gleichzeitig lesen und gehen", scherzte er, doch es kam keine Antwort. Die Frau, die zwei Stufen unter ihm stand, starrte auf den Boden. Eilig trat er zur Seite, um Platz zu machen.

„Danke", murmelte sie und lief los.

Wieder spürte er merkwürdige Schwingungen. Als sie auf seiner Stufe an ihm vorüberging, fiel sein Blick auf eine niedlich geformte Nase, die zwischen Mütze und Schal hervorlugte. Sie kam ihm merkwürdig vertraut vor. Regungslos sah er zu, wie sie oben an der Treppe ankam. „Warte mal!" Mit zwei großen Sätzen war er wieder im Flur und schob sich vor sie. Sie war klein, ging ihm nur etwa bis zur Brust. Noch einmal betrachtete er die Nase, dann durchzuckte ihn die Erkenntnis. „Friederike?", fragte er fast tonlos.

Die Frau seufzte. „Fritzi." Unwillig sah sie zu ihm auf. „Ich werde jetzt Fritzi genannt", sagte sie und Tilo nahm wahr, wie sie den Rücken durchdrückte. Die hellblauen Augen, die er das letzte Mal vor einem halben Leben gesehen hatte, hielten seinem Blick stand. Doch jetzt gerade sahen sie nicht so fröhlich aus, wie er sie in Erinnerung hatte. „Hallo, Tilo“, setzte sie hinzu.

„Ich wusste nicht …“, er brach ab, „also, dass du hier …“ Mit einer fahrigen Bewegung deutete er auf die übertrieben geschmückte Tür. Friederike wohnte im gleichen Haus wie er? Augenblicklich fühlte Tilo sich in die Jugendzeit zurückversetzt. Es kam wie ein Fausthieb in den Magen. Und das verdiente er wohl auch, wenn er ehrlich war. Da war so viel, was er sagen wollte, und doch bekam er kein Wort heraus.

Sie hingegen wirkte nicht überrascht, was ihm verriet, dass sie ihn natürlich schon kürzlich erkannt hatte. Dennoch wirkte alles an ihrer Körperhaltung ablehnend. Sie hielt eine Tüte an sich gepresst und ihre Fingerknöchel traten weiß hervor, so fest umklammerte sie das Plastik. Sie wollte nicht in seiner Nähe sein. Tilo trat unbewusst einen Schritt zurück.

„Ich wohne seit drei Jahren hier.“

„Du hast Glitzer an der Nasenspitze“, murmelte er als Antwort, ohne darüber nachzudenken.

Applaus, Tilo, ganz spitze.

Was tat er hier nur? Die Kälte des Steinbodens kroch durch seine Fußsohlen und er verspürte ein Frösteln. Kam es von den Temperaturen im Hausflur oder von Friederikes eisigem Blick?

„Ich muss dann mal …“ Sie kramte in der Jackentasche und steckte den Schlüssel hektisch in das Schloss. Sie konnte gar nicht schnell genug von ihm wegkommen.

Schon fiel die Tür hinter ihr zu und Stille breitete sich aus. Einen Moment lang stand er regungslos da, dann erinnerte er sich daran, dass er eigentlich auf dem Weg zum Briefkasten gewesen war. Er zwang sich, endlich hinunterzugehen und nach der Post zu sehen. *Nichts. Auch egal.*

Tilo stapfte wieder die Treppe hoch, sah erneut auf die Nachbartür und warf dann seine zu. Wie ferngesteuert zielte er das Sofa an, ließ sich darauf fallen und sah hinaus in den wolkenverhangenen Himmel, durch den es heute schon den ganzen Tag nicht ein Sonnenstrahl schaffte. Jetzt hatte bereits die Dämmerung eingesetzt und in seiner Wohnung wurde es allmählich dunkel. Zeit, die Deckenleuchte einzuschalten. Aber Tilo konnte sich nicht rühren.

Friederike Neumann wohnte nebenan. Er rieb sich über den Nacken und spürte schon wieder dieses miese Gefühl, das ihn seit damals ereilte, wenn er an den Skiurlaub in Davos vor einer Ewigkeit zurückdachte. Er war seither nicht mehr in Davos gewesen, obwohl er das Skifahren schon von Kindesbeinen an liebte. Da es genug andere Orte gab, an denen es möglich und sogar billiger war, hatte es auch kein Problem dargestellt, sich vor einer Konfrontation mit der Vergangenheit zu drücken. Doch nun lebte die Vergangenheit gegenüber und Tilo wusste nicht, was er mit dieser Information anfangen oder darüber denken sollte. Friederike hatte ihm kaum in die Augen sehen können, das war unschwer zu übersehen gewesen.

„So ein Mist!" Tilo schüttelte den Kopf. Dieser Umzug hatte ihn wirklich zurückgebracht. Mehr sogar noch, als er angenommen hatte. Aber vielleicht war es ja auch richtig so und er bekam endlich die Gelegenheit, etwas Wiedergutmachung zu leisten. Und abgesehen davon war es eine Ewigkeit her. Womöglich juckte Friederike das alles längst nicht mehr. Wobei ihre Körpersprache etwas anderes signalisiert hatte, wenn er ehrlich war. Es klingelte und Tilo zuckte zusammen. Er sah auf die Uhr. *Verdammt.* Den letzten Termin des Tages hatte er total vergessen. Mit einem Stöhnen stand er auf und schaltete das Licht endlich ein.

***

Fritzi

Fritzi lehnte noch immer mit dem Rücken an der Tür. Sie schnappte nach Luft und ließ die Tüte mit den Glitzertannenzapfen zu Boden sinken. Ihr war heiß und kalt zugleich.

„Was ist denn mit dir los?", fragte Alina, die gerade aus ihrem Zimmer kam.

„Tilo Scheiße ist passiert", rutschte es Fritzi heraus. Sie hatte keine Kraft mehr, vor ihrer Freundin so zu tun, als wäre nichts. Irgendwann musste sie ja doch mit der Wahrheit rausrücken. Warum also nicht gleich?

„Tilo Scheiße? Warum nennst du den armen Kerl denn so?" Alina gluckste, ging zum Sofa und lümmelte sich darauf, um sie gleich darauf neugierig zu mustern.

„Weil ich ihn kenne und er ein Mistkerl ist", fauchte Fritzi und in diesem Moment war es ihr egal, dass Tilo es vielleicht durch die Tür hören könnte, falls er sich noch im Flur herumdrückte. Energisch knöpfte sie die

Jacke auf und warf sie zur Seite, wo sie auf dem Boden vor der Garderobe landete, was Fritzi ignorierte.

Alina gab ihre Lümmelhaltung auf und setzte sich aufrecht hin. „Wie? Du kennst Tilo?"

„Das tue ich. Leider." Fritzi verschränkte die Arme vor der Brust und wusste nicht, ob sie sich zu ihrer Freundin setzten oder weiterhin stehen sollte. Ihr war danach, mit dem Fuß aufzustampfen und zu brüllen, dass sie nicht mit diesem Kerl in einem Haus leben wollte.

Alina legte den Kopf schief. „Wenn ich mir dein Gesicht so ansehe, dann steckt da eine interessante Geschichte dahinter." Sie klopfte neben sich. „Na, nun komm schon und erzähl mir alles."

Unwillig folgte sie der Aufforderung und ließ sich auf die Couch sinken. Was genau sollte sie Alina denn sagen? Dass Tilo ihr etwas genommen hatte, was es nur einmal gab? Unbewusst schüttelte sie den Kopf. „Das ist dreizehn Jahre her", sagte sie leise.

„Was ist dreizehn Jahre her?", fragte Alina und legte eine Hand auf Fritzis Knie.

„Dass ich mich in Tilo verliebt habe."

Es war die Wahrheit, auch wenn sie diese nicht mochte und sich lange Zeit eingeredet hatte, dass es anders gewesen war. Unverfänglich. Nur eine Schwärmerei. Aber irgendwann, es hatte einige Jahre gedauert, hatte sie es sich eingestanden. Tilo Schön war während eines Weihnachtsurlaubs in ihr Leben gekracht, oder besser Fritzi in ihn – auf der Piste damals, als sie schneller als gewollt gewesen war und nicht mehr rechtzeitig hatte bremsen können. Einen Schrei und einen Zusammenstoß später hatte sie auf ihm gelegen. Ihre Skibrille auf seiner, die Lippen nur wenige Zentimeter von seinen entfernt und alles, was sie durch das getönte Glas hatte sehen können, waren die schönsten Augen aller Zeiten gewesen. Tilo hatte Wimpern, die jede Frau neidisch machten. Daran hatte sich nichts geändert, hatte Fritzi erst eben im Flur bemerkt, als er so plötzlich vor ihr gestanden hatte.

Tilo hatte nicht geschimpft, dass sie ihn von den Füßen gerissen und in den Schnee befördert hatte, sondern es mit einem „Na hoppla" kommentiert und abgewartet, bis sie die Schrecksekunden überstanden, von ihm heruntergerollt und sich von ihm hatte aufhelfen lassen. „Ist ja nichts passiert", hörte sie seine Stimme in ihren Ohren, als sei es erst gestern gewesen. Was hatte sie den Ton gemocht!

„Du warst in ihn verliebt?" Alina streichelte ihr Bein und in der Tat war diese Geste irgendwie tröstlich. „Ist er etwa ein Ex?"

„Nein. Ja." Es war zum Verrücktwerden. Sie wusste es doch auch nicht. Fritzi seufzte. „Wir haben uns im Skiurlaub kennengelernt und haben dann jeden Tag miteinander verbracht", erzählte sie und sah die Bilder von damals vor sich. Tilo in dem blauen Skioverall mit dem Snowboard, Tilo, wie er sie über eine Pizza hinweg, die sie sich teilten, anlächelte und Tilo, wie er ganz nah bei ihr war. So nah, dass sie seinen Atem an ihrem Hals gespürt hatte. Fritzi schluckte die Erinnerungen weg. „Ist lange her. Er ist ein mieser Kerl, das kannst du mir glauben. Deshalb war ich auch wenig begeistert, dass du dich für diesen Luis interessierst. Aber ich nehme an, es ist ungerecht, einen Freund einfach mit Tilo in den gleichen Sack zu stecken. Das mit dem Zucker war ja wirklich ganz süß. So etwas würde Tilo sicherlich nicht einfallen." Vielleicht gelang die Ablenkung von ihr ja und Alina biss an.

„Lass Luis mal beiseite. Was genau war das denn zwischen Tilo und dir?"

Von wegen Ablenkung.

„Keine Ahnung." Fritzi zuckte mit den Schultern. „Ich war sechzehn, er siebzehn und Tilo ist damit meine erste Liebe, ob es mir passt oder nicht. Es war schneller vorbei als ich gucken konnte und ich habe nie wieder etwas von ihm gehört."

„Hmmm." Die Antwort schien unzureichend und Alina runzelte die Stirn. „Er hat dich nicht erkannt, als wir ihm begegnet sind."

„Und das sagt einiges aus, nehme ich an." Es war genau so, wie sie es damals gefühlt hatte: Sie war ihm egal gewesen. Trotz Mütze hätte sie ihn unter hunderten von Männern auf den ersten Blick entdeckt. Er sie jedoch nicht. Tilo hatte beinahe ein zweites Mal mit ihr zusammenstoßen müssen, um sich daran zu erinnern, dass es schon einmal geschehen war.

Fritzi sah sich selbst mit sechzehn vor sich. Damals hatte sie das Gefühl, nicht hübsch genug zu sein, unentwegt begleitet. Kaum ein Junge hatte sie angesehen, während ihre Freundinnen schon längst die ersten Freunde hatten. Erst in der Ausbildung hatte sich nach und nach ein besseres Gefühl zu sich selbst eingestellt und irgendwann war auch Gras über die Sache mit Tilo gewachsen und sie hatte es gewagt, sich erneut zu verknallen.

Irgendwann war ihr klargeworden, dass es durchaus Männer gab, denen sie gefiel. Die sich um sie bemühten und ehrliches Interesse an ihr hatten. Weil sie zwar keine Modelfigur hatte, aber eben doch hübsch war. Dass es nicht nur die eine Art von Schönheit gab, nämlich die, die in Alinas Magazinen präsentiert wurde, war eine wichtige Erkenntnis gewesen. Und so hatte Fritzi eines Tages entschieden, sich von nun an einfach toll zu finden und ihre Eigenarten zu mögen. Was sie nur dafür gegeben würde, ihr jüngeres Ich zur Seite zu nehmen und Klartext reden zu können! Sie würde der Friederike von damals den schlecht geschnittenen Kopf waschen, ihr sagen, dass sie zum Teufel noch mal nie wieder auf Frisuren-Ratschläge ihrer Mutter hören sollte, weil ihr schlicht kein Pony stand, dass die Pickel noch verschwinden und an deren Stelle tolle Möpse wachsen würden, und dass etwas mehr Hintern gar nicht so schlimm war und manchen Männern sogar richtig gut gefiel.

„Und was willst du jetzt machen?“

Alinas Worte holten sie in die Gegenwart zurück. „Nichts. Ihn ignorieren, so gut es geht.“

Die Klingel nebenan war zu hören. Alina sprang auf und presste ihr Auge auf den Spion. „Da ist er ja“, flüsterte sie. „Sieht etwas durch den Wind aus, wenn du mich fragst.“

„Das interessiert mich nicht.“ Fritzi verschränkte erneut demonstrativ die Arme vor der Brust.

„Und schon wieder eine Frau.“ Alina ließ ein „Tststs“ hören. „Wie macht der Kerl das nur?“ Sie wandte sich um und sah kopfschüttelnd zu Fritzi. „Ich gebe zu, er sieht ziemlich gut aus, trotzdem: Seit der hier wohnt, gehen jeden Tag mehrere Frauen ein und aus. Da stimmt doch was nicht!"

„Das Selbstwertgefühl der Frauen", murmelte Fritzi.

„Nun wirst du ungerecht." Strafend sah ihre Freundin sie an.

„Entschuldige." Fritzi seufzte und Alina warf ihr einen warmen Blick zu. Sie hatte natürlich recht: Die Frauen konnten ja nicht wissen, dass Tilo sich mit so vielen verabredete.

„Ich wette, der ghostet die Mädels, sobald er bekommen hat, was er wollte." Alina stemmte die Hände in die Hüften. „Deshalb lasse ich mich grundsätzlich auf keinen schnellen ... na, du weißt schon was, ein, wenn ich mich verabrede. Wenn man eine richtige Beziehung will, dann darf man sich nicht unter Wert verkaufen. Man sollte diese Frauen warnen. Die eben sah so aus, als wäre sie schon fast fünfzig." Alina wirkte fassungslos. „Der hat echt 'nen ganz schönen Durchlauf."

Es war schon komisch, dass ausgerechnet eine Frau, die auf *Tinder* nach der großen Liebe suchte, so davon überzeugt war, zu wissen, wie man diese fand. Aber Alina hatte ihre Überzeugung und in der Tat hatte Fritzi in den drei Jahren, die sie zusammenlebten, nie mitbekommen, dass ihre Freundin einfach irgendeinen Kerl mit nach Hause brachte. Vermutlich stellte Alina mit ihrem Verhalten den *Tinder*-Algorithmus kräftig auf den Kopf. Was Tilo anging, so passte die Sache mit dem *Ghosten* tatsächlich sehr gut zu ihm. So gut, dass Fritzi das Atmen schwerfiel. „Was willst du machen? Den Frauen vom Fenster aus zurufen, dass sie sich mit einem Rumtreiber verabredet haben?", scherzte sie bitter.

„Rumtreiber", wiederholte Alina. „So würde meine Oma einen Kerl nennen."

„Oder willst du einen Klebezettel zur Warnung neben seine Klingel hängen?"

„Das würde er ja sehen." Alina wirkte unzufrieden. „Auf jeden Fall sollten wir die Sache weiterhin beobachten."

Fritzi stöhnte. Das fehlte ihr gerade noch. Tilos Liebesleben zu dokumentieren, klang nach ihrem persönlichen Albtraum. „Ganz sicher nicht."

„Hast ja recht, geht uns nichts an", stimmte Alina zu und schlurfte zu ihr. „Mist. Und ich habe heute Morgen noch vor der Arbeit die Kipferl an Luis geschickt. Das hätte ich vielleicht besser nicht machen sollen. Eine faule Kartoffel verdirbt den ganzen Sack."

Ein Lachen brach aus Fritzi heraus. Plötzlich löste sich die ganze Anspannung der unliebsamen Begegnung. Dass Alina Tilo mit einer faulen Kartoffel verglich, traf den Nagel auf den Kopf. Sie schnappte nach Luft, was sich mehr nach einem Röcheln anhörte.

Alina klopfte ihr auf den Rücken. „Ist ja schon gut. So lustig war das auch wieder nicht."

„O doch, das war es." Sie wischte sich die Feuchtigkeit aus den Augen. Es tat verdammt gut, wieder mal richtig zu lachen. Endlich wurde es besser und Fritzi atmete tief durch, ehe sie sich an ihre Freundin wandte. „Guck dir diesen Luis an, fühl ihm auf den Zahn und dann wirst du wissen, woran du bist. Seit ich dich kenne, hat es kaum ein Kerl geschafft, dass du dich mit ihm zu einem zweiten Date verabredet hast. Deine Latte hängt also ziemlich hoch, wie ich vermute, und jetzt weißt du ja, dass du bei Luis doppelt so genau hinschauen solltest."

„Vielleicht kann ich dabei ja auch etwas über Tilo rausfinden?"

„Auf gar keinen Fall!" Fritzi durfte es nicht zulassen, dass sie sich einmischte, denn dann würde alles noch unangenehmer werden, als es eh schon war. „Ich werde Größe zeigen und mir nicht anmerken lassen, wie sehr es mich nervt, dass ausgerechnet er neben uns eingezogen ist", verkündete Fritzi und fand, dass sie ziemlich überzeugend klang.

Ihre Freundin hob die Hände „Okay, wenn du es so willst."

„Das will ich."

„Und jetzt?" Alina zog die Augenbrauen hoch.

„Was, und jetzt?"

„Schokolade und Glühwein? Du siehst aus, als ob du beides brauchen könntest. Und mir ist auch danach."

Fritzi nickte lächelnd. Zwar nervte es, dass Tilo aufgetaucht war, doch sie hatte noch immer diese gemütliche Wohnung, und mit Alina eine zwar manchmal anstrengende, aber eigentlich ganz liebe Mitbewohnerin. Und dann war da noch Hansi, der in diesem Moment in einem seiner todesmutigen Sturzflüge mit dem Geräusch eines kaputten Propellerflugzeuges an ihnen vorbeisegelte.

„Ich sammle den dummen Vogel auf und dann mache ich uns den Glühwein warm." Seufzend stand Alina auf und zwinkerte ihr zu. „Das wird schon wieder, Fritzi. Das ist nur ein Kerl."

Kapitel 5
Tilo

„Ich bin gerade in der Nähe und komme gleich vorbei, ja?", schallte Taras Stimme aus dem Handy. „Das passt doch, oder?"

Tilo warf einen Blick auf die Uhr. Eigentlich musste er dringend noch einen Film bearbeiten, der heute Abend hochgeladen werden sollte, aber das war natürlich zweitrangig, wenn sich seine Schwester ankündigte, die er das letzte Mal vor über einem Jahr gesehen hatte. Rasch stand er auf, ging aus dem Arbeitszimmer in den Wohnbereich und holte schon mal den Kaffeekocher heraus. Kaum hatte er das Wasser eingefüllt, klingelte es schon. *Das ging ja schnell.* Dem Quietschen nach zu urteilen, das erklang, kaum dass er auf den Türöffner gedrückt hatte, kam Tara nicht alleine. Zwei kleine runde Gesichter tauchten auf und beäugten ihn neugierig.

Hinter ihnen kam keuchend Tara die Treppe hoch, strahlte ihn an und ließ eine beeindruckend große Tasche neben seinen Füßen auf den Boden plumpsen. Mit einem kleinen Freudenschrei schlang sie die Arme um seinen Nacken und Tilo hob sie hoch, so wie sie es schon seit eh und je zur Begrüßung taten. „Ach, tut das gut, dich zu sehen!" Sie küsste seine Wange und versetzte ihm einen Stoß gegen den Oberarm. „Siehst wie immer hervorragend aus, kleiner Bruder. Hast es mit dem Training übertrieben?" Sie betrachtete seine Schultern und Arme und in diesem Moment wurde ihm klar, dass er nach der letzten Yogarunde noch immer oben ohne war.

Schon trieb die Kälte des Hausflurs einen Schauer über seinen Rücken. „Kommt rasch rein", forderte er den Besuch auf und ging rückwärts in die Wohnung zurück.

Mit einem Tritt beförderte Tara die Tasche in den Flur, dann griff sie mit jeder Hand die eines Kindes und zog die beiden mit sich hinein. „Das ist euer Onkel Tilo, auch wenn ihr euch wahrscheinlich nicht mehr an ihn erinnern könnt", informierte sie ihre Töchter. „Also Mamas Bruder."

Vermutlich war es nicht beabsichtigt, aber ihre Worte trafen ihn. Es stimmte, seine Nichten würden sich wohl kaum an ihn erinnern, weil er sich viel zu selten bei ihnen hatte blicken lassen. Tilo ging vor ihnen in die Hocke und betrachtete die bezaubernden Gesichter der Mädchen. „Also, wer von euch ist wer?"

„Rotes Haargummi ist Charlotte, blaues ist Antonia", erklärte Tara und sah sich um. „Schön hast du es hier." Sie blickte an ihm vorbei ins Wohnzimmer. „Und so hell."

Tilo nickte und lächelte dann die Mädchen an, während er sich einprägte, welche Farbe welche Nichte war. „Habt ihr Hunger auf eine Banane? Oder einen Apfel vielleicht?" Er wusste nicht, was Kinder gern mochten, aber mit Obst konnte man vermutlich nichts falsch machen.

„Nane!" Erklang es jauchzend im Chor.

Tilo lachte auf. „Na, das verstehe sogar ich. Dann husch zur Küche."

Die Mädchen schienen bei der Aussicht auf etwas zu essen ihre Scheu zu vergessen und tippelten kreischend um die Kochinsel herum.

„Es gefällt ihnen hier", kommentierte Tara.

„Wie alt sind sie jetzt genau?", fragte Tilo und nahm zwei Bananen aus dem Obstkorb.

Seine Schwester warf ihm einen strafenden Blick zu. „Sie werden im Februar drei."

„Ah, stimmt." Tilo grinste entschuldigend, pellte die Schalen ab und reichte den Mädchen die Früchte, die sich damit auf den Boden vor die Fensterfront hockten und genüsslich mit dicken Backen kauten.

„Kaffee?"

Tara nickte.

Er füllte eine kleine Tasse für sich und eine größere für seine Schwester, in die er einen ordentlichen Schluck Sojamilch gab.

Tara setzte sich an den Tresen, nahm einen Schluck und seufzte. „Das tut jetzt gut."

„Harter Tag?" Tilo lehnte sich auf die Arbeitsplatte.

„Das ist jeder Tag mit Kindern."

Sein Blick wanderte zu den beiden Mädchen, die die Bananen bereits verdrückt hatten und mit ihren verschmierten Fingern an die Scheibe patschten. Er würde wohl schneller als gedacht Glasreiniger kaufen müssen.

Tilo kannte sich mit Kindern nicht aus, hatte doch bisher niemand in seinem Bekanntenkreis welche. Abgesehen davon hatte er nie lange genug an einem Ort gelebt, um wirklich viele Leute näher kennenzulernen. Seine beiden Nichten sahen jedenfalls ziemlich entzückend aus mit ihren Jeansröcken und den lila Strumpfhosen. Und diese niedlichen Zöpfe erst. Überrascht stellte er fest, dass er tatsächlich so etwas wie Stolz empfand, auch wenn er bisher nichts zum Leben der beiden beigetragen hatte. Aber das konnte sich ja ändern.

„Ich werde zusehen, dass ich nächste Woche zum Möbelhaus fahre und Matratzen für die Mädels kaufe“, sagte er und schlürfte Kaffee.

„Du meinst das also wirklich ernst.“ Ungläubig sah Tara ihn an.

„Ich habe dir gesagt, dass ich auch wegen euch zurück nach Lörrach komme. Die beiden können ja einmal im Monat bei mir übernachten und ich bringe ihnen all die coolen Dinge bei, die du und Reto für viel zu gefährlich haltet.“

„Soll mich das jetzt etwa beruhigen?“ Tara lachte und schüttelte den Kopf. „Wenn du es wagen möchtest, bekommst du die beiden jederzeit. Dann können Reto und ich endlich mal wieder zu viel trinken und zu laut ...“ Sie brach ab und trank schnell einen Schluck.

„*Too much information!*“ Tilo verzog das Gesicht.

„Du weißt ja nicht, wie das ist, wenn man abends so platt ist, dass man selbst dafür zu faul ist.“ Tara guckte ein wenig unglücklich drein. „Um ehrlich zu sein, haben wir gerade 'ne ziemliche Durststrecke.“

„Übernächstes Wochenende." Tilo nickte ihr zu. „Du bringst sie Samstag und holst sie Sonntag wieder ab. Dann habt ihr vierundzwanzig Stunden, um was auch immer laut zu treiben."

„Reto wird ausflippen vor Begeisterung, wenn ich ihm das sage." Sie hielt inne. „Allerdings haben die Mädchen bisher nur bei meiner besten Freundin übernachtet. Könnte sein, dass sie etwas Schwierigkeiten machen."

„Ich bekomme das schon hin, Tara. Ich bin immerhin ihr Onkel. Wir sind blutsverwand, sag ihnen das."

Seine Schwester lachte. „Ich vermute, das verstehen sie noch nicht."

„Ach so. Na dann sag ihnen, dass ich ein Tablet habe, auf dem man Zeichentrickfilme anschauen kann."

„Das wird schon eher ziehen. Eine Übernachtung pro Monat also?", versicherte sie sich.

„Versprochen."

„Das ist ein Traum", hauchte sie und strahlte ihn glücklich an, ehe sie wieder ernst wurde. „Kommst du Heiligabend jetzt eigentlich zu uns?"

„Du kennst die Antwort", brummte Tilo und stellte seine leere Tasse beiseite.

„Nun komm schon, wenn du einen kompletten Neuanfang wagst, dann kannst du auch Weihnachten feiern."

„Keine Chance."

„Unsere Eltern haben Reto, die Mädchen und mich eingeladen", berichtete Tara, ehe sie lachte. „Ich habe dankend abgelehnt und vorgeschlagen, dass sie ja stattdessen nach Deutschland kommen könnten. Da war ganz schnell Ruhe."

Er schmunzelte. Das war mal wieder typisch. Natürlich hatte er ebenfalls eine Zwei-Sätze-Einladung per Mail bekommen. Tilo hasste Weihnachten und er hasste Mallorca. Weihnachten auf Mallorca war so ziemlich das Schlimmste, was er sich vorstellen konnte. Und das wusste seine Mutter nur zu gut, weshalb sie regelmäßig freizügig mit Einladungen um sich warf, die er nie annahm. Vielleicht sollte er einfach mal zum Spaß zusagen und sehen, wie sie reagierte.

Seine Eltern hatten sich nie wirklich viel für ihre Kinder interessiert, ihnen waren andere Dinge wichtiger gewesen: Geld zu verdienen, was herzumachen, zu hochkarätigen Veranstaltungen und in zu teure Restaurants zu gehen, zum Beispiel. Das war auch der Grund, weshalb Tara und er so eng waren. Seine Schwester hatte sich viel mehr um ihn gekümmert, als ein Kind es sollte. Und jetzt wollte er ihr etwas von dem zurückgeben, was sie ihm einst gegeben hatte. Darum hatte er bei der Wohnungssuche darauf geachtet, dass es ein zusätzliches Zimmer für die Zwillinge gab, auch wenn dort bisher nur der Staubsauger stand. Aber jetzt hatte er einen Termin, zu dem alles fertig sein musste.

„Was ist denn eure Lieblingsfarbe?", fragte er laut in den Raum hinein.

„Gelb!", rief das Mädchen mit den roten Haargummis. Welche Nichte war das noch mal? Er wagte nicht, nachzufragen.

„Neiiin. Lila!" Schallte es vom blauen Zöpfchen.

Gelb und Lila also, prägte Tilo sich ein und hoffte, dass er sich wenigstens das merken konnte.

„Was hast du vor?", fragte Tara mit zusammengekniffenen Augen.

„Eine Überraschung. Das siehst du dann schon.“

„Da bin ich ja mal gespannt. Du brauchts dann auch einen Sitzverkleinerer.“

„Einen was?“

„Für die Toilette. Sonst rutschen sie rein und du musst sie duschen. Ihre Popos sind noch ziemlich klein.“

Tilo zückte das Handy. „Ich glaube, ich lege besser eine Liste an. Sonst noch was?“

„Ein Nachtlicht.“ Tara gluckste. „Für einen Minimalisten musst du dir jetzt ganz schön viel anschaffen.“

Tilo zog eine Grimasse. Im Gegensatz zu ihm war Tara durch und durch Maximalistin und entsprechend vollgestopft war das Reihenendhaus von Reto und ihr auch. Tilo bekam dort jedes Mal das Bedürfnis, Kartons aufzustellen und seine Schwester zum Ausmisten zu zwingen. Kein Mensch brauchte so viel Zeugs. Keiner bis auf Tara. „Das wird ein minimalistisches Kinderzimmer“, erklärte er überzeugt. Er würde seiner Schwester schon zeigen, dass es auch mit Kindern möglich war, Ordnung zu halten.

„Du darfst dir jetzt übrigens ruhig mal ein Shirt überziehen“, sagte Tara und gab sich leicht genervt. „Ich bin keine dieser Frauen, mit denen du arbeitest und die du mit deinen Muskeln beeindrucken musst.“

Tilo runzelte die Stirn. „Du bist hier aufgetaucht. Entschuldige, dass ich in meiner Wohnung so rumlaufe, wie es mir gefällt.“ In diesem Moment nahm er wahr, wie Rotzopf auf das Stativ zulief und die Hände nach der sauteuren Videokamera ausstreckte. Tilo hechtete um die Kochinsel, sprang auf das Sofa, über die Lehne und erreichte das Stativ gerade noch rechtzeitig. Erleichtert hob er es hoch und seine Nichte machte ein enttäuschtes Gesicht.

„Steckdosensicherungen!“, rief Tara. „Weißt du was, lade mich einfach in die Liste ein, dann schreibe ich rein, was du noch besorgen musst.“

Tilo sah von seiner Schwester zu Blauzopf, die gerade eine Hantel über den Boden rollte. Vielleicht hatte er den Mund doch ein wenig zu voll genommen. Aber jetzt gab es kein Zurück mehr.

***

Fritzi

„Hat er Kinder?“

„Was?“ Fritzi befestigte einen weiteren Faden mit einem Reißnagel über dem Fenster und knotete einen roten Glitzertannenzapfen daran fest. In der Tat funkelten sie hier im Licht so schön, wie sie es sich vorgestellt hatte.

„Na, dein Tilo. Hat der Kinder?“

„Es ist nicht *mein* Tilo“, zischte Fritzi und stieg vom Stuhl herunter, den sie brauchte, um die Deko aufzuhängen. Wenn man so klein war wie sie, dann brauchte man unentwegt einen Stuhl. Sie kam nicht mal an das Geschirr in den oberen Küchenregalen.

Alina klebte schon wieder am Spion und hielt einen Zettel in der Hand.

„Sag nicht, dass du dir Notizen machst?"

„Ich will nur rauskriegen, was da läuft", murmelte ihre Freundin, löste sich endlich von der Tür und winkte sie näher.

Unwillig folgte Fritzi der Aufforderung.

„Nun guck doch mal. Ich glaube, er hat Kinder. Ist bestimmt seine Ex. Vielleicht hat er den Unterhalt nicht gezahlt? Bestimmt ist die Wohnung so teuer, dass es nun nicht mehr für den Unterhalt reicht."

Alinas Fantasie war geradezu beeindruckend fantasievoll. Fritzi sah nun doch durch den Spion. Eine Frau war gerade dabei, zwei unheimlich süßen kleinen Mädchen Schuhe anzuziehen. „Zwillinge", flüsterte Fritzi und lächelte. Wie niedlich die beiden mit ihren Zöpfchen aussahen. Sie erhaschte einen Blick auf das Gesicht der Frau, das ihr bekannt vorkam. „Schwester und Nichten", erklärte sie. Ja, das war eindeutig Tara, die ältere Schwester von Tilo. Fritzi hatte sie ebenfalls damals im Skiurlaub kennengelernt und gemocht. Tara war nett zu ihr gewesen.

In der offenen Tür tauchte Tilo auf und Fritzi hielt die Luft an. Er trug eine Jogginghose und obenrum nichts. Bei jeder seiner Bewegungen spannten sich die Muskeln an seinem Oberkörper an und es war unmöglich, wegzusehen. Seine Arme waren nicht übermäßig trainiert, so wie bei einem dieser Bodybuilder, die Fritzi schrecklich fand, dennoch sah man, dass der Mistkerl auf sich achtete und sportlich war. Aber das war er schon damals gewesen. Und auch wenn Fritzi es ungern zugeben wollte, so hatte er sie mit seinem Snowboard und seinen Sprüngen einst ziemlich beeindruckt. Was war sie dumm gewesen!

„Was ist jetzt los?", fragte Alina.

„Überhaupt nichts", log sie rasch.

Tilo stellte eine Tasche neben seine Schwester, sagte etwas zu einem Mädchen und lachte. Fast konnte man meinen, dass er nett war. Jedenfalls jetzt, da er das kleine Kind anstrahlte und ihm mit den Schuhen half. Dann richtete er sich auf, zog sich eine Jacke über und schlüpfte in Adiletten. Das Mädchen, dem er eben geholfen hatte, nahm er auf den Arm und trug es, ebenso wie die Tasche, den Flur entlang, ehe er aus Fritzis Blickfeld verschwand.

Schuldbewusst drehte sie sich zu Alina um. „Wir sollten den Spion abkleben. Das ist nicht gut, was wir hier machen." Sie hoffte inständig, dass Alina die Hitze in ihrem Gesicht nicht bemerkte. Dass sie mit diesem Kerl ... sie schüttelte sich unbewusst und bemühte sich, den Anblick des halbnackten Tilos aus ihrem Gedächtnis zu streichen.

Alina steckte den Zettel, auf dem Fritzi nur Gekritzel erkennen konnte, in ihre Hosentasche. „Auf keinen Fall. Aber jetzt kann ich endlich den Müll runterbringen, deshalb war ich eigentlich an die Tür gegangen, aber dann wurde ich durch die Stimmen abgelenkt." Sie bückte sich nach der Mülltüte und öffnete die Tür.

„Schau noch in den Briefkasten, ja?" Fritzi ging wieder in Richtung Fenster, um die restlichen Zapfen aufzuhängen. Ehe sie auf den Stuhl steigen konnte, vernahm sie Hansis Flattern. Rasch drehte sie sich um, um zu sehen, wo der Vogel zu Boden ging, aber zu Fritzis

Entsetzen legte der Wellensittich eine todesmutige Kurve in der Luft hin und flatterte in den Flur. „Alina!" Panisch stürzte Fritzi in den Hausflur, wo Alina mit geweiteten Augen stand und auf die offene Wohnungstür gegenüber zeigte. „Da ist er rein", sagte sie fassungslos.

„O Mist." Fritzi horchte. Es war kein Laut im Treppenhaus zu hören. „Haustiere sind nicht erlaubt", zischte sie.

„Du glaubst, Tilo würde uns beim Vermieter verraten?" Ihre Mitbewohnerin sah sie entsetzt an.

„Was weiß ich denn." Seufzend sah sie zu der offenen Tür. „Aber wir dürfen es nicht riskieren. Hansi ist zu alt, um ihn an ein neues Zuhause und neue Menschen zu gewöhnen. Und fürs Tierheim erst recht." Entschieden lief sie los.

„Was tust du denn da?", zischte es hinter ihr.

„Nach was sieht es aus?" Auf Zehenspitzen, aber dennoch schnell, betrat sie die fremde Wohnung, lief durch den Flur und suchte den Boden nach etwas Blauem ab. Dann breitete sich vor ihr der Wohnbereich aus und Fritzi atmete durch, als sie Hansi vor der Fensterfront entdeckte, wie er dort an etwas pickte. Hastig lief sie zu ihm und hob ihn auf. Warum lag hier ein Stück Banane herum? *Auch egal.* Sie drehte sich um und wollte hinausrennen, ehe Tilo auftauchte, doch sie entdeckte Alina mit verschränkten Armen und gerunzelter Stirn in der Mitte des Raums stehen.

„Nun komm schon!"

„Siehst du das?" Alina deutete auf den hinteren Teil des großen Zimmers.

Fritzi hielt inne und sah sich um. Zwei Stative mit Kameras und mehrere Standstrahler waren dort aufgebaut. Alles sah ziemlich professionell und ganz schön teuer aus. „Jetzt komm schon, wir müssen dringend raus!“

Alina nickte, wandte sich um und sah erleichtert auf Hansi in ihren Händen. Dann flitzten sie den Flur entlang und in den Hausflur, gerade, als unten die schwere Eingangstür zufiel und Schritte zu hören waren. Fritzi hüpfte über die Mülltüte, die vor ihrer Tür lag, und kam keuchend in der WG an. Hinter ihr stolperte Alina hinein, gab der Tür mit etwas zu viel Schwung einen Schubs und ließ sich auf das Sofa fallen. „Gerade noch mal gutgegangen“, keuchte sie und schüttelte den Kopf. „Seit wann kann der Vogel denn so weit fliegen?“

„Das wüsste ich auch gern.“ Fritzi hob die Hände an und guckte auf Hansis bananenverklebten Schnabel. „Was hast du dir nur gedacht?“, schimpfte sie und setzte den Sittich auf seinen geliebten Waschlappen.

Als sie sich umdrehte, saß Alina aufrecht da und starrte mit schmalen Augen auf die Tür. „Hast du die ganze Technik gesehen?“

„Allerdings. Wofür, glaubst du, ist das alles?“

„Da wird gedreht“, sagte Alina ohne jeden Zweifel. Aber das war ja auch ziemlich offensichtlich.

„Und was?“ Fritzi konnte sich aus der Sache keinen Reim machen.

Alinas Gesicht hellte sich auf und sie sah Fritzi perplex an. „Na, gewisse Filme.“

„Gewisse Filme?“

„Für Erwachsene.“

„Filme für Erwachsene?" Fritzi spürte, dass sie auf dem Schlauch stand. Sie kam nicht darauf, was ihr hier entging.

„Pornos", sagte Alina gedehnt.

„Pornos?", antwortete Fritzi etwas zu laut und schlug sich eine Hand vor den Mund. „Das glaubst du doch nicht wirklich", flüsterte sie.

„Na, denk mal nach: Tilo bekommt andauernd Besuch von heißen Frauen, sein Wohnzimmer gleicht einem Aufnahmestudio und neben seiner Couch stehen gleich zwei Kameras."

„Du meinst, die filmen das auf der Couch?" Entsetzt starrte sie ihre Freundin an.

„Auf dem Boden wäre es wohl etwas unbequem." Alina lachte plötzlich. „Dein Tilo ist ein Pornodarsteller, wer hätte das gedacht?"

„Er ist nicht *mein* Tilo", giftete sie erneut.

„Stimmt, er gehört vielen Frauen." Alina prustete los und schien sich königlich über die Sache und ihr entsetztes Gesicht zu amüsieren. „Nun stell dich nicht so an, ist doch nichts dabei. Das ist ein großer Markt und wie man an seiner Wohnung sieht, kann er ja ziemlich gut davon leben."

„Es ist mir doch scheißegal, ob man davon leben kann", platzte es aus ihr heraus. „Und von mir aus kann jeder treiben, was immer er will, solange dabei niemand verletzt wird, aber wenn der Kerl, der dich entjungfert hat, ein Pornodarsteller ist, dann fühlt sich das nicht gerade lustig an." Sie schrie schon fast.

Alinas Miene fror ein. „Er war dein erster?"

Fritzi brachte kein Wort heraus und konnte nur nicken. Was sagte das über sie aus, dass sie sich damals viel zu schnell auf einen Kerl eingelassen hatte, der später hauptberuflich vögelte? Sie war wirklich dumm gewesen. Naiv und so dumm. Und es gab keine Chance, das zurückzubekommen, was sie Tilo einst gegeben hatte. Vermutlich war sie nur ein Strich auf seiner langen, sehr langen Liste von Eroberungen.

Alina war aufgesprungen und umarmte sie bereits. „Vielleicht dreht er ja doch keine Pornos." Sie klang nicht sehr überzeugt von ihren eigenen Worten.

„Und was macht er dann mit all den Kameras?"

„Wenn ich das wüsste."

„Also doch Pornos." Fritzi zog die Nase hoch, wischte sich mit dem Ärmel über die brennenden Augen und reckte das Kinn vor. „Weißt du was? Es ist mir egal. Was damals passiert ist, definiert mich nicht. Ich bin nicht mehr das unwissende Mädchen von einst. Ich werde mich auch nicht mehr aus dem Haus schleichen, nur um ihm ja nicht über den Weg zu laufen. Verdammt, wir haben vor ihm hier gewohnt. Das hier ist unser Zuhause!"

„Ganz genau." Alina klatschte in die Hände. „Weißt du, was wir jetzt machen, um die Stimmung zu heben?"

„Sag nicht eine Tanzparty", flehte Fritzi wenig hoffnungsvoll.

„Eine Tanzparty!" Alina zog schon ihr Handy heraus und öffnete *Spotify*. „Und weil du so miese Laune hast, bin ich bereit, Weihnachtslieder abzuspielen."

„Was für ein selbstloses Entgegenkommen." Fritzi lachte trotz der brennenden Augen und schnappte sich Hansi und seinen Waschlappen, um die beiden auf das Badezimmerregal zu verfrachten, wo es weniger laut sein würde.

Eine Stunde später stand Fritzi auf dem Beistelltisch, hielt die Glühweinflasche wie ein Mikrofon und sang aus voller Inbrunst den Text von *Fairytale of New York*. Wie sie diesen Song liebte! Es war das einzige Weihnachtslied, in dem geflucht wurde, was es zusammen mit Shane MacGowans versoffener Stimme zum perfekten Mitsinglied machte, wenn man etwas zu viel intus hatte, so wie Alina und sie gerade.

Ihre Freundin lag der Länge nach auf dem Sofa, wippte im Takt und sang immer die Stellen mit, von denen sie den Text kannte. Im Gegensatz zu Fritzi trank sie allerdings Sekt, weil das mehr Stil habe als die süße Plörre von *Aldi*, wie sie erklärt hatte. Fritzi fand, dass die süße Plörre genau richtig war. Es war zwar unter der Woche und sie würden diese Sache hier beide spätestens morgen früh bereuen, wenn der Wecker klingelte, aber daran wollte Fritzi in diesem Moment nicht denken. Es war Advent, und jetzt gerade fühlte sie sich leicht, auch wenn ihr Hals nach mehreren mitgegrölten Liedern schon kratzte.

***

Tilo

Tilo stand mit verschränkten Armen im Hausflur und zog die Augenbrauen hoch. Neben ihm lehnte Luis mit einem Grinsen auf den Lippen und einer Weinflasche unter dem Arm an der Wand. Seit über einer Stunde schon dröhnten ununterbrochen Weihnachtssongs aus der WG und zuerst hatte Tilo versucht, den Krach mit seinen Kopfhörern entgegenzuwirken, aber seit Luis hier aufgeschlagen war, gab es kein Entkommen vor der Lärmbelästigung. Wie sehr er Weihnachtslieder verabscheute. Und nun lief auch noch dieser rotzfreche Song und ganz deutlich schallte Friederikes Stimme durch die Tür.

You scumbag, you maggot
You cheap lousy faggot
Happy Christmas your arse
I pray God it's our last

Tilo wurde den Verdacht nicht los, dass sie ihn meinte, auch wenn er den Text des Liedes natürlich kannte. Tara liebte es und hörte es jeden Dezember hoch und runter. Anscheinend fand Friederike es ebenfalls gut. *Fritzi.* So wurde sie ja jetzt genannt. Es fiel ihm noch immer schwer, zu begreifen, dass sie wirklich neben ihm wohnte. Das Schicksal hatte schon manchmal einen schrägen Humor. Vielleicht war es ein Zeichen, auch wenn Tilo eigentlich nicht an solche Dinge glaubte. Ihre Stimme, wie sie da so ausgelassen sang, erinnerte ihn in diesem Augenblick schmerzlich an die Leichtigkeit, die er damals an ihrer Seite gefühlt hatte. „Lass uns reingehen!", rief er Luis zu.

Der stellte die Weinflasche vor der Tür gegenüber ab und ging sichtlich amüsiert in seine Wohnung.

Wenigstens war es hier etwas leiser, denn nun sang Alina ebenfalls mit. „Wo bin ich hier nur gelandet?", brummte Tilo und sah Luis argwöhnisch an. „Was genau sollte das mit dem Wein?"

„Hab meine Nummer draufgeschrieben." Luis zog die Jacke aus und zu Tilos Überraschung auch die Schuhe. Anscheinend verfügte sein Freund doch über zumindest ein klein wenig Benehmen.

„Deine Nummer?"

„Für Alina." Luis ging ihm voraus in den Wohnbereich, ließ sich auf die Couch fallen.

Tilo tat es ihm gleich. Er hatte nicht mehr mit Besuch gerechnet, aber so, wie er die Situation einschätzte, war sein Kumpel auch nicht wegen ihm hier aufgetaucht. „Wieso braucht sie deine Nummer, wenn ihr euch bei *Tinder* schreibt?" Es ergab keinen Sinn. Oder hatte Alina etwa nach links gewischt und Luis versuchte es nun auf eine andere Art?

Sein Freund zuckte mit den Schultern. „Ach, weißt du, ich hatte bei ihr irgendwie das Gefühl, dass wir wirklich zusammenpassen könnten und wollte die Chance nicht durch flaches Flirten auf *Tinder* verschenken. Ich kanns auch nicht richtig erklären, aber sie geht mir nicht aus dem Kopf, seit wir uns begegnet sind. Also habe ich ihr eine Packung Zucker geschickt." Luis lachte und es klang ehrlich. „Du weißt schon, wegen der versalzenen Plätzchen."

Tilo musste sich eingestehen, dass das ein wirklich geschickter Zug seines Kumpels war. Luis konnte also auch romantisch sein unter dieser vorgeschobenen

Coolness, die er immerzu zur Schau trug. „Hat sie reagiert?", fragte er und wollte es wirklich wissen. Das hier war nicht wie die nervigen Sprachnachrichten, die Luis ihm stets schickte, wenn er ein heißes Date gehabt hatte. Das hier war ... nett.

„Zwei Tage später habe ich ein Päckchen mit Vanillekipferln bekommen." Luis' Mundwinkel zuckten. „Sie waren zwar fast alle vom Versand zerbrochen, dafür dieses Mal richtig lecker."

„Und jetzt soll es einen Schritt weiter gehen und du gibst ihr deine Nummer?"

„Wünsch mir Glück", seufzte Luis und wirkte so verknallt wie damals in der dritten Klasse, als er sich hoffnungslos in die Referendarin Frau Fink verguckt hatte. Sie war auch wirklich hübsch für eine Lehrerin gewesen, musste Tilo zugeben. Was hatte Luis getrauert, als sie schließlich die Schule verlassen hatte. Und nun guckte er ebenso glückselig drein wie in jenen Tagen, als Frau Fink der 3b zugeteilt gewesen war.

„Ich glaube, das brauchst du gar nicht. Du machst das richtig gut", sagte Tilo anerkennend. Er hatte zwar die Befürchtung, dass das entspannte Wohnen, das er sich hier vorstellte, durch Luis' Eskapaden mit der Nachbarin in Gefahr geriet, aber es war nicht an ihm zu entscheiden, ob die beiden sich näher kennenlernen sollten. Und außerdem war das entspannte Wohnen eh dahin, seit ihm klargeworden war, wer genau da neben ihm lebte.

Luis boxte ihn in die Seite. „Was ist denn los? Du guckst so abwesend in die Gegend."

„Dir kann man nichts vormachen, was?" Er seufzte. Besser, er ließ die Katze aus dem Sack, ehe Alina es tat und Luis dann sauer wäre, weil er ihm ein entscheidendes Detail vorenthalten hatte. „Ich kenne Friederike", sagte er unwillig.

„Du kennst wen?"

„Na, Friederike. Oder Fritzi, wie sie sich jetzt nennt."

Luis' Blick verriet ihm, dass dieser keine Ahnung hatte, wovon er sprach. „Alinas Mitbewohnerin", führte Tilo aus. „Du bist ihr noch nicht begegnet, aber Alina hatte sie erwähnt, als sie hier war."

„Ach stimmt, die Frau, die Weihnachten so mag." Jetzt nickte Luis. „Also hast du sie inzwischen auch kennengelernt. Ist sie ebenfalls heiß?"

„Du verstehst mich nicht." Tilo rieb sich über den Nacken. Er musste über etwas reden, das er sich seit einer Ewigkeit zu vergessen bemühte. „Ich kenne Friederike von früher. Um genau zu sein, ist es dreizehn Jahre her."

„Ist ja witzig. Die Welt ist ein Dorf, was?" Luis rutschte auf seinem Platz hin und her. „Was muss man hier eigentlich tun, um ein Bier angeboten zu bekommen?"

„Sorry." Tilo stand auf, ging zum Kühlschrank und nahm zwei Flaschen heraus. Bei dem, was er Luis gleich gestehen würde, war ihm eigentlich viel mehr nach einem Whisky, doch leider hatte er bisher keinen gekauft. Er kramte in der Besteckschublade nach dem Öffner und entfernte die Kronkorken. Dann ging er zurück, reichte Luis eine davon und sie stießen die Flachen klirrend aneinander. Er setzte sich wieder und beide tranken sie einen Schluck. Tilo überlegte, wie er erklären sollte, was damals vorgefallen war, damit sein Kumpel verstand, dass es mehr als ungeschickt war, dass Friederike nun nebenan wohnte. „Könnte sein, dass sie mich hasst", murmelte er.

„Fritzi?" Luis runzelte die Stirn. „Was hast du getan?"

„Ich war siebzehn." Es klang wie eine Entschuldigung oder eine Ausrede. Und das war feige. Er sollte ehrlich sein mit sich und mit Luis. „Ich war ein Arsch. Und ich habe etwas getan, was ziemlich mies war."

„O verdammt, Alter." Luis trank einen großen Zug, dann rülpste er und trommelte sich mit der Faust auf die Brust. „Ich geb mir solche Mühe mit Alina. Wenn du ein Trottel warst, dann wird sie denken, ich sei auch einer. Was hast du denn gemacht, zum Teufel? Und warum hast du mir damals nicht davon erzählt?"

Die Frage war wohl eher, was er *nicht* gemacht hatte. Und unter anderem waren Luis und die anderen Kumpels mit ein Grund, warum er sich damals so verhalten hatte. Und vielleicht hätten sie ja sogar ganz anders reagiert, als Tilo es erwartet hatte. Und selbst wenn nicht, dann hätte er zu sich stehen müssen. Und zu Friederike. Aber er war zu feige gewesen, das zu tun. Weil er diesen Ruf gehabt hatte und der ihm mehr bedeutet hatte, als ehrlich mit sich zu sein. „Lass uns das Thema wechseln, ja? Alina hat die Plätzchen geschickt, also ist ihr vermutlich klar, dass du nicht für meine Jugendsünden verantwortlich bist."

„Ganz sicher verzeihen Frauen es nicht, wenn man ihre Freundin mies behandelt. Und ich werde bestimmt mit dir in einen Topf geworfen", antwortete Luis wenig optimistisch.

„Dann musst du wohl doch wieder *tindern*, sorry." Tilo nahm einen weiteren Schluck. Und nun schallte auch noch *Last Christmas* herüber. Wie er dieses Lied hasste. War je ein schlimmeres geschrieben worden? Egal, ob beim Einkaufen oder in der Tankstelle, den ganzen Dezember gab es davor kein Entkommen. Friederikes Gejaule machte es auch nicht gerade besser. Aber immerhin schien sie in diesem Moment ziemlich gute Laune zu haben. Womöglich war ihr doch längst egal, was damals passiert war? Tilo war da wenig zuversichtlich. Immerhin schleppte er seit dreizehn Jahren ein schlechtes Gewissen wegen dieser Sache mit sich herum.

„Ich habe keinen Bock mehr auf *Tinder.*" Luis warf ihm einen vernichtenden Blick zu. „Schon seit mindestens einem Jahr nicht mehr, aber wo will man sonst Frauen kennenlernen?"

„Im echten Leben, zum Beispiel?"

„Jaja, du kannst dir solche Sprüche erlauben. Nicht jeder von uns hat das Glück, dass bei ihm haufenweise Frauen ein- und ausgehen, so wie bei dir."

„Das ist Arbeit und kein Vergnügen", brummte Tilo. Wie es ihn nervte, dass seine Kumpels sich grundsätzlich dumme Sprüche zu seinem Job erlaubten. Dabei riss er sich den Hintern auf, damit die Sache mit der Selbstständigkeit funktionierte und arbeitete deutlich mehr Stunden als die meisten. Es wirkte vielleicht nicht immer wie Arbeit – zumindest in den Filmen, die er hochlud, sah alles immer nach reinem Vergnügen aus –, in Wahrheit war es jedoch ein Knochenjob. Und er hatte lange geübt, bis er alle Positionen draufgehabt hatte. Jahre hatte das immerhin gedauert.

„Ist ja auch egal. Wir werden sehen, ob Alina sich bei mir meldet. So, wie das da drüben klingt, werden die beiden morgen einen mächtigen Kater haben." Er lachte und Tilo sah ihm an, dass er vermutlich am liebsten nebenan klingeln und mitfeiern würde. Doch stattdessen saß er hier bei ihm und das Bier machte wohl auch nicht wett, dass er heute kein unterhaltsamer Gastgeber war. Aber er es fiel Tilo schon den ganzen Tag schwer, sich richtig auf etwas zu konzentrieren. Und das lag ohne Zweifel an Friederike.

„Hast du am Samstag Zeit, um mit mir ins Möbelhaus und zum Baumarkt zu fahren?" Fragend sah er ihn an. „Ich muss ein paar Sachen besorgen und mit dem Fahrrad wird das schwierig."

„Willst du dir endlich mehr Möbel kaufen, oder was?"

Tilo wusste, dass Luis seinen minimalistischen Lebensstil für Quatsch hielt. So wie auch das meiste andere an seinem Alltag. Für seinen Freund zählten die Dinge, die man hatte: ein teures Auto, das Eindruck machte, eine hochwertig eingerichtete Wohnung, eine perfekt ausgestattete Bar. Derlei Dinge eben. Dinge, die Tilo ziemlich schnuppe waren. Er brauchte nicht viel, um glücklich zu sein. Im Gegenteil: Er war mit weniger glücklicher. So fühlte er sich freier, weil sein Alltag nicht von Dingen bestimmt wurde, um die er sich kümmern musste. Das Aufräumen ging wie im Flug, und es gab kaum etwas zu putzen. Im Notfall, das wusste er, denn er hatte es einmal getestet, passte alles, was er wirklich brauchte, in einen Karton. Für Tilo war nicht das teure Auto der Luxus, sondern nur Sachen zu besitzen, die ihm wirklich gefielen und die er auch nutzte. Er lachte leise. „Die Hoffnung kannst du aufgeben. Aber ich möchte ein Kinderzimmer für die Zwillinge einrichten, damit sie hin und wieder hier übernachten können."

Luis zog eine Augenbraue hoch. „Du kennst dich doch gar nicht mit Kindern aus."

„Ich nehme an, das kann man lernen."

„Und wenn sie noch Windeln tragen? Hast du schon mal gewickelt?"

„Die Mädchen werden bald drei. Brauchen sie da etwa noch welche?"

Luis zuckte mit den Schultern. „Was weiß ich. Vielleicht nachts. Meine Cousine hat einen Vierjährigen, der abends immer seine Spezial-Unterhosen anziehen muss, wie sie es nennt, um ihn nicht zu kränken. Als wüsste der Bub nicht, dass er sich nachts einpinkelt. Ist ja nichts dabei, mir ist das in dem Alter auch noch hin und wieder passiert, das weiß ich noch. Das habe ich ihm gesagt und er hat sich mächtig drüber gefreut."

Das war es, was er an Luis so mochte. Der Kerl war herzensgut, auch wenn man es nicht auf Anhieb merkte. Aber was war, wenn die Mädchen tatsächlich noch nicht trocken waren?

„Da gibt es sicher Videos zu, oder?" Rasch zog er das Handy heraus, öffnete *YouTube* und tippte *Wickeln* ein. Anscheinend war er nicht der Einzige, der keine Ahnung davon hatte, wie man eine Windel richtig befestigte, denn es ploppte eine ganze Latte an Videos auf. Tilo fühlte sich gleich weniger unzulänglich und entschied sich für ein Video-Tutorial mit Hebammen-Tipps. Eine Fachfrau wusste sicher, wie man es richtig machte.

Während sie zusahen, wie die Hebamme eine Puppe wickelte, tranken sie das restliche Bier.

„Da muss man ja auf ganz schön viel achten", kommentierte Luis.

„Allerdings." Nicht nur die Windelfrage führte ihm vor Augen, dass sein Entschluss, ein anpackender Onkel zu werden, doch mehr Vorbereitung bedurfte – die stetig wachsende Einkaufsliste tat dies ebenfalls. Täglich setzte Tara neue Dinge darauf und Tilo fragte sich allmählich, ob man all das Zeug wirklich brauchte. Er würde ein Vermögen ausgeben müssen, dabei gehörten ihm die Kinder nicht einmal. Er lieh sie ja nur aus. Die Steckdosensicherungen ergaben natürlich Sinn, aber Lätzchen? Er plante, einfach Geschirrtücher um seine Nichten wickeln, ehe es hier bald so aussehen würde wie in Taras aus den Nähten platzenden Reihenendhaus. Er schüttelte sich. Nein, so konnte er nicht leben.

„Willst du eigentlich mal Kinder?", fragte Luis und sah ihn aus den Augenwinkeln an.

Das war eine gute Frage. Hin und wieder hatte er in der Tat darüber nachgedacht, aber da man für Kinder in der Regel auch eine funktionierende Beziehung benötigte, war dieses Thema eine rein theoretische Überlegung. Irgendwie war es Tilo seit Jahren nicht gelungen, sich auf jemanden einzulassen. Vielleicht war er zu sehr mit seinem Job beschäftigt gewesen. Oder auch mit sich selbst, wie Tara es schon wenig charmant ausgedrückt hatte. „Vielleicht." Tilo nahm an, dass diese Kurzfassung seinen Kumpel zufriedenstellen würde.

„Hmmm." Luis nickte. „Ich möchte auf jeden Fall welche."

„Das hast du nie gesagt." Überrascht wandte er sich seinem Freund zu, der lange Zeit ein ziemlich übler Schürzenjäger gewesen war.

„Du hast ja nicht gefragt", konterte Luis.

Das stimmte allerdings. In der Regel drehten sich ihre Gespräche um andere Themen. „Ich bin schon froh, wenn ich diese Onkel-Sache nicht vermassele." Warum hatte seine Schwester auch gleich zwei Kinder auf einen Schlag bekommen? Tara konnte wirklich nichts normal machen, immer musste sie eine Schippe draufsetzen und dann brach das Chaos aus. Tilo hatte es damals, als sie ihm am Telefon von eineiigen Zwillingen erzählte, für einen Scherz gehalten. Wie hoch war die Chance dafür schon? Aber dann hatte er Monate später ihren dicken Bauch gesehen und es wirklich geglaubt.

„Ich komme Samstag um zehn. Das bekommen wir schon hin." Luis schlug ihm aufmunternd auf die Schulter. „Onkel sein ist doch 'ne gute Übung für wenn es mal ernst wird."

Nun waren sie schon zwei, die keine Ahnung von der Sache hatten. Das konnte ja was werden.

Kapitel 6
Fritzi

Fritzi biss in die Schokoladentafel und stand auf. Der Kompost musste dringen in die Biotonne gebracht werden, verpestete er doch mit den alten Bananenschalen und was da sonst noch gammelte schon seit dem Morgen die Wohnung. Allerdings waren sowohl Alina als auch sie derart verkatert gewesen, dass keine von ihnen es vor der Arbeit geschafft hatte. Selten war Fritzi ein Tag im Kindergarten so lange vorgekommen wie heute. Die Kinder waren eindeutig lauterer und wilder gewesen als sonst. Okay, wenn sie ehrlich mit sich war, waren vermutlich nur ihre Nerven etwas dünner gewesen. Die Kleinen waren immer laut und wild und eigentlich liebte Fritzi es, wenn Leben um sie herum tobte.

Sie schnappte die Tüte mit spitzen Fingern, steckte sich die noch zur Hälfte verpackte Tafel in den Mund und öffnete die Tür. Als diese hinter ihr zu fiel, wusste sie, dass sie Mist gebaut hatte. „Verdammt", nuschelte sie an der Schokolade vorbei und suchte in der Seitentasche ihres Onesies nach dem Handy.

Auch das noch.

Das Handy musste drinnen liegen, auf dem Sofa oder so. Und dass Alina jetzt noch nicht von der Arbeit heimgekommen war, hatte wohl zu bedeuten, dass sie sich verabredet hatte. Und das konnte dauern. Bestimmt traf sie sich mit diesem Luis, dachte Fritzi und rollte mit den Augen. „Sieh dir das an, ja wie süüüüß ist das denn?", hatte ihre Mitbewohnerin gerufen, nachdem sie beide beim Hinauseilen auf den letzten Drücker beinahe die Weinflasche auf der Schmutzmatte umgekegelt hätten. Alina hatte rasch ein Foto von der mit einem goldenen Stift auf den Flaschenbauch geschriebenen Handynummer gemacht, sie selig grinsend auf die Kommode gestellt und dann waren sie zusammen in Richtung Bushaltestelle gehetzt.

Den ganzen Tag war Fritzi danach noch abwechselnd schwindlig oder schlecht gewesen und sie hatte kaum etwas gegessen. Und deshalb fiel sie jetzt auch über die Schokolade her. Wenn sie ehrlich war, gab es immer einen Grund für Schokolade. Sie würde gleich Spaghetti kochen, doch der Heißhunger wollte sich eben nur mit besagter Nascherei abstellen lassen.

Fritzi sah sich im Hausflur um und spürte schon die Kälte. Sie hatte nur ihre lila Glitzerschlappen und den Weihnachtsonesie an, den sie den ganzen Dezember über sofort anzog, wenn sie von der Arbeit kam. Und natürlich hatte sie vorher die Jeans ausgezogen, um den kuscheligen Stoff besser zu genießen, und konnte ihn jetzt nicht einfach ablegen, um weniger peinlich auszusehen.

Mit schmalen Augen starrte sie auf die Tür gegenüber. Tilo hatte natürlich keinen Ersatzschlüssel, um sie in ihre Wohnung zu lassen, aber seine war im Gegensatz zum Hausflur immerhin beheizt. Fritzi spürte Gänsehaut auf ihren Armen. Kam es von der Kälte oder von dem Gedanken, bei Tilo zu klingeln? Wenn sie doch nur das Handy hätte und Alina anrufen könnte. Eine halbe Stunde würde sie es schon irgendwie aushalten, auf sie zu warten. Was, wenn es den ganzen Abend dauern würde? Und wie konnte Alina überhaupt heute ausgehen, nachdem sie gestern ebenfalls deutlich zu viel getrunken hatte? Fritzi wollte nur noch Spaghetti mit einem Berg Käse essen, sich auf dem Sofa einkuscheln und irgendwas bei *Netflix* gucken. Eben so, wie man es bei einem Kater tat. Manchmal zweifelte sie daran, dass Alina überhaupt von dieser Welt war.

Fritzi machte einen Schritt nach vorne. Dann noch einen. Und einen letzten. Schon brauchte sie nur ihren Finger auszustrecken und die Klingel zu drücken. Sollte sie es wirklich tun? In diesem Moment ging das Licht aus und sie stand im Dunkeln. Der Bewegungsmelder ließ die Deckenleuchte nur wenige Minuten an. „Tilo Scheiße oder kalt und dunkel", murmelte sie zu sich selbst. Unwillig drückte ihre Fingerspitze die Klingel.

Es dauerte kurz, dann wurde geöffnet. In einem dunkelgrünen Muskelshirt, einer kurzen Hose und barfuß stand er vor ihr und sah sie überrascht an. Schweiß lief über seine Stirn herunter und seine Haut glänzte. „Friederike", sagte er leise und sah sie irritiert an. „Was gibt's?"

„Fritzi", murrte sie. „Ich habe mich ausgeschlossen und weiß nicht genau, wann Alina heimkommt."

Sein Blick wanderte an ihr entlang bis zu ihren Schuhen und sie glaubte, seine Mundwinkel zucken zu sehen. „Komm schon rein. Kannst hier warten.“

„Danke“, sagte sie durch die Zähne hindurch. Sie klang unfreundlich, das wusste sie. Aber ihr war nicht danach, freundlich zu sein.

Tilo fuhr sich über den Nacken und sein Geruch umfing sie. Hastig hielt Fritzi die Luft an. Er roch genauso wie damals. Und leider war das irgendwie gut. „Allerdings bin ich gerade in einem Livestream“, brummte er und sah in den Wohnbereich, der für Fritzi noch nicht einsehbar war.

Was? Sie schnappte nach Luft und hatte schon wieder Tilo in der Nase. *Verdammt.* Sie trat rückwärts. „Vielleicht warte ich besser im Hausflur. So kalt ist es gar nicht und ich habe ja sogar Verpflegung.“ Sie wollte die Schokolade zeigen, hielt stattdessen jedoch die Biomülltüte hoch.

„Aha.“ Tilo runzelte die Stirn, ehe sich seien Miene entspannte. „Stell dich nicht so an, ist ja nichts dabei. Du kannst zusehen und dir vielleicht sogar noch was abschauen. Andere bezahlen immerhin dafür.“

Das war doch nicht sein Ernst? Tilo bedeutete ihr, ihm zu folgen und verschwand im Durchgang. Fritzi umklammerte die Tüte und die Schokolade und ging langsam vorwärts.

„Kannst dich aufs Sofa setzten, von da aus hast du ’ne gute Sicht!“, rief er.

Sie wollte das nicht sehen. Fritzi hörte, wie er sich für die Unterbrechung entschuldigte und sagte, dass sie nun den *herabschauenden Hund* machen würden. Was für eine Position war denn das, zum Teufel? Fritzi hielt erneut die Luft an, drückte sich an der Wand entlang und schielte um die Ecke ins Wohnzimmer. Von mehreren Strahlern perfekt ausgeleuchtet streckte Tilo auf einer Matte gerade seinen Hintern nach oben. Was war denn hier los? Zögernd trat sie näher. Die Kamera auf dem Stativ neben dem Sofa war auf ihn ausgerichtet, auf der Sofalehne lag ein aufgeklappter Laptop, dessen Bildschirm Tilo bei was auch immer zeigte und sonst war niemand hier. Keine nackte Frau. Und Tilo hatte immerhin noch seine Klamotten an. So wurde kein Porno gedreht, vermutete Fritzi, auch wenn sie keine Ahnung davon hatte, wie genau denn einer gedreht wurde.

Sie ließ die Mülltüte auf den Boden plumpsen, huschte zum Sofa und setzte sich, so weit von dem Schauspiel entfernt wie möglich. Mit einer flinken und eleganten Bewegung landete Tilo irgendwie auf dem Bauch und sprach etwas von einer *Cobra* und davon, das Herz zum Himmel zu heben.

„Der macht Yoga, du dumme Nuss", flüsterte sie und fühlte sich seltsam erleichtert. Zwar wusste sie noch immer nicht, was es mit all den Frauen auf sich hatte, die hier ständig ein- und ausgingen, aber Tilo drehte keine Filme für Erwachsene. Yoga hingegen passte sogar irgendwie zu ihm, immerhin war er damals als Jugendlicher schon ziemlich sportlich gewesen. Ganz im Gegensatz zu ihr. Schuldbewusst sah Fritzi auf die angebissene Schokoladentafel hinab, die in ihrer Hand allmählich schmolz.

Tilo lud nun dazu ein, sich in *Savasena* zu entspannen, rollte sich auf den Rücken und streckte Arme und Beine von sich weg. Mit geschlossenen Augen ruhte er dort und jetzt erst bemerkte Fritzi die leise Musik, die von irgendwoher kam. Sie wollte nicht hinsehen. *Ihn ansehen.* Und doch tat sie es. Wie sich seine Brust gleichmäßig hob und senkte, seine Haare ihm etwas verschwitzt in die Stirn hingen und in diesem Augenblick war ihr klar, warum ihr früheres Ich auf diesen Kerl hereingefallen war. Weil Tilo manchmal, in flüchtig kurzen Momenten, etwas an sich hatte, das dazu verleitete, ihn zu mögen. Ihm zu vertrauen. Doch sie wusste es besser.

Fritzi verschränkte die Arme vor der Brust und zwang ihren Blick auf die Aussicht. Auch als Tilo sich von seinen Zuschauern verabschiedete, an der Kamera herumspielte und die Scheinwerfer ausstellte, hafteten ihre Augen weiterhin auf den unzähligen Lichtern in der Ferne.

„Möchtest du was trinken?", fragte er, nachdem er seine Matte zusammengerollt und zur Seite gestellt hatte.

„Ich brauche nichts, danke." Noch immer starrte sie hinaus und nahm im Spiegelbild wahr, wie er sie scheinbar unschlüssig beobachtete.

„Ich sollte wohl kurz duschen, wenn es dir nichts ausmacht, allein zu warten?"

Wortlos schüttelte sie den Kopf.

Fritzi konnte sehen, wie er sie noch einen kurzen Moment lang betrachtete und dann in den Flur ging. Kurz darauf hörte sie die Dusche rauschen.

Mit feuchten Haaren und in einem frischen T-Shirt kam Tilo wenige Minuten später zurück und mit ihm der Duft seines Duschgels. Fritzi drehte sich um und entdeckte ihn neben der auf dem Boden liegenden Biomülltüte.

Aus den Augenwinkeln sah er zu ihr. „Lass mich raten, du wolltest das hier eigentlich rausbringen und hast den Schlüssel vergessen?"

Jetzt erst wurde ihr bewusst, dass sie ihren Müll mitten in seinen Wohnbereich hineingeschleppt hatte. Sie sprang auf. „Warte, ich bringe es rasch raus. Das habe ich komplett vergessen."

Doch er hob schon eine Hand, bückte sich und trug die Tüte in den Flur. Sie hörte die Wohnungstür und dann kam er zurück, steckte die Hände in die Hosentaschen der lockeren Jogginghose und sah erneut an ihr hinab.

Alina sagte es schon ewig, aber erst in diesem Augenblick konnte Fritzi ihr recht geben: Ein Rentieronesie war vermutlich doch ein klein wenig kindisch. Und die Glitzerschuhe ebenfalls. Ganz besonders die Kombination aus beidem. Wie doof sie sich vorkam, wie dieser von sich selbst überzeugte Mr Perfekt vor ihr stand und sie musterte. „Ja, damit sollte man eigentlich nicht vor die Tür gehen", sagte sie betont selbstbewusst und verschränkte die Arme.

„Sieht immerhin bequem aus." Endlich löste sich sein Blick von ihr und wanderte zu seiner Armbanduhr. Das war sicherlich so eine unverschämt teure Smartwatch, die einen unentwegt daran erinnerte, mal aufzustehen, sich etwas zu bewegen oder ins Bett zu gehen. Wenn sie ehrlich war, täte ihr wohl jemand gut, der sie abends vom Sofa schubste, wenn sie sich wieder eine Folge von irgendeiner Serie nach der anderen reinzog. Trotzdem gab man nicht so viel Geld für eine Uhr aus.

„Hast du schon gegessen?“ Abwartend sah er sie an. Was sollte das nun?

„Ich wollte eben Spaghetti kochen, aber dann habe ich mich ja ausgeschlossen.“

„Spaghetti.“ Er nickte und sah zur Küche. „Ich glaube, das bekomme ich hin. Nach anderthalb Stunden Unterricht brauche ich jetzt dringend was zwischen die Zähne.“ Schon marschierte er hinüber, öffnete einen Schrank und nahm eine Packung Spaghetti heraus. „Bingo.“

Plante Tilo etwa, für sie zu kochen? Das ging nicht. Auf keinen Fall. „Ich habe das hier, das reicht.“ Dieses Mal hob sie wirklich die Schokolade hoch und erntete dafür einen missbilligenden Blick.

„Fett und Zucker. Nicht gerade ein vollwertiges Abendessen“, brummte er und holte trotz ihrer Einwände einen großen Topf hervor.

„Aber lecker.“ Fritzi schob das Kinn vor. „Du isst wohl nie Schokolade, was?“ Dieser Kerl wusste vermutlich gar nicht, was Genuss war. In dieser Stadt musste man Schokolade einfach essen, immerhin wurden die *Milka*-Tafeln hier produziert und bei Tiefdruck roch die ganze Gegend nach der süßen Versuchung.

„Doch. Zartbitter und ohne Milch.“

„Was ist denn an Milch schlecht?“ Sie klang schon wieder unfreundlich, Tilo schien sich davon jedoch nicht beeindrucken zu lassen.

„Nicht deine Mutter, nicht deine Milch“, sagte er und stellte das Wasser an, das laut in den Topf hineinströmte.

Ein wenig perplex suchte Fritzi nach einer Antwort. „Bist du etwa Ernährungsberater, oder was?“, fragte sie, kaum dass er das Wasser aus und den Topf auf den Herd gestellt hatte.

Schmunzelnd sah er sie an. „Das bin ich in der Tat.“

„Yogalehrer *und* Ernährungsberater?“ Sie wagte es, etwas näher zu kommen und setzte sich auf einen der beiden Barhocker, die auf ihrer Seite der Kochinsel standen.

„Und Physiotherapeut.“ Er deutete in den Flur und zu einer offenen Zimmertür, hinter der Fritzi eine Massageliege erkannte.

Konnte es sein, dass Alina sich richtig gründlich geirrt hatte? Sie wollte nicht mit ihm reden, aber sie konnte nicht anders. „Die ganzen Frauen, die hier immer ein und ausgehen ...“, setzte sie an.

Wieder ein Schmunzeln. *Das Gleiche wie damals.* „Das sind meine Patientinnen. Ich biete eine spezielle Kombination an Behandlung an: Physiotherapie und Yogaübungen, um Schmerzen im Bewegungsablauf entgegenzuwirken und dazu die Ernährungsberatung, da der Körper nur mit der richtigen Nahrung gesund werden kann.“ Nun lachte er auch noch. „Was dachtest du denn, wer die Frauen sind?“

Pornodarstellerinnen.

„*Tinder*-Dates.“ Das klang zwar auch nicht gut, aber immerhin etwas besser.

„Aha.“ Tilo gab etwas Salz ins Wasser. „Ich habe kein *Tinder*. Noch nie gehabt.“

„Das geht mich nichts an“, antwortete Fritzi schnell.

„Das wären ziemlich viele Dates.“ Er linste sie an. „Dachtest du etwa, ich sei so umtriebig?“

Etwas an seinem Blick störte sie. Machte sie unsicher. „Ich kenne dich nicht, Tilo“, murmelte sie.

„Ja, das stimmt vermutlich." Er seufzte, ehe er die Hände in die Hüften stemmte. „Also gut, was für eine Soße machst du zu Spaghetti in der Regel?"

„Machen?" Fritzi schnaubte. „Na eine aus dem Glas natürlich. Napoli oder so. Das, was eben noch da ist."

Er verzog sein Gesicht, als täte ihm etwas weh, was Fritzi reichlich theatralisch fand. „Gekaufte Soße. Wirklich, Friederike?"

„Fritzi", zischte sie.

Er ignorierte es und öffnete den Kühlschrank. „Für eine gute Soße braucht es nicht viel. Ist eigentlich ganz leicht. Und ein Rezept ist auch nicht notwendig. Mit etwas Übung weiß man, was gut schmeckt." Eine Packung Champions und eine rote Paprika landeten auf der Arbeitsplatte. Aus einem Korb neben dem Kühlschrank holte er zwei Zwiebeln und eine Knoblauchzehe heraus.

Fritzi unterdrückte ein Stöhnen. Das Letzte, was sie wollte, war eine Kochstunde von Tilo. Sie runzelte die Stirn. Wenn Alina tatsächlich mit Luis aus war, dann konnte Tilo doch seinen Kumpel anrufen und sie so bei Alina um Hilfe flehen. Das war die Rettung! „Könntest du wohl Luis ans Telefon kriegen und ihn fragen, ob Alina bei ihm ist?"

Tilo beugte sich über die Kochinsel und schob ein Schneidebrett vor sie. „Ach, wollten die beiden sich heute etwa treffen?"

„Ich vermute es zumindest."

„Und warum sollte ich ihn dann anrufen?" Ein ziemlich großes und ziemlich scharf aussehendes Messer landete ebenfalls vor ihr.

„Na, wenn Alina weiß, dass ich mich ausgeschlossen habe, dann ...“

„... dann bricht sie das Date ab, um heimzukommen und dir die Wohnung aufzuschließen“, vollendete Tilo ihren Satz.

Wenn sie so drüber nachdachte, war das ganz schön selbstsüchtig. Vor allem, weil die Art und Weise, mit der Alina und Luis miteinander geflirtet hatten, verdammt süß war. Wo wurden denn noch Zucker, Plätzchen und Wein geschenkt? Das klang schon fast nach einem Jane Austen-Roman.

***

Tilo

Friederike wollte nicht hier sein. Ihre Miene schrie es ihm förmlich entgegen. Und jetzt gerade dachte sie darüber nach, ob es in Ordnung war, deshalb der Freundin eine Verabredung zu vermasseln. Luis würde ihn umbringen, wenn er ihn anrufen sollte, damit Alina vorzeitig ging.

Wie sie da so saß, in diesem Rentieronesie, eine halbgegessene Tafel Schokolade in der Hand, die zusehends weicher wurde, fühlte er sich schlagartig dreizehn Jahre zurück in die Vergangenheit katapultiert. Ein

Rentieranzug war lächerlich, erst recht für eine erwachsene Person, aber zu seiner Überraschung störte es ihn bei Friederike nicht. *Fritzi.* Wieso konnte er sich das nicht endlich merken?

Sie sah an ihm vorbei und starrte Löcher in die Luft. Allem Anschein nach war die Entscheidung, ob der Anruf getätigt werden sollte, noch nicht gefallen. „Hier." Tilo rollte ihr die Zwiebeln zu und im letzten Moment ließ sie endlich die Tafel los und schnappte sie.

Sie sah ihn verwirrt an.

„Du kannst Zwiebeln schneiden, oder?"

„Natürlich", antwortete sie kurzangebunden und pulte an der Schale herum. „Würfel oder Ringe?"

„Würfel." Er kippte die Champions in ein Sieb und brauste sie ab, dann holte er eine Dose Kokosmilch und eine Tube Tomatenmark aus dem Schrank. Zum Glück hatte er immer einige Basics da, aus denen sich etwas machen ließ. Ihm allein hätte auch eine Schale Haferflocken gereicht, doch er konnte Friederike wohl kaum Müsli zum Abendessen anbieten. Außerdem wäre das schnell gegessen und irgendwie mussten sie diesen Abend ja mit Anstand überstehen. Wenn man gemeinsam kochte, konnte man sich über das Essen unterhalten und die unangenehmen Themen meiden. Und zwischen ihm und Friederike gab es genug davon.

„Was für eine Soße soll das denn werden?" Sie zeigte auf die Dose mit der Kokosmilch.

„Eine cremige Tomatensoße. Besser als jede, die du je aus einem Glas gegessen hast."

„Mit Kokosmilch?" Sie verzog das Gesicht. „Das passt doch höchstens in ein Curry."

Er stemmte sich auf der Arbeitsplatte auf und sah sie an. „Was hältst du von einer Wette?"

„Eine Wette? Mit dir?" Ein Schnauben war zu hören. „Und um was willst du wetten?"

„Wenn das hier nicht die beste Spaghettisoße aller Zeiten wird, dann schulde ich dir einen Teller selbstgebackene Plätzchen."

„Und wenn sie mir tatsächlich schmeckt? Also so richtig gut?" Mit schmalen Augen blickte sie ihn an.

„Dann bekomme ich diese Vanillekipferl, von denen Luis geschwärmt hat. Ich nehme nicht an, dass Alina die allein gezaubert hat, oder?"

Schon wieder rang sie mit sich und Tilo verspürte einen Stich. Friederike verabscheute ihn und das aus vollem Herzen. Aber das hatte er geahnt, schon damals, als er sich aus der Ferienwohnung geschlichen hatte. War jetzt der Zeitpunkt gekommen, Wiedergutmachung zu leisten? Tilo konnte sie nicht einfach auf das ansprechen, was vorgefallen war. Er wusste doch selbst heute noch nicht genau, was da überhaupt mit ihm los gewesen war. Mit etwas Glück würde es ausreichen, einfach nett zu sein. Wenn sie ihn auch weiterhin doof finden würde, konnte er damit leben. Sie sollte aufhören, ihn auf diese Art anzusehen. Mit dieser Mischung aus Enttäuschung und Vorsicht.

Sie schob das Kind vor. „Also gut. Aber ich habe schon öfter so richtig gute Tomatensauce beim Italiener gegessen. Die toppt nichts. Und wenn dann erst noch Parmesan drauf ist …" Sie machte ein verzücktes Gesicht.

„Parmesan gibt's nicht", brummte Tilo.

„Ist auch Milch drin." Sie nickte, griff nach der Tafel Schokolade und biss hinein, ohne von ihm wegzusehen.

Jup. Diese Frau hasste ihn inbrünstig. Und er erkannte etwas von dem Mädchen damals in ihr. Tilo unterdrückte ein Grinsen. Der Abend fing an, ihm zu gefallen. Wenn sie ihn provozieren wollte, würde er eben die Gelassenheit des Yogalehrers herausholen, um ihr zu begegnen.

Kauend säbelte sie etwas ungeschickt die Zwiebeln durch und kurz darauf war schon regelmäßiges Schniefen zu hören. Er hätte Friederike auch die Paprika zuteilen können, aber irgendwie hatte er sie auch ein wenig reizen wollen. Das war nicht so Yogalehrerlike, doch niemand war perfekt.

Tilo platzierte die Pfanne neben dem Nudeltopf. Als Fritzi es endlich geschafft hatte, die Zwiebeln in unterschiedlich große Stücke zu zerteilen, tat er Olivenöl hinein und schob die Zwiebeln dazu. Es zischte und schon jetzt verteilte sich ein herrlicher Geruch. Tilo reichte ihr die Champions. „Halbieren, bitte."

„Ist doch deine Soße, wieso soll ich dir eigentlich helfen?"

„Oha, Rudolf hat heute schlechte Laune", grummelte Tilo, während er den Knobi durch die Presse drückte, um ihn nachher genau eine Minute vor Ende er Bratzeit hinzuzugeben. Knoblauch verbrannte so schnell, da brauchte es Fingerspitzengefühl, um den richtigen Moment zu erwischen.

Friederike bedachte ihn mit einem vernichtenden Blick und hackte auf die Pilze ein. Die Paprika schnitt er lieber selbst, ehe sie sich noch einen Finger kürzte.

Schließlich brutzelte alles in der Pfanne. Sein missmutiger Gast hatte den Kopf in die Hände gestützt und gab sich geradezu theatralisch gelangweilt.

„Na komm, den Rest machst du, damit du in Zukunft keine Tomatensoße aus dem Glas mehr kaufen musst." Er hielt ihr den hölzernen Pfannenwender hin.

„Vorausgesetzt, das hier schmeckt überhaupt." Sie nahm den Pfannenwender an und lief um die Kochinsel, während Tilo den Kühlschrank öffnete und ein Bier herausholte.

„Auch eins?"

Friederike schien augenblicklich etwas grün um die Nase zu werden. „Keinen Alkohol, bitte", sagte sie leise und rührte unbeholfen in der Pfanne.

„War wohl etwas viel gestern, was?" Er konnte sich den Kommentar einfach nicht verkneifen und öffnete die Flasche.

Ein rosa Hauch legte sich auf ihre Wangen. Die Farbe stand ihr und betonte ihre hellblauen Augen. „Das hast du mitbekommen?"

„War nicht zu überhören."

„Etwas viel Glühwein." Sie zuckte mit den Schultern.

„Jetzt das Tomatenmark."

Friederike nahm die Tube in die Hand und sah ihn fragend an.

„Drück alles davon in die Pfanne und brate es ein paar Minuten mit an. Pilze und Paprika sollten jetzt auch rein. Aber immer umrühren und nicht anbrennen lassen."

Sie tat, was er ihr gesagt hatte und sah ihn aus den Augenwinkeln an. „Ich wusste gar nicht, dass du in Lörrach lebst."

Wollte sie etwa tatsächlich ein Gespräch mit ihm führen oder war es nur eine Frage aus Anstand? Was auch immer es war, Tilo wertete es als gutes Zeichen. „Ich bin nach dem Abi von hier weggezogen und erst jetzt zurückgekehrt.“

„Hmmm.“ Sie nickte und rührte.

„Hattest du nicht gesagt, dass du aus Karlsruhe kommst?“ In Wahrheit brauchte er nicht fragen, hatte er es sich doch gemerkt, wie so viele andere Dinge ebenfalls. *Lieblingstier: Zwergziege, Lieblingsfarbe: gelb wie die Sonne, Lieblingsessen: Milchreis,* zählte er in Gedanken auf. *Streichelt jeden Hund, fährt schlecht Ski, riecht am Hals nach Frühlingswiese.* Als sie ihn damals gefragt hatte, wo er wohnte, hatte er schlicht „an der Schweizer Grenze“ gesagt, weil eh niemand wusste, wo Lörrach lag. Und doch lebte sie plötzlich hier, wie auch immer das gekommen war. Es war Zeit für den Knobi und Tilo beförderte ihn in die Pfanne.

„Meine Mutter wohnt noch immer dort. Ich bin vor rund fünf Jahren wegen eines Jobangebots hierhergezogen. Und weil ich mir eine etwas kleinere Stadt gewünscht habe“, erzählte sie und schien einen Moment lang zu vergessen, dass sie ihn eigentlich doof fand.

„Jetzt die Kokosmilch zugeben.“

Friederike kippte den Inhalt der Dose mit Schwung in die Pfanne und gerade so blieb alles in deren Innern.

„Einrühren und dann Temperatur etwas runter.“

„Nun stress doch nicht so. Ich dachte, kochen soll Spaß machen.“

„Dennoch muss man sich in gewissen Situationen etwas beeilen, wenn das Ergebnis auch schmecken soll.

Hast du denn gerade Spaß?" Er trank einen Schluck und lehnte sich an die Arbeitsplatte.

„Auf *Netflix* hätte ich jetzt mehr Lust. Und die Soße aus dem Glas braucht in der Mikrowelle nur anderthalb Minuten." Sie sah sich um. „Du hast gar keinen Fernseher."

„Das stimmt."

Ihr Blick zeigte Verständnislosigkeit. „Und was genau machst du dann abends, wenn du auf nichts mehr Lust hast und dich einfach nur berieseln lassen möchtest?"

„Ein Hörbuch hören, zum Beispiel."

„Du bist jetzt ganz schön öko, was?"

„Bin ich das?" Tilo lachte. „Ich würde mich selbst nicht als das bezeichnen, von außen wirkt es womöglich schon so."

„Und dann auch noch vegan."

„Ich bin nicht vegan", hielt er dagegen.

„Aber dieses Essen hier ist es doch, oder?"

„Das ist es."

„Hmmm." Fritze betrachtete ihr Werk. „Und jetzt ist es fertig?"

Tilo löste sich von seinem Platz. „Jetzt kommt das wichtigste: Abschmecken." Er reichte ihr die Gemüsebrühe, den Pfeffer und das Chilipulver. „Von allem nur ein wenig. Und dann kosten." Rasch holte er noch einen kleinen Löffel hervor, den er ebenfalls an Friederike gab, ehe er mit einer Gabel eine Spaghetti aus dem Topf fischte und probierte. *Perfekt.* Tilo kippte die Nudeln ins Sieb und sah unauffällig zu ihr, als sie probierte. Friederike zeigte keine Regung. „Und?"

„Nicht schlecht. Schauen wir mal, wie es mit den Nudeln schmeckt."

Friederike liebte diese Soße, das war nicht zu übersehen, aber bisher hatte sie kein Lob über die Lippen gebracht. Das lag vielleicht auch daran, dass sie in einem Affenzahn aß. Schokolade hielt eben doch nicht lange vor, aber Tilo verkniff sich diesen Kommentar.

„Du bekommst deine Kipferl", nuschelte sie schließlich mit vollem Mund. „Ist die weltbeste Soße."

„Sag ich ja." Tilo deutete auf den Topf mit den Nudeln und Friederike nickte eifrig. Er trug ihr einen großzügigen Nachschlag auf und sich den Rest.

Schweigend saßen sie nebeneinander am Tresen und kauten. Unauffällig betrachtete er sie. Natürlich hatte sie sich in all den Jahren verändert. Sie war nicht mehr das sechzehnjährige Mädchen von damals, sondern eine Frau Ende zwanzig. Die Frisur stand ihr gut, der schlichte, längere Bob schmeichelte ihrer Gesichtsform und ließ ihre hübsche Nase und die frechen Augen zur Geltung kommen. Zum Glück hatte sie sich von dem Pony verabschiedet, der ihr ohne Frage kein bisschen gestanden hatte. Kleine Lachfältchen deuteten sich bereits an und Tilo ging davon aus, dass Friederike eigentlich ziemlich viel lachte. Nur eben nicht mit ihm. Obwohl sie es einst in seiner Gegenwart getan hatte.

„Ist was?" Mit einem Schlürfgeräusch saugte sie eine Spaghetti ein.

„Entschuldige, ich wollte nicht starren." Er nahm allen Mut zusammen. „Du wirkst nur auf die eine Art ganz anders als damals, und dann doch wieder gleich. Ich weiß, es ergibt keinen Sinn, aber verstehst du, was ich meine?"

„Keine Ahnung. Ich habe heute die gleiche Meinung von dir wie damals an dem Tag, als ich bei eurer Ferienwohnung geklopft habe und nur die Putzfrau öffnete, die bei der Endreinigung war." Sie konzentrierte sich auf den Teller, ihre Haltung wirkte angespannt.

Tilo räusperte sich. „Willst du darüber sprechen?"

„Über was?" Sie wollte es ihm schwer machen.

„Über das, was damals geschehen ist. Vielleicht soll es ja ein Zeichen sein, dass wir hier im gleichen Haus gelandet sind."

„Das ist nur ein Zufall, Tilo. Und wir müssen nicht darüber sprechen, so ewig, wie es zurückliegt. Es ist unwichtig."

Unwichtig. Das saß. Schweigend aß er weiter, auch wenn ihm der Appetit vergangen war. Vielleicht sollte er Luis doch anrufen. Unauffällig sah er auf die Uhr. Es war bereits kurz nach neun. Die beiden konnten ja auf ein neues Date gehen, wenn Luis es nicht eh schon verkackt hatte. War eine Freundschaft einen qualvollen Abend mit einer ehemaligen Freundin wert, die einen hasste?

In diesem Moment waren Stimmen im Flur zu hören. Friederike sah auf und einen verschwindend kurzen Moment lang in seine Augen. Dann rutschte sie vom Barhocker und flitzte in den Flur.

Tilo legte die Gabel beiseite und folgte ihr. Schon öffnete sie. Vor der Tür gegenüber standen Luis und Alina und sahen überrascht zu ihnen.

„Was ist denn hier los?" Alina blickte zwischen ihm und Friederike hin und her.

„Habe mich ausgeschlossen und musste bei *ihm* warten." Mit einer Kopfbewegung deutete Friederike zu

Tilo und war mit wenigen Schritten neben ihrer Freundin.

„Ach herrje." Alina umarmte sie rasch.

Herrje? Die beiden taten ja gerade so, als wäre er der Satan höchstpersönlich. Luis warf ihm einen amüsierten Blick zu, ehe er sich an Alina wandte. „Dann bis Samstagnachmittag?"

Sie nickte und Tilo entdeckte einen roten Hauch auf ihren Wangen. Luis hatte es nicht verkackt. Offenbar hatte sein Freund ihm etwas voraus.

„Wir sind ebenfalls am Samstag verabredet", erinnerte Tilo ihn.

Luis machte eine abwehrende Handbewegung. „Das passt schon. Erst helfe ich dir mit meinem einmaligen handwerklichen Geschick und dann gehen wir beide in die Therme." Er zwinkerte Alina zu und Friederike rollte mit den Augen, was Tilo grinsen ließ. Allem Anschein nach waren sie beide von dieser Sache, die da zwischen ihren Freunden lief, nicht begeistert.

Friederike zupfte an Alinas Ärmel und diese schloss die Tür auf. „Dann bis Samstag", sagte sie und umarmte Luis hastig.

„Danke für die Nudeln", murmelte Friederike, ohne ihn anzusehen, und schlüpfte in die Wohnung.

Alina folgte ihr und schloss die Tür.

Luis wandte sich ihm zu. „Bier?"

„Ich schätze, ich kann noch eins gebrauchen." Tilo seufzte und machte den Weg für seinen Kumpel frei.

„War das wirklich ein Rentier-Onesie?", fragte dieser und lachte auf.

„Allerdings." Tilo lief in die Küche und betrachtete das Durcheinander, das das Kochen hinterlassen hatte. Er

entschied, es bis zum nächsten Tag zu ignorieren, und
öffnete den Kühlschrank. Was war das nur für ein ko-
mischer Abend gewesen.

Kapitel 7
Fritzi

Fritzi schloss den Schrank und zog sich den dicken Strickpulli mit dem großen Weihnachtsmann auf der Vorderseite über, der verkehrt herum im Schornstein steckte. Ihre Kindergartenkinder liebten diesen Pullover und Fritzi, wenn sie ehrlich war, ebenfalls. Alina unternahm irgendwas mit Luis, mit dem sie sich vor einer Woche in der Therme anscheinend prächtig amüsiert hatte. Heute war Kino dran, wenn sie sich nicht irrte. Meist hörte sie nicht richtig zu, wenn Alina über diesen Tilo-Freund sprach.

Tilo war ihr über eine Woche schon nicht mehr begegnet. Das Einzige, was von seiner Anwesenheit im Haus zeugte, war sein Fahrrad im Eingangsbereich und das regelmäßige Schellen seiner Klingel. Anscheinend arbeiteten Yogalehrer Schrägstrich Physiotherapeuten Schrägstrich Ernährungsberater regelmäßig abends, wenn andere ihren Feierabend genießen und *Netflix* gucken wollten, wie es sich eben gehörte.

So konnte es schon irgendwie weitergehen. Vielleicht musste sie wirklich nicht ausziehen. An das Klingeln würde sie sich gewöhnen, und das Fahrrad hatte sie schon zweimal ganz versehentlich umgeschubst, was verdammt gutgetan hatte.

Fritzi hatte eben ihr Zimmer aufgeräumt, was wirklich nötig gewesen war, und wollte nun einen Waldspaziergang machen. Samstags versuchte sie stets, diese zehntausend Schritte zu gehen, die man eigentlich jeden Tag erreichen sollte. Aber einmal in der Woche war besser als nie, oder nicht?

Es klingelte und Hansi kreischte erschrocken auf. Dieses Mal war es tatsächlich bei ihnen. Fritzi lief zur Tür und öffnete. Überrascht sah sie in Tilos leider schöne Augen und dann hinunter in zwei kleine Mädchengesichter.

„Na, wer seid ihr denn?", fragte Fritzi und lächelte die beiden zuckersüßen Zwillingsmädchen an.

„Wenn ich das nur wüsste." Tilo seufzte. „Tut mir wirklich leid, dass ich dich störe, aber es ist ein Notfall. Die beiden müssen dringend auf die Toilette." Er hielt eine pinke Sitzauflage hoch und schaute sie flehend an.

„Und warum ...?"

„Verstopft", fiel er ihr ins Wort. „Das passiert, wenn man diese kleinen Monster für fünf Minuten aus den Augen lässt. Sie haben mehrere Rollen Toilettenpapier abgerollt und mit der Klobürste in die Schüssel gedrückt. Da hilft auch der Pümpel nicht mehr. Der Sanitär-Kerl meinte am Telefon, dass es noch eine Weile dauern wird, bis er kommt." Er schüttelte den Kopf. „Und Tara sagt, sie müssen jede Stunde Pipi machen oder es gibt einen Unfall."

„Dann kommt mal besser schnell rein." Fritzi trat zur Seite und die Mädchen tippelten an ihr vorbei. „In den Flur und dann links."

Tilo schnappte die Hand einer seiner Nichten und verschwand mit ihr. Ihr Zwilling sah Fritzi mit großen Augen an.

„Soll ich dir mal was zeigen?", fragte sie und beugte sich zu ihr hinunter. Auf der Brust des Mädchens klebten zwei Stücke Klebeband. Auf einem stand Charlotte, auf dem anderen Antonia. Ehe Fritzi überlegen konnte, was das sollte, nickte das Mädchen schon heftig. „Also gut." Sie streckte die Arme aus und das Kind ließ sich willig von ihr hochheben. Fritzi platzierte es seitlich auf ihrer Hüfte und trug es zum Regal. „Das ist Hansi."

„Ein Vogel", rief das Mädchen, woraufhin Hansi erschrocken ein paar Hüpfer zur Seite machte.

„Ganz genau. Hansi ist ein Wellensittich und er wohnt hier bei uns. Hast du auch ein Haustier?"

„Ninchen. Hoppel und Franz."

„Das sind sehr gute Namen für Kaninchen." Gott, was waren diese Kinder goldig. Die kleinen Zöpfchen auf der Seite wippten fröhlich bei jeder Bewegung.

Lachend rannte die Schwester zu ihnen und Tilo tauchte aus dem Flur auf. „Nummer eins ist fertig, jetzt ist Nummer zwei dran." Er kam auf sie zu und Fritzi übergab ihm das Kind.

„Danke." Er sah auf sie hinab. Sie hatte sich zu ihm beugen müssen und die kurze Nähe fühlte sich merkwürdig an. Doch schon wandte Tilo sich ab und trug seine Nichte Richtung Bad.

„Willst du ebenfalls Hansi kennenlernen?", fragte Fritzi.

Dieses Mädchen schien ein wenig zurückhaltender zu sein. Statt wie ihre Schwester gleich auf Fritzis Arm zu wollen, reckte sie den Kopf und schaute zum Regalbrett hoch.

„Du kannst dich aufs Sofa stellen, dann siehst du ihn besser", schlug Fritzi vor.

Schon kletterte das Kind auf das Möbelstück und betrachtete den Vogel. Es lächelte. *Na endlich.* Was war es nur, dass Kinderlachen so guttat? Die Freude eines kleinen Menschen zu sehen war etwas, von dem Fritzi wohl nie genug bekommen würde.

„Geschafft." Tilo schleppte seine Nichte wieder ins Wohnzimmer und warf einen Blick auf Hansi. „Sind Haustiere nicht untersagt?", brummte er.

„Ich habe ihn von meiner Oma geerbt", murrte Fritzi. „Was hätte ich denn machen sollen?"

„Schon gut. So war es ja nicht gemeint. Ist immerhin keine Katze." Er ließ das Kind an sich hinabgleiten, das sogleich ebenfalls aufs Sofa kraxelte. Beide hüpften sie darauf und Fritzi lachte.

„Was hat es denn mit den Namensklebern auf sich?" Sie deutete auf das eine Mädchen mit den Klebebandstreifen.

„Ich dachte, so würde ich sie auseinanderhalten können." Tilo zuckte mit den Schultern. „Hat nicht geklappt, wie man sieht. Plötzlich waren beide Kleber auf einer von ihnen und jetzt bin ich aufgeschmissen."

Fritzi zog die Augenbrauen hoch. „Du kannst deine eigenen Nichten nicht unterscheiden?"

„Glaub mir, mir ist bewusst, wie das wirkt. Aber die beiden gleichen sich doch wie ein Ei dem anderen. Ihre Mutter hält sie mit unterschiedlichen Haargummis auseinander, nur leider vergesse ich immerzu, wer welche Farbe hat. Und wenn ich frage, wer Charlotte oder

Antonia ist, dann heben sie beide den Arm." Tilo stieß
Luft aus und Fritzi bemerkte, dass er müde wirkte. Offensichtlich setzte ihm die Kinderbetreuung zu. „Wie
lange hütest du die Mädchen schon?", fragte sie.

Er hob den Arm und sah auf seine Uhr. „So wie es aussieht erst seit zwei Stunden und fünfzehn Minuten.
Fühlt sich deutlich länger an." Er lachte leise. „Ich
schätze, ich muss die Sache mit dem Onkel-sein noch
üben."

„Und wann holt Tara sie ab?" Fritzi warf einen Seitenblick auf die Kinder, die inzwischen ihre weihnachtlichen Dekokissen entdeckt hatten und damit auf sich
einschlugen. Gluckerndes Kichern war zu hören.

„Morgen Nachmittag."

„Oha."

„Ganz genau." Tilo steckte die Hände in die Hosentaschen und betrachtete ebenfalls seine Nichten. „Sind
Kinder immer so aufgedreht?"

Fritzi gab sich Mühe, nicht zu lachen. Natürlich genoss sie es höllisch, dass er so litt. „Wenn man sie nicht
auspowert, dann schon. Daher gehe ich mit meinen
Kindergartenkindern jeden Tag mindestens zwei Stunden raus. Ansonsten ist es in der Gruppe kaum auszuhalten."

„Ach, du bist Erzieherin?"

Warum war es ihr stets so unangenehm, wenn Tilo
sie direkt ansah? „Ja, das bin ich." Schnell konzentrierte
sie sich wieder auf die Kinder, die nun offenbar herausfinden wollten, welches höher hüpfen konnte. Zum
Glück war die Couch ein robustes Exemplar. Fritzi

stellte sich Tilos Miene vor, wenn die Mädchen so etwas auf seiner sicher unverschämt teuren Designercouch trieben.

„Das passt zu dir“, kommentierte er.

„Ach ja?“

„Ja.“ Er machte einen Schritt auf die Kinder zu. „Also gut, Mädels, wir gehen dann rüber. Je nachdem, wie lange der Sanitär-Typ auf sich warten lässt, würden wir noch mal wiederkommen, ja?“

Fritzi sah zwischen Tilo und den Mädchen hin und her. *Was soll's.* Sie lief zur Kommode neben der Tür und suchte den Ersatzschlüssel aus der Krimskrams-Schublade heraus. Dann hielt sie ihn Tilo hin. „Damit ihr rein könnt, wenn es dringend wird. Ich gehe gleich spazieren und bin länger unterwegs.“

Zögernd griff er danach. „Das ist lieb, danke.“

„Wir Mädels müssen doch zusammenhalten, was?“, rief Fritzi in Richtung der Kinder, die nun versuchten, auf der Sofalehne zu stehen. Mindestens eines von ihnen würde noch runterfallen, wenn der Superonkel nicht bald eingriff.

Tilo versenkte den Schlüssel in der Hosentasche, bückte sich nach der pinken Sitzverkleinerung und pfiff. Augenblicklich hielten die Mädchen inne. „Auf geht's, wir gehen rüber. Sagt danke zu Fritzi, dass ihr hier Pipi machen durftet.“

„Danke“, ertönte es im Chor und die beiden hüpften vom Sofa und stürmten durch die Tür, die Tilo ihnen aufhielt, in den Flur. Er folgte seinen Nichten. „Ich schätze, ich sollte mit ihnen noch rausgehen, ehe es dunkel wird“, überlegte er laut.

„Oder du machst mit ihnen Yoga." Grinsend sah Fritzi ihn an. „Viel Spaß noch." Mit einem Knall warf sie die Tür zu. Hoffentlich nahmen die Mädchen seine Wohnung so richtig auseinander. Dort war es für Fritzis Geschmack eh viel zu ordentlich und leer.

Rasch durchsuchte sie die Krimskrams-Schublade erneut und fand den Schrittzähler, den sie vor vielen Jahren im Angebot gekauft hatte. Ein Blick verriet, dass sie es am vergangenen Samstag nur auf viertausenddreihundert Schritte geschafft hatte. Es war aber auch wirklich kalt im Dezember. „Nun such doch nicht schon ehe du losgehst nach einer Ausrede", ermahnte sie sich, nullte den Zähler und steckte ihn an den Hosenbund der eigentlich bequemen Jeans, der leider noch immer etwas zwickte. Dann zog sie die Jacke über, wickelte den Schal mehrfach um sich und setzte sich die selbstgestrickte Mütze auf. Zuletzt kamen die dicken Winterstiefel, mit denen Fritzi jedes Mal das Gefühl hatte, auf Wolken zu gehen, so herrlich sank man in die weichen Sohlen ein. Allein schon für diese Schuhe war sie bereit, die kalten Monate zu akzeptieren, anstatt in sonnigere Gefilde auszuwandern. Und für Weihnachten. Unter Palmen kam wohl kaum das notwendige Feeling rüber.

Fritzi hielt inne. Gab es auf Hawaii oder sonst wo überhaupt Tannenbäume? Sie wunderte sich einmal mehr, welch merkwürdige Wege ihre Gedanken manchmal nahmen, um die körperliche Betätigung, die unmittelbar bevorstand, noch ein wenig länger hinauszuzögern. „Los jetzt, zehntausend Schritte sind gar nicht so viel."

Zehntausend Schritte waren furchtbar viel. Noch dazu, wenn man am Hang wohnte und es immerzu bergauf ging. Jedenfalls die erste Hälfte des Spaziergangs. War das überhaupt noch ein Spaziergang oder galt das schon als Wanderung? Fritzi fand, es sollte als Wanderung gelten. Oder als Kombination aus beidem. Warum gab es dafür eigentlich keinen Begriff? „Wandergang", murmelte sie. Nein, das ging besser. „Spatzwand." Ja, das war schon ziemlich gut. Sie blieb stehen. „Wanderspaz." Das war es. Einen Wanderspaz zu unternehmen klang nur halb so schrecklich wie diese zehntausend Schritte. Sie war sicherlich schon eine ganze Weile unterwegs, so genau wusste sie das nicht, weil das Handy daheim lag und Fritzi Armbanduhren nicht ausstehen konnte.

Sie sah sich um. Wenn sie hier zwischen den Bäumen hindurch ging, musste sie früher oder später auf den anderen Teil des Wegs treffen, ohne erst bis ganz nach oben und um die Kurve gehen zu müssen. Ihr war doch tatsächlich schon warm. Während sie den befestigten Weg verließ und zwischen den Stämmen hindurchging, lockerte sie den Schal ein wenig. Im Winter war es einem grundsätzlich entweder zu warm oder zu kalt. Darum trank man auch Glühwein, weil der so schön heizte. Ein Wanderspaz mit Glühwein klang ziemlich verlockend. Vielleicht sollte sie morgen so einen mit Alina unternehmen, sofern es diese treulose Tomate wenigstens einen Tag der Woche ohne ihren Luis aushielt. Die beiden waren in dieser schon beim Chinesen, in der Pizzeria und in einer Kneipe gewesen. Alina *tinderte* auch plötzlich gar nicht mehr, was Fritzi befürchten ließ, dass die Sache mit Luis was Ernstes werden

konnte. Das wäre eine schöne Misere. Ihre Mitbewohnerin und dieser Tilo-Kumpel. Aber vielleicht baute
Luis noch Mist, hoffen durfte man ja wohl.

Fritzi blieb stehen und horchte. War das ein Kreischen? Sie runzelte die Stirn. Da kreischte in der Tat jemand! Sie war sich nicht sicher, ob es aus Spaß oder aus
Not war. Unsicher blickte sie sich um. Was, wenn sie
einfach weiterging und dann am Montag in der Zeitung
von etwas Schrecklichem las, was hier vorgefallen
war? Eine Entführung zum Beispiel. Allerdings konnte
sie sich nicht daran erinnern, schon jemals etwas über
eine Entführung in Lörrach gehört zu haben. Oder davon, dass jemand im Wald verschwunden war. Wieder
kreischte es schrill.

„Mist." Fritzi wandte sich der Richtung, aus der das
Geräusch gekommen war zu und eilte den Hang hinunter. Als sie einen Ast am Boden entdeckte, schnappte sie
diesen und umgriff ihn fest, auch wenn sie inständig
hoffte, ihn keinem Bösewicht überziehen zu müssen.
Da! Nicht weit entfernt von ihr hatte sie eine Bewegung
wahrgenommen. Fritzi zwang sich, ihre Schritte zu be-
schleunigen. Gerade als sie rufen wollte, ob alles in Ordnung sei, um nicht mit offenen Armen in eine brenzli-
che Situation zu laufen, flog etwas an ihr vorbei und
landete auf dem mit Blättern und braunen Nadeln bedeckten Waldboden. Fritzi kniff die Augen zusammen,
sie konnte nichts erkennen, was hier nichts zu suchen
hatte. Ein rosa Etwas flitze an ihr vorüber, warf sich auf
der Stelle hin und kreischte „Hab ihn!"

Als sich das Kind in dem rosa Matschanzug auf den
Rücken rollte und sie anlachte, atmete Fritzi durch.
Charlotte oder Antonia, wer auch immer, eine von

ihnen lag jedenfalls unweit von ihr im Laub, streckte einen Tannenzapfen hoch und rappelte sich wieder auf.

Erneut zischte etwas durch die Luft und das zweite Mädchen jagte dahinter her.

Fritzi sah in der Richtung, aus der die Wurfgeschosse kamen, und entdeckte Tilo, der mit einem breiten Grinsen zu ihr hinaufsah.

„Was treibt ihr denn hier?", rief sie.

„Du hast gesagt, man muss Kinder auspowern. Also habe ich mir ein Spiel überlegt."

Die Mädchen stürmten mit den Zapfen zurück zu ihm und Tilo schleuderte diese in eine andere Richtung.

„Lässt du deine Nichten etwa apportieren?", rief Fritzi empört und kam unwillig näher.

„Sie rennen, darauf kommt es doch an, oder?"

„Du bist ein lausiger Onkel." Wie kam man denn nur auf solch eine Idee? Sie blieb einige Meter von ihm entfernt stehen.

„Sie lachen und werden nachher gut schlafen. Jedenfalls hoffe ich das."

Geschrei war zu hören und Tilo seufzte. „Jetzt streiten sie sich wieder um denselben." Er trat mit einem Bein zurück, holte aus und warf einen weiteren Tannenzapfen zu den Mädchen. Schon warf sich eine darauf. „Verrate das nur meiner Schwester nicht", brummte er.

„Wie kann Tara dir nur ihre Töchter anvertrauen?" Fritzi schüttelte den Kopf.

„Verzweiflung, nehme ich an", meinte er trocken. „Unsere Eltern leben inzwischen auf Mallorca und ich habe ihr versprochen, ihr die Kinder einmal im Monat für eine Nacht abzunehmen, damit sie und ihr Mann zu viel Wein trinken und zu laut Sex haben können." Tilo lachte gedämpft. „Taras Worte, nicht meine. Aber sie sollen machen, was immer ihnen guttut. Zwillinge sind wirklich anstrengend, muss ich zugeben. Und ich darf derweil der schlechte Einfluss für meine Nichten sein. Eigentlich ist es auch ganz spaßig. Die beiden sind ziemlich schnell, oder nicht?" Stolz klang in seiner Stimme mit.

„Das ist nett", presste Fritzi zwischen den Zähnen hervor.

„Was?" Die Mädchen kamen angestürmt und streckten ihrem Onkel die Zapfen entgegen. „Noch einmal, dann machen wir uns auf den Rückweg, ja?"

„Noch mal", ertönte es im Chor.

Tilo warf und kichernd liefen Charlotte und Antonia los.

„Dass du deiner Schwester die Kinder abnimmst", murmelte Fritzi. „Ich nehme an, das ist nett." Sie fummelte an ihrem Hosenbund herum und warf einen Blick auf den Schrittzähler. Dieser zeigte zu Fritzis Enttäuschung jedoch erst dreitausendsechshundertfünf Schritte an.

„Für was brauchst du das Teil?"

Als sie aufsah, bemerkte sie, dass Tilo sie aus den Augenwinkeln beobachtete.

„Ich versuche, zehntausend Schritte zu gehen."

Er nickte. „Machst du das täglich?"

„Meistens", log Fritzi und fühlte sich nicht mal schlecht dabei. Was ging es ihn denn auch an, was sie wann tat?

„Das ist Humbug, musst du dir nicht antun", kommentierte er.

Fritzi steckte die Hände in die Jackentaschen. „Was ist Humbug?“

„Diese Behauptung, dass zehntausend Schritte am Tag gesund seien.“

„Ach, und das willst ausgerechnet du wissen, was?“ Da war er schon wieder, dieser patzige Ton, den Tilo aus ihr herauskitzelte.

Er sah sie mit hochgezogenen Augenbrauen an. „Du weißt aber schon noch, dass ich Physiotherapeut bin, oder?“

Fritzi warf ihm einen stechenden Blick zu.

„Es ist deine Sache, wenn es dir so einen Spaß bereitet zu gehen, aber neueste Studienergebnisse zeigen, dass es ebenso effektiv ist, sich für eine halbe Stunde anderweitig körperlich zu betätigen.“

Eine halbe Stunde. War das wirklich so? Für einen Wanderspaz brauchte sie deutlich länger. „Ach ja?“

Tilo nickte. „Wenn du es mal mit Yoga versuchen willst, kann ich dir ja was zeigen.“

„So weit kommt’s noch“, rutschte es ihr heraus.

Tilo lachte auf. „Das habe ich jetzt auch nicht anders erwartet, um ehrlich zu sein.“ Er sah sich nach seinen Nichten um, die inzwischen mit Ästen in der Erde bohrten. Er rollte die Zunge hinter den Schneidezähnen ein und stieß einen Pfiff aus.

Fritzi machte einen Schritt auf ihn zu und boxte ihm gegen den Oberarm. „Nun pfeif nicht auch noch nach ihnen. Das sind kleine Menschen und keine Hunde.“

„Aber sie hören drauf“, verteidigte er sich.

„Es geht ums Prinzip.“ Sie schüttelte den Kopf. „Das ist doch nicht zu glauben.“

Fritzi spürte, wie sich eine kleine Hand in ihre Jackentasche schob. Als sie hinuntersah, lachte eines der Mädchen sie an. Das war auf jeden Fall die, die sie vorhin auf dem Arm gehabt hatte, schloss Fritzi aus der Geste. An Tilos Bein geschmiegt, sah ihre Schwester sie abwartend an.

„Ich schätze, das soll wohl bedeuten, dass du mit uns zurückgehen sollst."

Sie konnte erkennen, dass Tilo ein Grinsen unterdrückte. Er wusste nur zu gut, dass sie nicht scharf darauf war, auch nur eine Sekunde länger als unbedingt notwendig in seiner Nähe zu bleiben. Noch einmal sah sie zu dem Mädchen. „Was soll's."

Obwohl Tilo erst so kurz hier wohnte, geleitete er den kleinen Trupp gezielt zum Weg zurück. Vermutlich hatte er schlicht ein besseres Ortsgedächtnis als sie selbst. Wenn Fritzi sich denn mal in ihr Auto setzte, das meist nur in der Einfahrt parkte, dann verfuhr sie sich auch nach Jahren noch regelmäßig in Lörrach. Eigentlich brauchte sie das Auto nicht wirklich, aber sie hatte es zusammen mit Hansi geerbt und es war praktisch, wenn sie alle paar Wochen ihre Mutter in Karlsruhe besuchte. So, wie es jetzt auch zu Weihnachten anstand. Wie Fritzi sich auf den Urlaub freute. Auch wenn sie die Arbeit im Kindergarten liebte, konnte sie hin und wieder eine Pause gebrauchen. Für Weihnachten heimzukehren hatte so oder so immer ein ganz besonderes Flair und Fritzi hörte auf der Autobahn die Christmas-Playlist hoch und runter.

Tilo ging vor ihr und sie beobachtete, wie er den Ärmel zurückschob, um auf die Uhr zu sehen. Dann drehte er sich um und sah von einer Nichte zur anderen. „Okay, Mädels, wir haben uns hier etwas verzettelt. Der Toiletten-König hat vorhin angerufen und sich für halb fünf angekündigt. Das ist schon in wenigen Minuten."

Fritzi gluckste. „Toiletten-König?" So viel Humor hatte sie Tilo gar nicht zugetraut. Aber eigentlich war es der perfekte Titel für einen Sanitärmeister.

„Der Mann heißt wirklich König", setzte Tilo hinzu und sah wieder auf die Uhr. „Könnt ihr etwas Gas geben?"

Fritzi wusste aus Erfahrung, dass Kinder immerzu gerade dann, wenn man von ihnen wollte, dass sie sich beeilten, plötzlich so lahm wie Schnecken wurden. Und sie selbst hatte auch keine Lust zu hetzen. „Geh ruhig voraus, wir kommen nach."

„Und das ist wirklich in Ordnung?" Er sah sie prüfend an.

Fritzi rollte mit den Augen. „Nun geh schon."

Er nickte ihr zu. „Danke, Friederike." Dann fiel er in den Laufschritt und entfernte sich zügig.

„Fritzi!", rief sie ihm nach. Doch Tilo war schon hinter einer Biegung verschwunden.

„Ihr seid um euren Onkel nicht zu beneiden", murmelte sie und lächelte die Mädchen an. Die Dämmerung setzte bereits ein und zwischen den hohen Baumstämmen war ein herrliches Abendrot zu erkennen. „Die Engelchen backen Plätzchen", erklärte sie in geheimnisvollem Ton und zeigte auf den in die schönsten Farben getauchten Himmel. Mit leuchtenden Augen sahen die Kinder sie an und Fritzi wurde warm ums Herz. „Kennt ihr *In der Weihnachtsbäckerei?*"

Beide nickten.

„Sollen wir es singen, bis wir daheim sind?“

Noch ein Nicken.

„Also gut. Seid ihr bereit?“ Fritzi holte Luft. Das war der beste Wanderspaz seit langer Zeit.

***

Tilo

„Sie glauben gar nicht, was ich schon aus Schüsseln rausgefischt habe“, brummte der Toiletten-König und kniete sich stöhnend mit seiner ausladenden Körpermitte hin, über der eine blaue Arbeitslatzhose spannte. „Spielzeugautos, Besteck, Handtücher. Sogar Kuscheltiere.“ Er versenkte ein Ding, das er eben als Spirale bezeichnet hatte, im Abfluss und Tilo fragte sich, ob man das wirklich ohne Handschuhe tun sollte. Aber er war hier nicht der Fachmann. „Dank der Kinder wird mir die Arbeit nie ausgehen.“ Der Mann lachte, was in ein kratzendes Husten überging, das zu dem Geruch nach Zigaretten passte, der an seiner Kleidung haftete. Er griff nach dem Papiermatsch, den er geschickt mit diesem Spiralteil heraufbeförderte und warf es klatschend in den Eimer neben der Schüssel. Tilo trat zur Sicherheit zwei Schritte zurück. „Samstagnachmittag bedeutet Wochenendaufschlag." Eine weitere Ladung landete im Eimer.

„Das habe ich mir schon gedacht." Tilo seufzte. Auf keinen Fall würde er Tara von dieser Sache erzählen. Und nie wieder die Mädchen auch nur für eine Minute aus den Augen lassen. Wie aufs Stichwort vernahm er Kinderlachen und dann Friederikes Stimme. Er streckte den Kopf aus der Badezimmertür heraus und sah, wie sie die angelehnte Eingangstür öffnete. „Wir sind hier gleich fertig", informierte er sie.

„Ist gut. Ich ziehe solange schon mal diese rosa Marshmallows aus." Sie beugte sich hinunter und flüsterte seinen Nichten etwas zu, die daraufhin kicherten. Tilo spürte ein Lächeln auf seinen Lippen. Er runzelte die Stirn. Warum stand er hier und konnte den Blick nicht von Friederike abwenden? Was war nur los mit ihm?

„Vermissen Sie das hier zufällig?", tönte es hinter ihm. Tilo wandte sich um und betrachtete das rote Theraband, das der Toiletten-König triumphierend hochhielt. Die beiden Lauser hatten sich also auch in sein Behandlungszimmer geschlichen. Er würde wohl zur Sicherheit dessen Tür abschließen. Und ein neues Theraband bestellen, wie es aussah.

Zwanzig Minuten und einhundertzweiundsechzig Euro fünfundfünfzig später, verschwand der Klempner endlich, nicht ohne zuvor noch den Ratschlag loszuwerden, die Kinder besser im Auge zu behalten. Tilo hatte sich auf die Zunge gebissen und die Tür etwas zu heftig zugeworfen. Der Tag konnte nur besser werden, also entschied er sich, positiv zu denken. Noch zwei

Stunden und die Mädchen würden schlafen gehen. Zwei Stunden waren doch ein Klacks. *Hoffentlich.* Aber immerhin hatte Tara ihm erklärt, dass sie nachts keine Windeln mehr brauchten. Das war zumindest eine gute Nachricht.

Er trat in das vor einer Woche frisch eingerichtete Kinderzimmer und entdeckte Friederike dort, wie sie auf dem Boden saß, auf jedem Bein ein Kind hockend, und aus dem Gutenachtbuch vorlas, das er besorgt hatte, weil es auf Taras Liste stand. Beide Mädchen hatten einen Daumen im Mund und sahen gebannt auf die Zeichnung eines kleinen Bären.

„Und Ende." Friederike klappte das Buch unter dem Protest der Zwillinge zu und setzte sie vorsichtig neben sich. Sofort schlugen die beiden die Seiten wieder auf und blätterten abwechselnd durch. Friederike lächelte und sah dann zu ihm. „Die sind sooo süß", sagte sie leise. „Kaum zu glauben, dass sie ausgerechnet mit dir verwandt sind."

„Du kannst echt nicht nett zu mir sein, oder?", raunte er zurück.

Sie zuckte mit den Schultern und wandte den Blick ab. „Ich war einmal nett zu dir und habe es bereut."

Friederike würde ihm nie verzeihen, was vermutlich daran lag, dass er sich bisher nicht entschuldigt hatte. Doch er hatte ein Gespräch angeboten und sie abgelehnt. Vermutlich würde sie eine Entschuldigung ebenso abschmettern. Und abgesehen davon war es nötig, dass er erst einmal in sich ging und darüber nachdachte, warum zum Teufel er sich damals so beschissen verhalten hatte. Natürlich war ihm die Sache in all den Jahren hin und wieder durch den Kopf gespukt, ebenso wie Friederike, begleitet von einem flauen Gefühl in der Magengegend und einer Hitze, die sich über seinen Nacken die Wirbelsäule hinab zog. Ganz so musste sich ein Kind fühlen, das beim Süßigkeitenklauen erwischt wurde. Friederike hatte ihn mit der Hand in der Keksdose ertappt und nun stand es zwischen ihnen wie eine unüberwindbare Mauer.

„Das Zimmer ist schön." Ihre Stimme katapultierte Tilo wieder zurück ins Hier und Jetzt. „Das mit den Palettenbetten ist eine tolle Idee, hast du die von *Pinterest?*"

Pinterest? Glaubte Friederike etwa, dass er nur am Handy hockte und nicht selbst auf Ideen kam? „Ich wollte etwas nutzen, das sonst entsorgt worden wäre und was schlicht und unkompliziert ist. Also habe ich nach den Lieblingsfarben der Mädchen gefragt und mit Luis Paletten besorgt und gestrichen." Luis hatte wie ein Mädchen gejammert, weil Tilo darauf bestanden hatte, das Holz wegen des Farbgeruchs auf der Terrasse zu streichen. Immerhin hatte Luis sich so rangehalten und beeindruckend schnell gepinselt.

„Und sogar farblich passende Holzkisten als kleine Regale", murmelte sie mit glänzenden Augen. Allem Anschein nach hatte er zur Abwechslung tatsächlich mal etwas richtig gemacht. „Aber etwas leer ist es ja schon noch."

Von wegen, etwas richtig gemacht. „Das ist gut so. Mehr Platz zum Spielen."

„Sehr viel Platz." Friederike beugte sich hinunter. „So, ihr Mäuse, ich gehe dann mal rüber. Wir sehen uns bestimmt nächsten Monat, wenn ihr wieder hier schlaft. *Ihr zwei* dürft jederzeit klingeln. Bei mir gibt es die gute

Schokolade. Die mit Milch." Sie richtete sich auf. „Übrigens ist die mit dem roten Haargummi Charlotte und Antonia hat das blaue", zischte sie in seine Richtung.

„Wie zum Teu...", Tilo brach ab und sah schuldbewusst auf die Mädchen. „Wie hast du das rausgefunden?"

„Hab sie einfach gefragt."

„Das habe ich auch", murrte er, doch Friederike grinste ihn nur an und stolzierte hinaus.

Tilo stemmte die Hände in die Hüften. „Okay, und was machen wir jetzt?"

„Sokolade!", rief Charlotte.

„Sokolade!", pflichtete Antonia ihr bei.

„Nach dem Essen, okay?"

„Sokolade", erklang es von beiden unisono.

„Also gut. Ein kleines Stück jetzt. Und nach dem Abendessen noch eins." Tilo wurde das Gefühl nicht los, dass diese Kinder mit ihm machten, was sie wollten, und ganz sicher hatten sie auch noch einen Heidenspaß dabei.

***

Fritzi

„Er hat mich geküsst!“ Alina warf die Tür zu, öffnete ihren Mantel und blickte sie mit glühenden Wangen an.

Fritzi ließ sich theatralisch aufs Sofa fallen und stöhnte. „Also ist das jetzt echt ernst mit dir und Luis, oder was?“

„Wenn du wüsstest, wie dieser Mann küssen kann.“ Alina seufzte, hob Fritzis Füße hoch, setzte sich ebenfalls und legte sie auf ihrem Schoß ab.

„Das möchte ich gar nicht so genau wissen.“

Alina zwickte sie lachend ins Bein. „Nun freu dich mal für mich.“

„Das tue ich doch.“ Fritzi lächelte ihr zu. Natürlich wollte sie, dass ihre Freundin glücklich war. Und wenn dieser Luis es schaffte, auch nach zwei Wochen noch nicht abserviert zu werden, dann machte er wohl wirklich etwas richtig.

„Und was hast du den ganzen Tag getrieben?“ Alina sah sie fragend an. „Sag mir bitte, dass du nicht nur in der Wohnung gesessen hast.“

Wie gut, dass sie sich immerhin zu einem Spaziergang hatte aufraffen können. „Ich war im Wald und bin dort Tilo und seinen Nichten begegnet“, erzählte sie.

Plötzlich war Alina ganz Ohr. „Die Zwillinge, die kürzlich bei ihm waren?“

Fritzi nickte und guckte sie todernst an. „Es ist passiert: Ich habe mich verliebt!“

„In Tilo? Hast du denn nichts aus damals gelernt?“ Die Stimme ihrer Mitbewohnerin überschlug sich beinahe.

„Doch nicht in *den*“, Fritzi rollte mit den Augen, „sondern in Charlotte und Antonia.“

Alina stieß die Luft aus. „Du hast dich also in fremde Kinder verliebt. Schon wieder."

In der Tat kam es regelmäßig vor, dass Fritzi ihrer Freundin von ihren Kindergarten-Schützlingen vorschwärmte, während diese dabei auf *Tinder* unterwegs war. *Apropos.* „Was ist eigentlich mit *Tinder*?", fragte Fritzi.

„Das habe ich gelöscht." Alina bekam schon wieder so glühende Wangen. „Wir beide. Gleichzeitig. Keine anderen Dates."

Das klang schon fast nach einer Vorverlobung, von der man Familie und Freunden berichtete: *Wir haben gemeinsam Tinder deinstalliert.* Damit alle wussten, dass man es ernst meinte. „Sag bloß." Fritzi schmunzelte. „Aber morgen steht noch, ja? Einen Tag wirst du es wohl ohne deinen Luis aushalten."

Nun war es Alina, die mit den Augen rollte. „Das wird wieder so lange dauern", jammerte sie.

„Und so viel Spaß machen."

Der alljährliche Besuch des Basler Weihnachtsmarktes stand an und wie jedes Jahr würden sie Kerzen ziehen, die Fritzi ihrer Mutter und ihren Tanten schenkte. Und wem sie sonst noch eine Freude machen wollte. Alina tat zwar immer so, als fände sie es furchtbar langweilig, in der Holzbude vor dem Stadtcasino den Docht ein ums andere Mal in die großen Behälter mit herrlich duftendem Bienenwachs zu stecken, bis am Ende eine wunderschöne glänzende Kerze entstand, aber in Wahrheit gehörte diese Aktion auch für sie längst zum Weihnachtsritual dazu. Waren die Kerzen fertig, futterten sie sich durch die an den Ständen angebotenen

Leckereien, die jedes Mal ein Vermögen kosteten, weil alles in der Schweiz ein Vermögen kostete.

Fritzi sah zu der Spardose im Regal, die sie nachher unbedingt noch öffnen musste. Das ganze Jahr über warf sie dort das Wechselgeld hinein, um es auf dem Weihnachtsmarkt auf den Kopf zu hauen, ohne sich zu sorgen, wie sie die nächste Miete bezahlen sollte. Und natürlich fand sie auch jedes Mal eine kleine Dekoration für die Wohnung, die sie unbedingt haben musste.

„Kommen wir zurück zu der Tatsache, dass du mit Tilo im Wald warst." Alina zupfte an Fritzis Ringelsocken, um ihre Aufmerksamkeit auf sich zu ziehen.

„Ich habe Tilo im Wald getroffen. Ich war nicht *mit* ihm im Wald", korrigierte sie. „Und dann habe ich kurz auf seine Nichten aufgepasst, weil er rasch heimmusste, um den Toiletten-König reinzulassen."

„Du erzählst immer so merkwürdige Dinge, das fällt dir selbst auf, oder?" Alina lachte.

Also erwähnte sie ihre neueste Wortschöpfung besser ein anderes Mal. Der Wanderspaz musste aber auf jeden Fall in den Sprachschatz aufgenommen werden, fand Fritzi.

„Und dann?"

„Dann habe ich ihnen in ihrem Zimmer noch etwas vorgelesen." Sie richtete sich etwas aus ihrer Position auf. „Stell dir vor, Tilo hat den Mädchen ein Kinderzimmer eingerichtet"

„Hmmm, ja. Weiß ich schon. Hat Luis erzählt. Und dass sie sich zusammen ein Video angeschaut haben, wie man wickelt. Falls die Mädchen nachts noch Windeln brauchen. Anscheinend hat Tilo wirklich vor, ein engagierter Onkel zu werden."

Fritzi presste die Lippen aufeinander. Das klang in der Tat nett und so gar nicht nach Tilo. Passte allerdings zu der großen Mühe, die er sich allem Anschein nach mit dem Kinderzimmer gegeben hatte. „Ich nehme an, man kann kaum in allen Bereichen ein Arsch sein", entgegnete Fritzi.

Alina lachte amüsiert. „Wenn Luis von ihm spricht, dann klingt Tilo eigentlich ganz okay."

Fritzi sah sie erschrocken an. Unterhielten sich die beiden etwa über das, was zwischen ihr und Tilo vorgefallen war?

Wieder lachte Alina. „Nun guck nicht so, man kann dir ja am Gesicht ablesen, was da gerade durch deinen Kopf spukt. Und nein: Ich glaube nicht, dass Luis weiß, was genau da vor einer Ewigkeit zwischen euch gelaufen ist. Aber er hat davon gesprochen, dass er Tilo unbedingt verkuppeln will, weil der sich wohl noch nie auf eine richtige Beziehung eingelassen hat."

Natürlich. Kaum waren Luis und Alina verknallt, musste sich bitteschön jeder in ihrem Umfeld ebenfalls verlieben. So war das doch immer mit Verliebten. Fritzi schnaufte. „Keine Frau hat so einen Kerl verdient", murrte sie. Vermutlich war es besser, wenn Tilo bis ans Ende seiner Tage ein Einzelgänger blieb.

„Soso." Alina nickte. „Und was ist die Begründung dafür, dass du seit Jahren keinen Kerl anguckst?"

„Ich habe zu viel zu tun." Fritzi verschränkte die Arme vor der Brust.

„O ja, natürlich. Damit, auf *Pinterest* nach Bastelanleitungen zu suchen und dich in fremde Kinder zu verlieben. Ich verstehe schon." Sie lachte. „Dein Leben ist aber auch wirklich geradezu eine abenteuerliche Achterbahnfahrt."

Fritzi griff nach einem der Dekokissen und schleuderte es ihrer Freundin gegen den Kopf.

„He!" Alina wehrte das zweite Kissen ab und hob drohend einen Finger.

„Treffen wir eine Abmachung: Ich versuche, nicht genervt zu sein, wenn du mir von Luis vorschwärmst, und im Gegenzug erwähnst du Tilo nicht mehr und stellst auch keine Fragen, ja?"

Alina rang mit sich, das war unschwer zu erkennen. Was vermutlich daran lag, dass Fritzi ihr noch immer nicht die ganze Geschichte erzählt hatte und ihre Freundin roch, dass mehr an der Sache dran war, als sie wusste. Alina konnte schrecklich neugierig sein. „Wenn's sein muss", sagte sie schließlich, gefolgt von einem Stöhnen. „Dann bestellen wir uns jetzt eine Pizza und ich erzähle dir alles, was ich von Luis weiß. Ich muss dringend eine Pro- und Kontraliste machen, um zu sehen, wie viel Zeit ich in uns investiere."

Natürlich musste Alina eine Liste anlegen, so wie sie es andauernd zu allem tat. Alina entschied niemals aus dem Bauch heraus, so wie Fritzi. Nein, sie sammelte Plus- und Minuspunkte, entwarf mögliche Szenarien und Folgen und leitete anhand dieser das richtige Verhalten ab. Auch was ihr Liebesleben anging. Natürlich konnte Fritzi Listen nicht ausstehen, ebenso wenig wie Dinge ausführlich zu planen. Sie ließ sich lieber treiben und schaute, was passierte. Wobei das in letzter Zeit nicht wirklich viel war, da musste sie Alina recht geben. War sie zu bequem geworden? Womöglich war es in der Tat an der Zeit, etwas Abwechslung in ihren Alltag zu bringen. nur wie?

Vor zwei Jahren hatte Alina sie zu diesem Salsa-Kurs geschleppt, obwohl Fritzi kein Taktgefühl hatte und ungern tanzte. Aber irgendwie war es dann doch ganz lustig gewesen. Trotzdem kam ein weiterer Tanzkurs nicht infrage. Sie sah zur Tür. Ob Yoga Spaß machte? Man hörte immer öfter davon und wenn sie ehrlich war, sahen diese Frauen, die ständig bei Tilo ein- und ausgingen, beneidenswert gut in Form aus. Und hatte Tilo nicht gemeint, dass eine halbe Stunde am Tag reichte? Das wäre sicherlich öfter zu schaffen als diese verdammten zehntausend Schritte.

„Minus: Ich mag sein Parfüm nicht.“

Fritzi wandte ihre Aufmerksamkeit wieder Alina zu, die eine Liste im Handy geöffnet hatte und tippte. Wenn ihre Freundin mit solch einer Kleinigkeit auf der Minusseite begann, war jetzt schon klar, dass sie an Luis wenig auszusetzen hatte.

„Schenk ihm einfach eins, das du magst. Er wird es aus Verpflichtung heraus immer tragen, wenn er sich mit dir trifft.“

Alina linste sie aus den Augenwinkeln an. „Das ist genial, Fritzi. Das werde ich machen.“

Fritzi beugte sich vor, schnappte sich das Handy ihrer Freundin und legte es neben sich. „Du hast *Tinder* gelöscht. Du brauchst keine Liste für diesen Kerl. Du magst ihn. Also lass dich einfach drauf ein, ja?“

Ein Lächeln zeigte sich auf Alinas Lippen. „Ich schätze, das ist eine gute Idee. Dann lass uns jetzt Pizza bestellen.“

Kapitel 8
Tilo

„Schau an, sie leben noch." Tara lachte über ihren eigenen Scherz, kniete sich hin und drückte ihre Töchter, die hüpfend in der Eingangstür auf sie gewartet hatten.

„Ich habe ihnen sogar etwas zu essen gegeben, stell dir vor", konterte Tilo und ließ sich von seiner Schwester umarmen, nachdem diese ihre Töchter losgelassen hatte.

Gerade als Tara an ihm vorbeigehen wollte, öffnete sich die Tür gegenüber und seine Nachbarinnen kamen heraus. Er konnte erkennen, wie Tara die Stirn runzelte.

Nein, bitte nicht.

„Friederike?"

O verdammt.

„Das gibt's ja nicht! Das muss ja ewig her sein!", rief seine Schwester und lachte.

Tilo sah, wie Friederike sich ein Lächeln abrang. „Hallo, Tara. Schön, dich zu sehen."

Tilo spürte Taras Ellenbogen in seiner Seite und hielt vor Schmerz die Luft an. Irgendwie schaffte es seine

Schwester immer, mit ihren knochigen Ellenbogen unter seinen Rippenbogen zu treffen. „Warum hast du denn nicht gesagt, dass Friederike neben dir wohnt?“, schimpfte Tara.

„Fritziiii“, erklang es neben ihm und die Zwillinge flitzen auf die Frau zu und klammerten sich an ihre Beine.

„Hallo, ihr Mäuse.“ Friederike gluckste und fuhr beiden über die Haare. „Na, habt ihr gut in euren neuen Betten geschlafen?“

Tara zog die Augenbrauen hoch und sah dann zu ihm. Natürlich war ihr nun klar, dass Friederike in seiner Wohnung gewesen war und ganz sicher würde sie ihn gleich mit einem Schwall an neugierigen Fragen übergießen.

„Wir müssen dann, wir sind auf dem Weg nach Basel“, sagte Friederike, ohne ihn anzusehen. „Hat mich gefreut, Tara. Vielleicht sieht man sich ja mal wieder.“ Sie lächelte den Mädchen zu und ging dann mit Alina davon, die ihm einen eisigen Blick über ihre Schulter zuwarf, was nur bedeuten konnte, dass Friederike bei ihr über seine Verfehlungen geklagt hatte.

„Jetzt bin ich aber gespannt.“ Erwartungsvoll sah Tara ihn an. „Ich glaube, ich hätte gern einen Kaffee.“

„Natürlich willst du den.“ Tilo trat zur Seite und ließ seine Schwester vorgehen.

„Also?“ Tara hielt die Tasse in den Händen.

Die Zwillinge saßen auf dem Sofa und starrten gebannt auf sein Tablet, auf dem ein Comic mit einem Affen lief, der andauernd Mist baute. Beinahe könnte man meinen, seine Nichten seien ebenfalls Äffchen. Immerhin hatten sie, als er sich beim Frühstück kurz umgedreht hatte, das Vorratsglas mit dem Müsli ausgekippt und es zu einem Vulkan aufgeschichtet, wie sie begeistert erklärt hatten. Und ehe er reagieren konnte, hatte Antonia ihren Orangensaft in die Mulde in der Mitte gekippt. „Lava ist heiiiß", hatte sie ihm erklärt und Tilo sich gefragt, ob alle Kinder so waren oder ob seine Schwester von Erziehung keine Ahnung hatte. Aber es war auch schön gewesen mit den Mädchen. Mitten in der Nacht waren sie zu ihm geschlichen und Tilo heute Morgen mit einer an jeder Seite an ihn gekuschelt aufgewacht. Schlafend waren die beiden wirklich zu niedlich. Und dann hatten sie eine Kissenschlacht zum Aufwachen gemacht und das Kichern ihm gute Laune bereitet. Jetzt, am späten Vormittag, war er zwar so fertig wie sonst nach einer ordentlichen Runde Joggen, aber das war es wert gewesen. Seine Nichten waren super. Und anstrengend. Aber das super sein überwog.

„Aaalso?", fragte Tara erneut, dieses Mal langgezogen.

„Friederike wohnt zufällig nebenan, das ist alles."

„Das ist alles", wiederholte seine Schwester und kniff die Augen zusammen. „Verscheißern kann ich mich selbst."

Tilo stemmte sich mit den Händen am Tresen ab. „Es ist ewig her, dass wir uns in dem Urlaub damals begegnet sind. Es wundert mich wirklich, dass du dich überhaupt an sie erinnerst und sie erkannt hast."

Tara trank vorsichtig einen Schluck. „Wie sollte ich die erste Liebe meines Bruders vergessen?"

„Friederike war ganz sicher nicht meine erste Liebe", brummte Tilo. „Oder überhaupt eine Liebe."

„Doch, das war sie." Über die Tasse hinweg grinste Tara ihn an. „Ich bin fähig zu erkennen, wenn mein kleiner Bruder sich bis über beide Ohren in ein Mädchen verguckt. Und das hast du damals. Du warst den ganzen Skiurlaub über so verdammt ausgelassen. Das ist sogar unserer Mutter aufgefallen, und das will was heißen."

„Es waren nur zehn Tage." Tilo wusste nicht, ob das ein ausschlaggebendes Argument war, um seine Schwester zum Schweigen zu bringen, aber er hoffte es. *Zehn Tage.* Zehn Tage, in denen er sich erst so verflucht gut und dann so mies gefühlt hatte wie nie zuvor. Für Ersteres war Friederike zuständig gewesen, für das Miesfühlen er. Er sah auf seine Fingerknöchel und bemerkte, dass sie weiß wurden, so fest umklammerte er die Arbeitsplatte. Rasch löste er den Griff und steckte die Hände in die Hosentaschen der Jogginghose.

„Warum habt ihr eigentlich nach dem Urlaub keinen Kontakt gehalten? Wo hat sie noch mal gewohnt?"

„Karlsruhe." Tilo stellte seine Espressotasse scheppernd ins Spülbecken.

„Das ist schon eine ziemliche Entfernung in dem Alter." Seine Schwester guckte mitleidig, ehe sich ihr Gesicht aufhellte. Das Blitzen in ihren Augen versprach nichts Gutes. „Aber jetzt trennen euch nur wenige Schritte. Alte Liebe rostet nicht, sagt man doch so schön. Hast du sie schon zu einem Essen eingeladen oder ins Kino?"

Stöhnend sah er sie an. „Können wir das Thema nicht einfach lassen?", flehte er.

„Nein." Amüsiert nahm sie noch einen Schluck und leckte sich über die Lippen. „Kommt gar nicht in Frage."

„Also gut." Tilo streckte den Rücken durch. „Ja, wir haben hier kürzlich miteinander gekocht, allerdings nur, weil Friederike sich ausgeschlossen hatte und sich keine Lungenentzündung einfangen wollte, obwohl ihr die Wahl zwischen einer ernsten Krankheit und mir sehr schwergefallen sein dürfte. Jedenfalls war es für sie die reinste Folter, sich in meiner Nähe aufzuhalten."

Mit schmalen Augen blickte Tara ihn an. „Was hast du angestellt, Tilo?" Schwungvoll stellte sie die Tasse auf dem Tresen auf und der Kaffee schwappte über.

„Etwas Unentschuldbares." Er war bereit, zu dem zu stehen, was sein hormongesteuertes Pubertierhirn damals verzapft hatte. Allmählich war es wirklich Zeit.

„Herrje." Mit einem Seufzen stützte seine Schwester den Kopf in die Hände. „Weißt du, ich fand sie damals ziemlich nett und lustig. Friederike hat dir gutgetan. Und du warst also fies zu ihr."

„Ich schleppe es seit dreizehn Jahren mit mir herum", sagte Tilo leise. Er hatte sich eingeredet, dass es nicht so schlimm gewesen war. Erst viel später hatte er den Mut gehabt, vor sich einzugestehen, dass er für manche Dinge keine Ausreden gab. Und dass er akzeptieren musste, was nicht zu ändern war. „Wegen Friederike habe ich mir geschworen, nie wieder eine Frau zu verletzten." Es war wenigstens etwas Gutes dabei herausgekommen.

Das glaubst du dir doch selbst nicht.

„Dann ist also Friederike der Grund dafür, dass du beziehungsuntauglich bist?" Verblüfft sah Tara ihn an.

„Ich bin was?" Jetzt übertrieb seine Schwester aber gehörig.

Sie lachte hohl auf. „Nenn mir eine Frau, mit der du eine Beziehung geführt hast.“

„Natalie“, sagte er triumphierend.

„Das war allerhöchstens eine Freundschaft plus.“

„Woher willst du denn wissen, was das war? Immerhin habe ich damals in Berlin gewohnt.“

„Und ich habe dich besucht und auf den ersten Blick gesehen, was da abging.“

Tilo verschränkte die Arme vor der Brust, während Tara heftig nickte. „Da waren auch andere.“ Besser, er wurde nicht noch einmal zu spezifisch, ehe Tara jede seiner Liebschaften in ihre Einzelteile zerlegte. Diese Frau kannte ihn einfach zu gut.

„Hast du einer von ihnen gesagt, dass du sie liebst?“

Das saß. Tilo gab das Blickduell auf, das sie führten, und starrte auf das Muster der Granitarbeitsplatte, ehe er wieder aufsah. „Ich habe diese Worte noch nie ausgesprochen.“

Tara zog eine unglückliche Miene und strich sich über ihr dunkelblondes Haar, das wie immer ein klein wenig unordentlich wirkte. Ihre weinrote Strickjacke war falsch zugeknöpft, doch Tilo sparte sich einen Kommentar. Alles an der Aufmachung seiner Schwester zeigte, dass sie es gerade so rechtzeitig aus dem Bett mit Reto geschafft hatte, um die Mädchen abzuholen. Immerhin hatten die beiden ihre Auszeit genossen und wenigstens einer von ihnen etwas kribbelnde Aufregung im Leben. „Ach, Tilo, irgendwann musst du dich auf jemanden einlassen. Wie kann es sein, dass ein Kerl, der so gut aussieht wie du, nicht vermittelbar ist?“

Ein Lachen dröhnte aus seiner Brust. „Nun bin ich also schon beziehungsuntauglich *und* nicht vermittelbar?“

„Ist doch so.“ Tara hatte allem Anschein nach bemerkt, dass mit ihrem Oberteil etwas nicht stimmte und machte sich an den Knöpfen zu schaffen. Als alles passte, nickte sie und sah grinsend zu ihm auf. „Wenn du nur wüsstest, wie wunderbar es ist, wenn man *den* Menschen gefunden hat.“

„Nun schwärm mir bitte nicht auch noch von Retos und deinem Sexleben vor, ja? Das ertrage ich bei meiner großen Schwester nicht.“

„Das meine ich doch gar nicht. Also schon auch, wenn wir denn mal Sex haben, ist der echt nicht schlecht, aber eigentlich dachte ich daran, wie entspannt es ist, wenn man einfach so sein kann, wie man ist und sich keine Gedanken darüber zu machen braucht, was der andere denken könnte. Weil du weißt, dass er dich auch mit deinen Ecken und Kanten und allen komischen Angewohnheiten mag. Und dann, ehe du dich versiehst, habt ihr zusammen komische Angewohnheiten, wie sonntags beim *Tatort* heimlich die Süßigkeiten eurer Kinder zu futtern und das ist einfach großartig.“

War es Neid, was da leise und kaum merklich an ihm nagte? Was Tara da über ihre Beziehung erzählte, klang nach Sicherheit. Nach dem Gefühl, sich fallen lassen zu können. Wenn er ehrlich war, hatte er es mit einer Frau nie zu diesem Stadium geschafft. Wann immer sich eine Liebschaft morgens gleich nach dem Aufwachen ins Bad schlich, um sich zu schminken, anstatt sich mit verlaufener Mascara noch einmal in seine Arme zu legen, hatte er gewusst, dass er ihr nicht genug Sicherheit gab, sich einfach bei ihm wohlzufühlen. Und anstatt das zu ändern, etwas dafür zu tun, dass sich mehr Vertrauen zwischen ihnen aufbaute, hatte er sich zwar zuvorkommend verhalten, aber wenig dafür getan, Tiefe zu schaffen. Fürchtete er sich tatsächlich vor mehr?

„Vielleicht bin ich einfach nicht für das gemacht, was du und Reto habt", gab er zu. Vor Tara hatte er nie das Gefühl, sich verstecken zu müssen. Seine Schwester war seit jeher seine engste Bezugsperson, daran hatte sich auch nichts geändert, als sie ihn mit sechzehn beim masturbieren in seinem Zimmer erwischt hatte. Zwar machte sie seitdem Witze darüber und es fielen ihr auch in der Tat noch immer neue ein, aber sie hatte sich vermutlich im Vergleich zu anderen Schwestern auch in dieser Situation cool verhalten und nur „Mensch, Tilo! Schließ ab, wenn du das machst, das will doch keiner sehen!", gerufen und die Tür zugeknallt. War das peinlich gewesen!

Vor allem beim Abendessen kurz darauf, als Tara ihre Hand ständig an der Gabel auf und ab bewegt hatte, um ihn aufzuziehen, und Tilo panisch betete, dass seine Eltern nicht begriffen, warum ihre Tochter sich so komisch verhielt und ein Dauergrinsen aufgesetzt hatte. Natürlich hatten sie es nicht mitbekommen. Das war wohl ein Vorteil daran, wenn man Eltern hatte, die nur mit sich beschäftigt waren und lieber Gespräche über Ausstellungen, ihre Arbeit und Bekannte führten, anstatt ihre Kinder auch nur einmal zu fragen, wie der Tag gewesen war.

Er spürte eine Hand auf der Schulter. Ihm war entgangen, dass Tara aufgestanden und um die Kochinsel gegangen war. „Du hast nur noch nicht die Richtige gefunden. Das kommt schon noch, vertrau mir. Und wenn du dir dann endlich mal ein wenig mehr Mühe gibst, dann wird vielleicht sogar was draus."

„Du traust mir ja echt nicht viel zu, wenn es um Frauen geht, was?" Er lachte und legte sein Kinn einen Moment auf ihrem ungekämmten Haarschopf ab. Es war egal, dass er einen Kopf größer war, Tara vermittelte ihm auch heute noch ein Gefühl von Sicherheit. Vermutlich war es das, was andere bei ihren Müttern spürten, während seine ihn meist nur nervte, wenn sie sich denn überhaupt mal sahen. Aber er hatte Tara und dank ihr nun auch Charlotte und Antonia.

„Willst du vielleicht doch an Heiligabend zu uns kommen?", fragte sie, löste sich von ihm und sah ihn prüfend an. „Die Mädchen würden sich sicher freuen."

„Nein. Du weißt, ich feiere kein Weihnachten. Aber ich komme am ersten Weihnachtsfeiertag vorbei und bringe die Geschenke für die Mädchen." Er beugte sich zu ihr herab und senkte die Stimme. „Hast du zufällig 'ne Idee, was den beiden gefallen könnte?"

„Es ist nur noch eine Woche hin", zischte Tara. „Du hast noch nichts?"

„Ich habe immerhin gerade einen Umzug hinter mir und bin dabei, meine Selbstständigkeit in einer neuen Stadt zum Laufen zu bringen", verteidigte er sich.

Mit einer abwehrenden Handbewegung wischte Tara seinen Einwand beiseite. „Ich schicke dir ein paar *Amazon*-Links für Spielsachen. Du hast ja *Prime*, oder? Dann kommt es hoffentlich noch rechtzeitig."

Tilo zog die Augenbrauen hoch. „Guck dich hier um. Sieht das so aus, als würde ich oft Zeug bestellen?"

„Wie kannst du nur mein Bruder sein?" Tara lachte. „Soll ich einfach was besorgen und du gibst es ihnen dann?"

„Auf keinen Fall", brummte Tilo. Jetzt, da er sich vorgenommen hatte, ein zumindest halbwegs passabler Onkel zu werden, würde er wohl noch so etwas wie Weihnachtsgeschenke hinbekommen. „Ich überlege mir was."

„Aha." Tara klang wenig zuversichtlich. „Na gut, dann packen wir es jetzt mal. Du siehst aus, als könntest du Erholung gebrauchen. Meine Töchter haben dir wohl zugesetzt, was?"

„Ein wenig", gab er zu. „Es war trotzdem schön. Ehrlich. Sag Reto, dass ihr tolle Kinder habt. Aber mehr als einmal im Monat überlebe ich das nicht."

Tara tätschelte ihm lachend die Schulter. „Auf geht's, Mädels. Wir fahren heim zu Papa!"

Protest erklang und Tilo spürte Erleichterung, da er ganz offensichtlich immerhin diese beiden kleinen Frauen nicht vergrault hatte. Vielleicht bestand für ihn ja doch noch Hoffnung.

***

Fritzi

173

Der Barfüsserplatz surrte wie ein Bienenstock und Fritzi kam sich vor wie die Bienenkönigin. Es war herrlich. Sie war mittendrin in den Menschenmassen, um sie herum roch es nach Essen, irgendwo spielte eine Drehorgel und immer wieder lachte jemand.

Bei Alina untergehakt, schob sie sich durch die Gänge zwischen den Buden. Das hier musste der schönste Weihnachtsmarkt der Welt sein. Diese alte Stadt, die Fritzi bei jedem Besuch aufs Neue verzückte, und die nun mit unzähligen Lichtern verziert war, glänzte heute noch ein wenig mehr. Regelmäßig hörte man im Hintergrund eine Tram bimmeln, die neue Besucher heranbrachte. In der Tasche über ihrem Arm steckten fünf lange, wunderbar duftende Kerzen, die Alina und sie in den letzten zwei Stunden sorgsam gezogen hatten. Waren die frischen Kerzen noch weich und wollte man es, so wurden sie von den Mitarbeitern der Bude eingedreht, was Fritzi ausgesprochen hübsch fand. So oder so war es ein Vergnügen, über das glänzende Wachs der Kerzen zu streichen und an ihnen zu schnuppern.

Sogar Alina hatte Spaß gehabt, gelacht und tatsächlich kein einziges Mal von ihrem Luis gesprochen. Nun aber suchte sie fieberhaft nach einem Geschenk für ihn. „Es darf nicht zu teuer sein, sonst wirkt es, als wolle ich ihn an mich binden", erklärte sie gerade und blieb stehen, um einige von Hand gearbeitete Dekoteile aus Holz zu betrachten. „Und wenn es zu billig ist, dann könnte er meinen, dass er mir nicht wichtig ist." Sie seufzte und blickte sich um. „Wir haben schon fast alle Buden angesehen und ich habe noch immer nichts gefunden."

„Du könntest ja auch etwas Selbstgemachtes schenken“, schlug Fritzi vor.

„Etwas Gebasteltes?“ Alinas Augenbraue hielt das für einen äußerst merkwürdigen Vorschlag.

„Es muss ja nichts Gebasteltes sein, dennoch selbstgemacht. Was kannst du denn? Stricken?“ Ihre Mutter hatte sich im letzten Jahr so sehr über den Schal gefreut, den Fritzi ihr gestrickt hatte, dass es in diesem die passende Mütze dazu gab.

„Sehe ich etwa so aus, als könnte ich stricken?“

Nein, das tat sie nicht. Kochen fiel auch flach. „Vielleicht lädst du Luis einfach zum Essen ein?“ Fritzi fand ihren Vorschlag gut. „Also nicht selbst gekocht, bloß nicht“, setzte sie lachend hinzu. „Ein gemeinsames Abendessen an dem Tag, bevor du in den Weihnachtsurlaub zu deiner Familie aufbrichst?“

„Ein Candlelight-Dinner“, sagte Alina und wirkte ziemlich zufrieden mit Fritzis Vorschlag.

„Und wenn er sich bis dahin gut benimmt, dann gibt es ja vielleicht etwas Besonderes zum Nachtisch.“ Fritzis Grinsen zog sich über ihr ganzes Gesicht, aber sie konnte nicht anders, als Alina etwas aufzuziehen.

„Wann hast du eigentlich das letzte Mal einen Nachtisch gehabt?“, entgegnete diese wenig charmant.

Fritzi hielt einen Augenblick inne, um nachzurechnen. Es war tatsächlich schon über eineinhalb Jahre her, stellte sie erschrocken fest.

Alina brach in ein Lachen aus, was nur bedeuten konnte, dass sich Fritzis Gedanken sich auf ihrem Gesicht spiegelten. „Das wäre vermutlich ein Neujahrsvorsatz“, sagte sie glucksend.

„Was?“

„Im neuen Jahr endlich mal wieder zu vögeln."

„Pssst!", zischte Fritzi. Eine ältere Frau hatte sich im Vorübergehen empört zu ihnen umgedreht.

Nun gab es kein Halten mehr. Alina bekam einen ihrer fast schon hysterischen Lachanfälle und japste inmitten der Menschenmenge. „Die hat sicher auch schon ewig nicht mehr ...", brachte sie keuchend hervor, ehe Fritzi ihr hastig die Hand auf den Mund legte.

„Das hier ist ein Weihnachtsmarkt, verdammt. Hier geht es besinnlich zu und man redet nicht über Matratzenakrobatik. Und ob ich im neuen Jahr vögeln werde oder nicht, ist wohl meine Sache!" Das war doch wirklich nicht zu glauben. Zwölf Monate freute sie sich auf diesen Tag und nun führten sie solch eine Diskussion.

„Ich könnte dabei gern behilflich sein", ertönte es neben ihr auf Schweizerdeutsch und Fritzi sah über die Schulter in das grinsende Gesicht eines jungen Mannes, dessen Freunde ihm für den Spruch auf die Schulter schlugen.

„Jetzt komm schon weiter", murrte Fritzi und zog Alina mit sich, die den Männern auch noch den Daumen hochhielt und sich schon wieder oder immer noch schüttelte. Dieses Jahr lief wirklich nichts wie geplant. Und bestimmt war alles irgendwie die Schuld von dem Grinch, der bei ihnen eingezogen war. Fritzi wusste zwar nicht, wie genau Tilo hierfür verantwortlich war, aber sie fand, dass es durchaus in Ordnung war, ihm die Schuld zuzuschieben.

Kapitel 9
Fritzi

Nur noch drei Tage bis Weihnachten, rief sich Fritzi einmal mehr in Erinnerung. Wie jedes Jahr kitzelte die Vorfreude auf die baldige Heimfahrt nach Karlsruhe in ihrem Magen. Ihre Mutter würde wie üblich Berge an leckerem Essen zubereiten. Es war stets zu viel nur für sie beide, aber dafür brauchten sie dann tagelang nicht kochen, sondern konnten nach Herzenslust faulenzen, unterbrochen von einem Verdauungsspaziergang hier und einem Weihnachtsfilm dort. Mehrere Tage ließen sie es sich so gemeinsam gutgehen, seit dem Jahr, in dem sie das erste Mal an Weihnachten nur zu zweit gewesen waren. Fritzi schluckte die Erinnerung daran, wie traurig sie trotz all der Bemühungen ihrer Mutter gewesen war, hinunter, wollte sie sich die Stimmung nicht verderben lassen.

Der Arbeitstag im Kindergarten war herrlich gewesen. Die Kinder waren aufgekratzt, freuten sie sich schließlich noch viel mehr als Fritzi auf Weihnachten. Im Hintergrund war den ganzen Tag Musik gelaufen und jeden Morgen sangen sie im Stuhlkreis *Schneeglöckchen*. Im Dezember mochte sie ihre Arbeit stets noch ein wenig mehr als ohnehin schon.

Als sie endlich die Haustür erreichte, dämmerte es bereits. Fritzi lehnte sich an die Tür und kramte in ihrem Rucksack nach dem Schlüssel, doch unter all dem Krempel, den sie darin mit sich herumtrug, fand sie ihn nicht auf Anhieb.

Da! Sie nahm den Schlüssel heraus und wollte ihn ins Schloss stecken, als die Tür plötzlich geöffnet wurde und sie das Gleichgewicht verlor. Ein Schatten griff nach ihrem Arm und hielt sie im letzten Moment fest. Fritzi rumste gegen eine Brust. Der Geruch seines Duschgels verriet ihr, dass sie einmal mehr mit der falschen Person zusammengestoßen war.

„Das kommt mir irgendwie bekannt vor", brummte Tilo und Fritzi konnte an seiner Stimme erkennen, dass er grinste.

Hektisch löste sie sich von ihm. „Es wird dringend Zeit, dass der Vermieter endlich das Licht hier unten repariert", schimpfte sie. Als sie an ihm vorbeigehen wollte, griff er erneut nach ihrem Handgelenk. Fritzis Bewegung fror ein. Es war zu dunkel, um sein Gesicht zu erkennen. Sie wollte sich losreißen und ihn anmaulen, was das sollte. Aber ihr Körper rührte sich nicht.

„Du willst nicht in eure Wohnung, glaub mir das." Endlich ließ er sie los.

„Natürlich will ich das, ich habe einen langen Arbeitstag hinter mir. Ich möchte nur noch in die Badewanne und dann aufs Sofa." Zum Glück hatte sie ihre Stimme wiedergefunden und Fritzi war sich sicher, dass man die Empörung darin hörte. Sollte er ruhig wissen, dass er sie auf keinen Fall anfassen sollte. Wie kam der Kerl überhaupt dazu?

„Luis und Alina sind gerade in eure Wohnung gegangen", raunte er nur ein paar Zentimeter von ihrem Ohr entfernt.

Schon wieder umgab sie der Duft seines Duschgels. Musste dieser Mistkerl so gut riechen? Luis in ihrer WG fehlte ihr gerade noch. Fritzi schnaufte. „Und deswegen darf ich jetzt etwa nicht in mein eigenes Zuhause?"

Tilo lachte gedämpft. „Du kannst natürlich machen, nach was auch immer dir ist. Aber die beiden haben heftig im Hausflur geknutscht und mich gar nicht bemerkt, als ich rausgekommen bin, um Joggen zu gehen. Ich glaube, es ist ziemlich eindeutig, was da in diesem Moment abläuft."

Auch das noch. „Sie haben Nachtisch" murmelte sie.

„Sie haben was?"

„Ach, egal." Fritzi machte eine abwehrende Handbewegung, die Tilo natürlich nicht sehen konnte. „Also wird sich das mit den beiden wohl nicht erledigen, was?"

„Ich glaube nicht."

„Dann hoffen wir, dass es gut geht."

„Dein Wort in Gottes Ohr." Sie hörte ihn Luft holen. „Und was willst du jetzt solange machen?", fragte Tilo in die Dunkelheit.

Fritzi zuckte mit den Schultern, aber natürlich konnte er das ebenfalls nicht erkennen. Tja, was zum Teufel sollte sie jetzt mit sich anfangen? Auf keinen Fall wollte sie das Risiko eingehen, dass die beiden es mitten auf dem Sofa trieben und sie hineinstolperte. Auf diesen Anblick konnte sie wirklich verzichten. Und vermutlich würde sich diese Sache auch nicht innerhalb von einer halben Stunde erledigen.

„Du kannst mich doch begleiten. Etwas frische Luft hat noch nie geschadet."

Meinte er das wirklich ernst? „Man sieht kaum die Hand vor Augen und du willst Joggen gehen?"

Fritzi hörte ein klickendes Geräusch und dann traf sie ein helles Licht. Sie kniff die Augen zusammen und legte eine Hand zum Schutz darüber.

„Sorry." Tilo wandte sich etwas von ihr ab und jetzt konnte Fritzi erkennen, dass er eine kleine Lampe an seinem Stirnband trug. „Du hast da was", sagte er und ehe Fritzi sich versah, strich er mit seinem Daumen über ihre Wange.

Sie starrte auf den weißen Staub auf seinem Finger. „Mehl. Ich habe mit den Kindern Plätzchen gebacken."

Er strich sich das Mehl an der Hose ab. „Also? Kommst jetzt mit?"

Fritzi starrte ihn verständnislos an. „Sehe ich so aus, als würde ich joggen?"

„Wir können ja ein Spaziergang machen. Ich habe ehrlich gesagt nicht erwartet, dass du in diesen Klamotten rennst." Er schmunzelte, und dank der Lampe konnte Fritzi es dieses Mal auch erkennen.

Unauffällig sah sie an sich hinab. Der lila Filzrock, der so herrlich wärmte, schien ihm nicht zu gefallen. Allerdings interessierte sie das nicht die Bohne. Und notfalls konnte man auch in einem Rock rennen. Nicht, dass sie das jemals ausprobiert hatte, doch ganz bestimmt war es so. Wenn es um Leben und Tod ging, zum Beispiel. Ein anderer Grund, warum das nötig sein sollte, fiel ihr nicht ein. Sie wollte nicht laufen. Erst recht nicht mit Tilo.

Er zuckte mit den Schultern. „Du kannst natürlich auch hier im Hausflur sitzen und dabei zuhören, was auch immer die da drinnen treiben. Ich würde da ja eher eine Wurzelbehandlung vorziehen.“

Fritzi wollte sagen, dass sie einen Besuch beim Zahnarzt einem Spaziergang mit Tilo vorziehen würde, und das jeden Tag, behielt es allerdings für sich. Sie war sich sicher, dass er genau wusste, was sie von ihm hielt.

In diesem Moment erklang ein merkwürdiges Geräusch. Fritzi sah die Treppe hinauf, während Tilo lachte. Das war eindeutig ein Stöhnen gewesen, und zwar das eines Mannes. Sie musste hier raus, oder sie würde Alina nie wieder in die Augen sehen können. Fritzi ließ den Rucksack neben die Treppe plumpsen. „Also gut. Aber wir spazieren garantiert nicht im Dunklen durch den Wald. Das ist mir zu unheimlich mit dieser kleinen Funzel auf deinem Kopf.“

„Ganz wie Sie wünschen, die Dame.“ Mit einer eleganten Bewegung hielt Tilo ihr die Tür auf.

Eine Erinnerung zuckte durch Fritzis Gedanken: Wie ein junger Tilo, nicht ganz so trainiert, jedoch mit demselben verschmitzten Lächeln, die Tür zu ihrer Ferienwohnung aufhielt. Sie waren beide schrecklich nervös gewesen. Auch wenn sie es nicht ausgesprochen hatten, so war ihnen beiden an diesem vorletzten Ferientag klar gewesen, warum sie sich in die Wohnung schlichen, während alle anderen auf der Piste Ski fuhren.

Fritzi schnappte nach Luft. Wurde ihr schlecht? Rasch folgte sie Tilo in der Hoffnung, dass er nicht bemerkte, wie unwohl ihr war.

Wortlos liefen sie nebeneinander den Hang hinab. Vorüber an unzähligen Einfamilienhäusern, aus deren Fenstern warmes Licht drang, das Behaglichkeit ausstrahlte. Fritzi fröstelte. Der Leuchtkegel von Tilos Kopflampe wies ihnen den Weg. Fritzi folgte ihm einfach, ohne zu fragen, wo genau er überhaupt hinwollte, und eigentlich war es auch egal. Wichtig war nur, dass Alina ihre Ruhe hatte, um mit Luis zu tun, was auch immer sie da taten, und Fritzi nicht unfreiwillige Zeugin davon wurde. Wenn das kein Beweis für ihre Freundschaft war! Für ihre Mitbewohnerin lief sie im Dunkeln mit Tilo Scheiße durch die Straßen und fror sich trotz des Filzrocks den Allerwertesten ab. Hätte ihr vor einem Monat jemand gesagt, dass es dazu kommen würde, so hätte sie gelacht und den Vogel gezeigt. Aber hier war sie mit Tilo, und wann immer er versuchte, unauffällig zu ihr hinüberzublicken, zuckte der Lichtkegel zur Seite. Offenbar bemerkt er es, denn nach ein paar Versuchen unterließ er es und starrte einfach nach vorne. Er ging schnell, er war ja auch groß. Wenn man so kurze Beine hatte wie sie, dann musste man deutlich mehr Schritte machen als alle anderen. Und das nervte. Jetzt gerade nervte einfach alles.

Sie ging um eine Kurve und dank der Außenbeleuchtungen und Straßenlaternen war zu erkennen, wie schick die Häuser an diesem Hang teilweise waren. Fritzi wollte gar nicht genau wissen, was ein Grundstück hier kostete. Viel zu viel für eine Erzieherin auf jeden Fall, daran bestand kein Zweifel. Es standen auch ziemlich schicke Autos in der Einfahrt, während sie den alten, klapprigen Kleinwagen hatte, der zuvor ihre

Oma gehört hatte. Dieses Auto und Hansi waren ihr Erbe gewesen. So hatte es im Testament gestanden.

Tilo besaß kein Auto, das war ihr schon aufgefallen. Stattdessen stand seit seinem Einzug sein merkwürdiges Fahrrad im Eingangsbereich. Fritzi wusste nicht genau, was es war, irgendeine Mischung aus einem alten Rennrad und modernen Teilen, jedenfalls sah es danach aus. Sie verstand von Fahrrädern ungefähr so viel wie vom Joggen. Große Taschen hingen zu beiden Seiten des Gepäckträgers hinab, durch und durch öko, das passte ja zu ihm. Wie Tilo es schaffte, einen Wocheneinkauf mit dem Fahrrad aus der Lörracher Innenstadt den Hügel hinauf zu transportieren, war ihr ein Rätsel. Sie bekam schon Schweißausbrüche, wenn sie nur daran dachte.

Fritzi atmete tief ein und spürte die Kälte in ihrer Lunge. Ein wenig beruhigte es sie, doch sie war ganz sicher, dass ihr Herz stärker wummerte als üblich. Was sie allerdings nicht wusste, war, ob das an Tilo oder seinem schnellen Schritt lag. Im Gegensatz zu ihr, die sie wie üblich die dicke Winterjacke inklusive Mütze und dem extra langen Schall trug, hatte er nur eine dünne Laufjacke an. Seine Beine stecken in einer Jogginghose, deren Stoff auch nicht sonderlich wärmend wirkte. Sicherlich fror er ebenfalls, was Fritzi nicht so schrecklich fand, wenn sie ehrlich war. Aber warum verzichtete dieser Kerl auf seine Joggingrunde, nur damit sie nicht allein im Hausflur stand und der stürmischen Leidenschaft zwischen Alina und Luis lauschen musste? Konnte ihm das alles nicht egal sein?

Ihr war es im Gegenzug zu ihm möglich, ihn aus den Augenwinkeln anzusehen, ohne dass er es bemerkte.

Seit sie losgelaufen waren, erwischte sie sich viel zu oft dabei, wie sie genau das tat. Er war allem Anschein nach auch nach siebzehn noch gewachsen. Ganz so groß war er vor dreizehn Jahren noch nicht gewesen, glaubte sie, sich zu erinnern. Sie hingegen hatte seit ihrem sechzehnten Geburtstag nur ganz genau einen halben Zentimeter dazugewonnen. Daher musste sie nun noch ein wenig mehr nach oben sehen als damals. Wie ungerecht die Welt doch manchmal war. Gut, sie könnte hohe Absätze tragen, zumindest schlug Alina das immer wieder vor, doch leider war Fritzi auch ohne diese schon ziemlich ungeschickt und damit noch viel mehr. Als sie das letzte Mal richtig hohe und richtig dünne Absätze getragen hatte, war sie in dem Abstreifgitter vor dem Kindergarten stecken geblieben. Das alles war inzwischen schon ganz schön lange her und trotzdem sprachen die Kinder noch immer davon. Vermutlich würde man sich auch in zwanzig Jahren noch an die kleine Erzieherin erinnern, die eines morgens auf dem Weg zur Arbeit dort hängen blieb, und deren Schuh von gleich drei grinsenden Vätern gemeinschaftlich befreit werden musste. Sie würde so etwas wie eine urbane Legende werden, die von Kindergartenkind zu Kindergartenkind weitergegeben wurde. Als sie in die Grundschule gegangen war, hatte es diese unlustigen Witze gegeben. Diese Sache passte perfekt dazu, überlegte Fritzi. *Alle werden immer fitter, nur Fritzi steckt im Gitter.* Sie lachte auf. Das musste sie Alina nachher unbedingt erzählen. Wenn die mit ihrem Nachtisch fertig war. Oder besser, sie tat es erst morgen. Man konnte ja nicht wissen, wie lange so ein ausgiebiger Nachtisch dauerte.

„Was ist denn so lustig?" Der Lichtkegel zuckte in ihre Richtung und Fritzi wurde geblendet. „Entschuldige bitte", murmelte Tilo und sah von ihr weg.

„Nichts Wichtiges. Ich habe mich nur an eine lustige Sache erinnert und mir ist ein Scherz dazu eingefallen." Sie musste schon wieder lachen.

„Weihst du mich ein?"

Fritzi schielte zu ihm hinüber. „Damit du über mich lachen kannst?"

„Also geht es in dem Scherz um dich?"

„Das tut es. Weißt du, nicht jeder nimmt sich so ernst."

Tilo grummelte. „Ach, du denkst, ich nehme mich zu ernst?"

„Es wirkt jedenfalls so. Du scheinst schrecklich viele Regeln in deinem Leben zu haben. Ich glaube, du hast immer einen Plan. Und dass du niemals untätig bist. Oder wann hast du das letzte Mal einen ganzen Tag lang gar nichts gemacht?"

Er blieb stehen und sah nach oben. Das Licht seiner Kopflampe verschwand im Dunkeln über ihnen. „Um ehrlich zu sein, kann ich mich nicht daran erinnern, jemals einen ganzen Tag lang nichts getan zu haben. Was ich aber weiß, ist, dass ich mich gut fühle, wenn ich etwas tue. Ich brauche das einfach."

Fritzi nickte. „Weil du denkst, dass man nicht gut ist, wenn man eben auch mal nichts tut." Es war keine Frage, sondern eine Feststellung.

Tilo lief wieder los und Fritzi eilte ihm nach. „Vielleicht hast du da sogar ein klein wenig recht", gab er zu, was Fritzi überraschte. „Ich hatte als Kind ADHS, vermutlich hilft mir mein Sport, das jetzt unter Kontrolle zu halten. So wirklich verwächst sich das nie, wenn du mich fragst. Die Unruhe ist einfach ein Teil von einem und man muss lernen, damit umzugehen. So bin ich ursprünglich auch zum Yoga gekommen. Man entspannt sich und bewegt sich dabei – das hat ganz gut zu mir gepasst."

„Das wusste ich nicht", murmelte sie. Jetzt verstand sie ihn besser, hatte sie doch in all den Jahren als Erzieherin mehrfach Kinder mit ADHS betreut und deren Kampf erlebt. Plötzlich ergab es in der Tat Sinn, dass Tilo dieses Leben gewählt hatte. Statt sich davon einschränken zu lassen, hatte er einen Weg gefunden, damit zurechtzukommen. Das hatte er ihr damals nicht erzählt, vermutlich war es ihm peinlich gewesen. So wie ihr ihre Frisur. Aber jetzt hatte er es ihr gesagt.

„Und erzählst du mir deinen Witz nun?" Seine Stimme durchbrach die Stille.

„Das tue ich, weil du ausnahmsweise einmal nicht so getan hast, als ob du perfekt wärst."

„Du denkst, dass ich glaube, ich sei perfekt?" Tilo lachte trocken. „Nichts könnte weiter von der Wahrheit entfernt sein."

So sehr sie wissen wollte, was genau Tilo damit meinte, untersagte sie es sich, nachzufragen. Es interessierte sie nicht, was mit ihm war. Zumindest redete sie sich das ein. „Also gut", sagte sie, um nicht auf seinen Kommentar eingehen zu müssen. „Es gab da diesen einen Tag, Alina hatte mich überredet, mir endlich Pumps zu kaufen, und ich fand sie so schick, dass ich aus irgendeinem Grund glaubte, es wäre eine gute Idee, sie zur Arbeit anzuziehen."

Er schmunzelte unter seiner Lampe. „Pumps im Kindergarten?“

„Ich weiß ehrlich nicht, was mich damals geritten hat.“ Sie gluckste über sich selbst. „Na, auf jeden Fall bin ich die ganzen Straßen hier hinuntergelaufen bis zur Bushaltestelle, und mir taten die Füße schon mächtig weh, noch ehe ich angekommen war. Allerdings passten die Pumps so gut zu meinem Rock, dass ich entschieden hatte, nicht umzudrehen und doch noch bequemere Schuhe anzuziehen. Und dann“, sie gluckste schon wieder, weil sie sich selbst wie aus einer anderen Perspektive bei dem Vorfall zu sehen glaubte, „dann bin ich so richtig elegant im Abstreifgitter vor der Kindergartentür stecken geblieben.“

Neben ihr lachte es tief. Fritzi erinnerte sich daran, wie Tilos Brust einst unter ihrem Gesicht vibriert hatte. Kaum ein Haar war auf dieser damals gesprießt. Ob da jetzt mehr war? *Denk doch nicht an so etwas, du dummes Huhn!*

„Das scheint mir eine filmreife Szene gewesen zu sein“, kommentierte er noch immer amüsiert.

„Allerdings. Und es hat natürlich auch jeder mitbekommen.“

„Und was war nun der Witz?“

Fritzi atmete tief ein. „Alle werden immer fitter, nur Fritzi steckt im Gitter.“

Tilos Lachen grollte durch die Abendluft. „Ich erinnere mich noch an diese Witze.“ Er macht ein angestrengtes Gesicht, was Fritzi nur deshalb auffiel, weil sie ihn schon wieder ansah. Was war nur los mit ihr? „Alle steigen aus dem Auto, nur Kurt der klebt am Gurt.“ Tilo nickte. „So ging einer davon, glaube ich.“

„Ich weiß ehrlich nicht, warum ich ausgerechnet jetzt auf diese Scherze gekommen bin. Ich habe an früher gedacht, und daran, dass ich so kurz geraten bin, und dann hat eins das andere ergeben und plötzlich war es da." Irgendwie kamen ihr wirklich immerzu die komischsten Gedanken, aber sie konnte daran nichts ändern.

„Du warst damals schon so lustig", sagte Tilo leise und blieb am Rand eines Grashangs stehen, der kurz vor ihnen abfiel. Er deutete auf etwas und Fritzi erkannte eine Bank.

Jetzt erst bemerkte sie, wie weit sie schon gegangen waren.

„Sollen wir uns setzen?" Er zog das Stirnband mit der Lampe aus und hielt sie in der Hand. Und jetzt sah er sie auch wieder an.

Auf gar keinen Fall.

„Okay."

Ach, Mist.

Missmutig tat Fritzi ein paar Schritte und hockte sich auf die Bank. Tilo setzte sich mit etwas Abstand neben sie. Vor ihnen breitete sich das Lichtermeer dreier Länder aus. Um diese Zeit im Jahr war es noch schöner als üblich, denn es gab zusätzlich die unzähligen Lichterketten, die die Menschen an ihren Balkonen oder den Hecken im Vorgarten angebracht hatten. „Das ist wunderschön", gestand Fritzi ein. Nie zuvor war sie nachts hier gewesen. Natürlich lief sie an dieser Stelle regelmäßig vorbei und hatte sich auch schon das ein oder andere Mal gesetzt, war jedoch kein einziges Mal bei Dunkelheit hier gewesen. Etwas sagte ihr, dass Tilo sie nicht zufällig in diese Richtung geführt hatte. Neben ihr war ein Räuspern zu hören.

***

Tilo

Er konnte sie nicht ansehen. Stattdessen fixierte er seinen Blick auf den Horizont. Die Lichter verschwammen. „Ich weiß, du möchtest es nicht. Aber ich glaube, wir sollten ganz dringend miteinander reden. Über damals. Über alles."

Kaum merklich hatte sie nach Luft geschnappt, doch Tilo hatte es dennoch vernommen.

„Das ist nicht nötig. Ich habe dir schon mal gesagt, dass das alles furchtbar lange her ist und dass es keine Rolle mehr spielt." Ihre Stimme war leise.

War es so? Spielte es keine Rolle mehr? Tilo war sich unsicher. Friederike verwirrte ihn. Sie war so anders als jede Frau, mit der er zu tun hatte, das war sie damals schon gewesen und es gefiel ihm, das musste er sich eingestehen. Friederike war vor einem halben Leben etwas Besonderes gewesen, und sie war es auch jetzt noch. Und wie damals hatte er auch jetzt keine Ahnung, wie er mit ihr umgehen sollte. Er war ja keine siebzehn mehr, sondern ein erwachsener Mann. Das war es jedenfalls, was er sich auf dem ganzen Weg hierher eingeredet hatte. Damit er endlich den Mut fand, auszusprechen, was gesagt werden musste. Was mehr als ein Jahrzehnt überfällig war. „Es tut mir leid."

Kaum ein Laut war zu hören. Nur hier und da das entfernte Rauschen eines Autos und der sachte Wind, der ihn nun, da er sich nicht mehr bewegte, frieren ließ. Laufsachen trug man nun mal nicht, um auf einer Bank herumzuhocken. Und doch würde er solange hier sitzen bleiben, bis Friederike ihm antwortete. Allerdings nahm sie sich dafür ganz schön viel Zeit.

„Ich weiß nicht, was ich sagen soll." Ihre Stimme war dünn, die Fröhlichkeit, das Besondere, das er eben noch darin gehört hatte, war verschwunden. Sie klang nicht gleichgültig, sie klang traurig.

Er schluckte. Es war genau so, wie es sich gedacht hatte: Es hatte sie verletzt. Er hatte die junge Friederike verletzt und die Friederike von heute hasste ihn dafür. Tilo drückte auf den Knopf der Kopflampe und sie erlosch. Nun umfing die Dunkelheit sie völlig, da es hier keine Laternen gab. „Ich weiß, ich kann nicht wieder gutmachen, was passiert ist. Aber ich wünsche mir, dass du nicht jedes Mal zusammenzuckst, wenn du mich siehst."

Sie wandte sich ihm zu, das konnte er am Rascheln ihrer Jacke hören. „Das ist dir aufgefallen?"

„Natürlich. Es ist nicht zu übersehen, dass du mich hasst."

Sie atmete hörbar ein. „Ich hasse dich doch nicht, ich kann dich nur nicht leiden."

Tilo lächelte in sich hinein. Sie war ehrlich. So, wie sie es einst auch schon gewesen war. „Das kann ich verstehen. Wenn es um dich geht, dann mag ich mich ebenfalls kaum."

„Weil du mich entjungfert und danach wortlos zurückgelassen hast?"

Diese Worte mussten sie alle Kraft gekostet haben. So viel lag in ihrem Ton, dass Tilo sich stärker als je zuvor mit dem alten Selbsthass konfrontiert sah. „Ja." Mehr gab es nicht zu sagen. Und auch wenn er Friederike vor seinem Einzug in dieses vermaledeite Haus nur zehn Tage in seinem Leben gekannt hatte, vertraute er darauf, dass sie spürte, dass er ehrlich war. „Ich schleppe das alles seit dreizehn Jahren mit mir herum, obwohl ich mir die größte Mühe gegeben habe, es zu vergessen. Dich zu vergessen." Es klang gemein und das war es auch. Er war durch damit, sich selbst in die Tasche zu lügen. Und erst recht damit, ihr etwas vorzumachen. Friederike kannte die Wahrheit. Und sie verdiente die Wahrheit.

„Warum?"

Es war nur ein Wort, das über ihre Lippen kam, und doch schwang so vieles darin mit. Wehmut, Verletzung und ganz sicher auch gekränkter Stolz. Und dafür war nur er verantwortlich. Tilo seufzte. „Ich weiß, das ist keine Entschuldigung, aber ich war jung und dumm. Vermutlich ist es so einfach. Jeder von uns ist irgendwann jung und dumm, aber nicht jeder von uns macht das, was ich getan habe."

„Du bist gegangen", flüsterte sie.

Tilo versuchte, etwas in ihrem Gesicht zu erkennen, es war allerdings zu dunkel dafür. Ja, er war gegangen.

Nachdem sie sich geliebt hatten und sie in seinem Arm eingeschlafen war. Er war gleichzeitig so glücklich und so voller Panik gewesen. Überfordert traf es wohl ganz gut. Er sollte sagen, dass es einer der größten Fehler seines Lebens war, doch die Worte wollte nicht aus ihm heraus. Friederike sollte wissen, dass es ihm leidtat, was das alles jedoch im Nachhinein mit ihm gemacht hatte, war seine Sache. Das ging nur ihn etwas an.

„Warum bist du gegangen?", fragte sie deutlicher. Nun wollte sie es doch wissen. Weil es eben sehr wohl eine Rolle spielte. Und weil es eben nicht egal war.

„Ich hatte Angst davor, was das alles zu bedeuten hatte, nehme ich an. Und Angst vor den Konsequenzen. Ich war nicht bereit für eine feste Freundin, und wir hatten etwas getan, was man nur mit einer festen Freundin tun sollte. Jedenfalls dachte ich das damals. Das war noch vor dem ganzen *Tinder*-Quatsch und bevor mir klar wurde, dass die Menschen Intimität manchmal ohne Liebe teilen. Dass viele das einfach so tun, ohne weiter darüber nachzudenken."

Die Realität hatte ihn damals schlagartig überrollt. Friederike hatte ihm „Ich liebe dich" ins Ohr geflüstert, als er über ihr gelegen und ihre Körperwärme genossen hatte. Nichts war in seinem ganzen Leben bis dahin so intensiv gewesen. In diesem Augenblick hatte es sich gut angefühlt, und dann, nur ein Wimpernschlag später, war die Panik in ihm hinaufgekrochen. Es war das erste Mal in seinem Leben gewesen, dass er diese drei Worte gehört hatte. Dass sie jemand zu ihm gesagt hatte. Und plötzlich hatten sie auf seine Brust gedrückt wie ein schweres Gewicht.

Als wäre es gestern gewesen, sah er den Anblick von Friederike neben ihm. Ihr Gesicht war so entspannt gewesen, ihre Lieder geschlossen, und obwohl sie geschlafen hatte, war ein Lächeln in ihren Mundwinkeln zu erkennen gewesen. Zehn Tage hatte er sie damals gekannt. Und jeden Einzelnen davon hatte sie gelacht. Er ebenso. Irgendwann waren da Küsse gewesen. Dann mehr. Am Ende hatten sie in diesem Bett mit dem hässlichen, geblümten Bezug gelegen.

Natürlich hatte er Freundinnen vor ihr gehabt. Kurze Flirts und längere. Es waren stets die hübschesten Mädchen der Schule gewesen und seine Kumpels hatten ihn beneidet. Tilo war nur zu gut bewusst gewesen, dass die Pubertät es gut mit ihm meinte. Während seine Freunde größtenteils Pickel bekamen und wie junge Geier aussahen, hätte er in einer romantischen Jugendkomödie mitspielen können, wie Tara immer sagte. Er war gutaussehend gewesen und vermutlich war es ihm zu Kopf gestiegen. Wenn er ehrlich mit sich war, dann war er zu dieser Zeit wohl ein selbstverliebter Arsch gewesen. Zumindest bis zu dem Tag, als Friederike ihn auf der Skipiste umgefahren hatte. Wie aus dem Nichts war sie aufgetaucht, er hatte nur einen quietschgrünen Schneeanzug aus den Augenwinkeln wahrgenommen und Stöcke, mit denen wild gefuchtelt wurde, da war es schon zu spät gewesen.

Mit Wumms hatte sie ihn von den Beinen gerissen und war auf ihm gelandet. Diese hellblauen Augen hinter der Skibrille hatten ihn direkt nach dem Aufprall verzaubert. Sie hatte eine Entschuldigung gestammelt, sich ungeschickt aufgerappelt und hockte schließlich auf seinem Schoß sitzend da, bis ihr klar wurde, was

für eine Position es war. Dann war sie seitlich in den
Schnee geplumpst, weil das weniger peinlich war als in
Reiterstellung auf ihm zu sitzen. Sie hatte hektisch versucht, den Clip, der sich bei dem Zusammenstoß gelöst
hatte, wieder an ihrem Schuh zu befestigen. Es war
nicht gelungen. Tilo hatte Hilfe angeboten, obwohl
seine Rippen von dem Zusammenstoß noch schmerz-
ten. „Es tut mir wirklich so, so leid", hatte sie gestammelt.

„Du kannst mich als Wiedergutmachung auf eine
heiße Schokolade einladen", war es ihm einfach so her-
ausgerutscht. Und dann hatte er das erste Lächeln von
Friederike gesehen. Es war etwas schief gewesen, wegen der Skibrille, aber dennoch ziemlich süß. Er hatte
die Hand ausgestreckt und sie hochgezogen.

Kurz darauf hatten sie in der Café-Hütte einander ge-
genübergesessen, die Hände an die Tassen gelegt, und
hatten nicht gewusst, was sie sagen sollten. Tilo hatte
diese merkwürdige Frisur betrachtet, die ihr eigentlich
recht hübsches Gesicht entstellte. Sie war unge-
schminkt gewesen und unauffällig gekleidet. Alles an
ihr war anders als an den Mädchen, für die er sich sonst
interessierte. Aber dann hatten sie angefangen, sich zu
unterhalten, und noch eine heiße Schokolade bestellt.
Ohne es zu merken, hatten sie den ganzen Nachmittag
in der Hütte gesessen und als sie beide schließlich dringend wieder zu ihren Familien gehen mussten, hatte
Tilo einen halb ernst gemeinten Scherz gemacht, dass
er ihr am nächsten Tag zeigen könnte, wie man richtig
Ski fuhr. Friederike hatte das Kinn vorgeschoben und
erklärt, dass sie sehr wohl eine gute Skifahrerin war.
Sie hatte sich ihre Stöcke und Bretter geschnappt, war

davon gestiefelt und hatte sich dann noch einmal umgedreht. „Morgen um zehn hier", hatte sie ihm über die Schulter zugerufen und Tilo ihr zufrieden nachgesehen.

Er bemerkte, dass sie auf eine Antwort wartete, während er das, was damals geschehen war, noch einmal durchging. „Ich schätze, ich hatte einfach Panik. Vor dem, was das, was zwischen uns vorgefallen war, zu bedeuten hatte. Und davor, uns mit in mein richtiges Leben zu bringen. In die Realität."

Sie antwortete nicht gleich. Tilo vernahm ein leises Schaben und schloss daraus, dass Friederike mit dem Daumennagel auf dem Holz der Bank kratzte. „Ich war keine Freundin für das echte Leben." Es klang nüchtern, beinahe emotionslos. „Ich war nicht so ein Mädchen, wie du es dir als Freundin vorgestellt hast, oder?"

„Was meinst du?", brummte er in die Nachtluft hinein.

„Ich habe damals viel Zeit damit verbracht, darüber nachzudenken. Und auch wenn es schwer war, es mir einzugestehen, so gab es nur diese eine logische Erklärung." Sie holte hörbar Luft. „Ich war dir peinlich."

Eben war ihm noch eiskalt gewesen, doch jetzt wurden seine Handflächen feucht. Was Friederike da sagte, klang furchtbar. Es war schrecklich. Und es war die Wahrheit. „Ja." Tilo streckte den Arm aus und griff nach ihrer Hand. Friederike machte einen überraschten Laut, rührte sich jedoch nicht. Schmal und kalt lag ihre Hand unter seiner. „Ich sage doch, ich war jung und dumm. Es tut mir so leid."

Sie löste ihre Hand aus seiner. „Das klingt sogar ehrlich", sagte sie leise.

„Weil es das ist." Endlich was raus. Tilo fühlte sich auf eine merkwürdige Weise leichter. Allerdings war es noch nicht ganz vorüber. „Nimmst du meine Entschuldigung an, damit wir von jetzt an ganz normal als Nachbarn nebeneinander wohnen können?" Er schloss die Augen und hoffte.

„Das tue ich. Nicht für dich, sondern weil ich damit für mich ein Abschluss finde. Ich war jahrelang unsicher und habe an mir gezweifelt, nachdem ich nie wieder von dir gehört habe und du nicht auf meine SMS reagiert hast. Aber dann habe ich zu mir selbst gefunden und versucht, nie wieder an dich zu denken."

„Hat es geklappt?"

Statt einer Antwort hörte er ein Rascheln. Gleich darauf leuchtete das Display ihres Handys auf. „Wir sind schon eine ganze Weile unterwegs", sagte sie. „Lass uns zurückgehen und ich werde schauen, ob ich mich irgendwie in mein Zimmer schleichen kann. Ich bin wirklich müde. Morgen ist der letzte Tag vor den Ferien und die Kinder werden extra aufgedreht sein. Ich sollte rechtzeitig schlafen gehen." Ohne auf eine Antwort zu warten, stand sie auf und lief los.

Tilo folgte ihr. Sie war seiner Frage ausgewichen. Was hatte das zu bedeuten? Es spielte keine Rolle. Alles, worauf es ankam, war, dass er sich endlich entschuldigt hatte. Es war lange überfällig gewesen.

***

Fritzi

Vorsichtig tastete Fritzi sich am Treppengeländer nach oben. Kaum erreichten sie den Hausflur, klackte der Bewegungsmelder und sie und kniff die Augen zusammen, als die helle Deckenlampe flackernd aufleuchtete. Eilig fischte sie den Wohnungsschlüssel aus der Jackentasche heraus und steckte ihn ins Schloss.

„Dann hoffe ich, dass die beiden da drin fertig sind. Ansonsten klingelst du bei mir, ja?"

Den Blick starr auf die Tür gerichtet, presste Fritzi die Lippen aufeinander. „Wieso? Willst du Luis dann aus Alinas Bett scheuchen?" Auch wenn diese Vorstellung sicherlich lustig war, so war ihr nicht nach Lachen zumute.

„Ich weiß nicht, ob es unserer Freundschaft zuträglich wäre, wenn ich ihn so sehe, wie Gott ihn schuf. Das will ich lieber nicht riskieren. Ich meinte, dass du bei mir abwarten kannst, bis wieder Ruhe ist", sagte Tilo.

„Das wird nicht nötig sein." Rasch drehte sie den Schlüssel, öffnete die Tür und schlüpfte hinein. Fritzi drückte sie zu und lehnte sich mit dem Rücken dagegen. Ein Moment lang rührte sie sich nicht. Tilo hatte sich entschuldigt und eingestanden, was sie all die Jahre vermutet hatte: Sie war ihm nicht hübsch genug gewesen und vermutlich auch nicht cool genug. Egal was, auf jeden Fall nicht genug. Sie hatte fragen wollen, warum er denn überhaupt mit ihr geschlafen hatte, es aber nicht über ihre Lippen gebracht. Vermutlich wollte sie die Antwort gar nicht wissen. Wahrscheinlich war es schlicht eine Gelegenheit gewesen, die ein Siebzehnjähriger genutzt hatte, so falsch das auch war.

Sie zog ihre Jacke aus, streifte die Schuhe ab und huschte in ihr Zimmer. Lautlos schloss sie die Tür und warf sich auf die Matratze. Bäuchlings vergrub sie ihr Gesicht im Kissen. Seit Tilo hatte sie mit fünf Männern geschlafen. Sicherlich nicht so viele wie manch andere Frauen, aber sie hatte doch genug Erfahrungen gesammelt, dass ihr Tilos Geständnis von heute weitere Fragen aufwarf. Wenn sie ihm nicht gefallen hatte, wie konnte es dann sein, dass er damals so sanft und so liebevoll mit ihr umgegangen war?

Auch wenn es ihr schwerfiel, es zuzugeben, so war dieser Nachmittag, den sie in dem etwas zu harten Bett der Ferienwohnung verbracht hatten, perfekt gewesen. Er hatte sie nicht gedrängt, sie hatte es ebenso gewollt. Vermutlich sogar mehr, als später bei jedem anderen Mann, weil da irgendwas zwischen ihnen gewesen war, das sie bis heute nicht benennen konnte. Trotz aller Unterschiede hatte sie geglaubt, dass da ein Band zwischen ihnen sei. Natürlich war ein erstes Mal immer auch schrecklich aufregend, ein wenig peinlich und sie hatte sich ganz bestimmt ungeschickt angestellt, doch letztlich war es gerade so richtig gewesen. So richtig, dass sie ihm sogar einfach aus einem Impuls heraus ihre Liebe gestanden hatte. Es war ihr einfach rausgerutscht, beim Blick in seine verdammten grünen Augen. Nie zuvor war sie richtig verliebt gewesen, aber an diesem Nachmittag hatte sie es mit jeder Faser ihres Körpers gespürt. Und danach auch noch eine ganze Weile, allerdings unglücklich.

Tilo hatte sie ein wenig verdutzt angesehen, gelächelt und sie dann geküsst. Sie hatte gar nicht darauf gehofft, dass er die Worte zurückgeben würde, denn sie dachte, dass das noch kommen würde – eines Tages. Wenn sie sich das erste Mal nach dem Urlaub sehen würden, zum Beispiel. Wenn einer von ihnen mit dem Zug zum anderen fuhr. Eine Liebeserklärung auf dem Bahnsteig kam ihr damals ziemlich romantisch vor und vermutlich war es das auch. Allerdings hatte sie es nie erlebt, weil Tilo am nächsten Tag, als sie bei seiner Ferienwohnung anklopfte, bereits abgereist war. Sie hatte versucht, ihn anzurufen, doch er war nicht drangegangen. Dann hatte sie ihm einige SMS geschrieben und nach ein paar Tagen dann nur noch ein *Ich verstehe*, geschickt, was im Nachhinein ziemlich erwachsen war. Sie hatte ihn nicht einmal mit Flüchen bedacht. Vermutlich war sie zu sehr damit beschäftigt gewesen, ihre Wunden zu lecken und sich ungewollt zu fühlen.

Für ein sechzehnjähriges Mädchen war so etwas schon der Supergau fürs Selbstbewusstsein. Und sie hatte mit niemandem darüber gesprochen, auch nicht mit ihrer besten Freundin Julia, die heute in Kanada lebte, weil sie im Internet einem verflucht gutaussehenden Kanadier verfallen war, den es sogar tatsächlich gab. Das war so etwas wie die Nadel im Heuhaufen gewesen und aktuell plante sie ihre Hochzeit. Andere Frauen, so wie sie, wühlten immer wieder im Heu und von einer Nadel war dennoch nichts zu sehen.

Fritzi drehte sich auf den Rücken und fuhr mit den Fingerspitzen über ihre Lippen. Wie konnte es sein, dass sie auch nach dreizehn Jahren noch wusste, wie sich Tilos Küsse anfühlten und wie sie schmeckten?

Dieser Mann hatte sie verletzt und sie sollte ihn verfluchen. Stattdessen dachte sie an seine Küsse.

„Hast du denn überhaupt keinen Selbstwert?", schimpfte sie sich leise. Das war doch nicht zu fassen! Die Entschuldigung war zwar nett gewesen, aber sie machte nicht wett, was geschehen war. Allerdings ließ sie Zweifel in ihr aufkommen, ob Tilo tatsächlich so selbstsüchtig war, wie sie es von ihm dachte. Nicht alles an ihm schien doof zu sein, gestand sie sich ein. Auch wenn er kein Händchen für Kinder hatte, gab er sich größte Mühe, ein guter Onkel zu sein. Und er hatte sogar für sie gekocht, obwohl sie ihn hatte spüren lassen, wie wenig sie in seiner Nähe sein wollte. Und heute hätte er sie einfach ohne Warnung in die Wohnung stolpern lassen können, während Luis und Alina weiß Gott was trieben. Stattdessen hatte er sich bei ihr entschuldigt.

Fritzi streckte die Arme seitlich aus und starrte an die Zimmerdecke. Dieser Mann gab ihr Rätsel auf. Und das, obwohl sie ihn doch eigentlich ignorieren wollte.

Ein leises Kichern war zu hören. Fritzi stützte sich auf die Ellenbogen und horchte. Sie vernahm Schritte und dann, wie die Tür geöffnet und wieder geschlossen wurde. Sie rappelte sich hoch und ging in den Wohnbereich. In Leggins und einem T-Shirt stand Alina dort und sah sie mit glühenden Wangen an. „Entschuldige bitte, das war nicht geplant. Ist einfach passiert." Sie sah verdammt glücklich aus.

Fritzi lächelte. „Du musst dich nicht entschuldigen, weil du einen Kerl mitgebracht hast."

„Aber ich hätte dich wenigstens vorwarnen sollen, eine kurze Nachricht schicken oder so, daran habe ich irgendwie nicht mehr gedacht, als …"

„Das hat jemand anderes getan, also mach dir keine Gedanken." Fritzi schnupperte in die Luft. „Luis benutzt also das neue Parfüm?"

Ihre Freundin nickte. „Allerdings. Und es riecht an ihm noch so viel besser."

„Du bist wirklich verknallt, was?" Fritzi lachte und schüttelte den Kopf. „Dass ich das noch erlebe!"

Seit sie Alina kannte, war diese mit kurzen Unterbrechungen andauernd auf der Suche nach dem perfekten Mann gewesen. Fritzi war zwar schleierhaft, warum ausgerechnet Luis das nun sein sollte, aber allem Anschein nach war Alina endlich fündig geworden. Und sie freute sich für sie. Noch immer war das Glühen auf ihren Wangen nicht verschwunden. Luis wusste wohl, was er tat. War es Neid, der in ihrem Magen zwickte? Nicht die Art, dass man jemandem etwas nicht gönnte, sondern die, dass man sich so etwas auch für sich wünschte? Fritzi war der festen Überzeugung gewesen, dass ihr Leben so, wie es jetzt war, genau richtig war. Sie liebte ihren Job, mochte diese Wohnung und war alles in allem eigentlich ziemlich zufrieden. Ganz vielleicht fehlte es doch ein wenig an Leidenschaft. Wann hatten ihre Wangen das letzte Mal so geglüht? Fritzi konnte sich nicht daran erinnern.

Alina lief an ihr vorbei, füllte ein Glas an der Spüle und trank es in einem Zug. „Das hat jetzt gutgetan." Sie seufzte.

Fritzi konnte ein Glucksen nicht unterdrücken. „Luis hat sich wohl alle Mühe gegeben, was?" Sie öffnete den

Kühlschrank und suchte etwas Essbares. Es wurde dringend Zeit fürs Abendessen.

Alinas Kopf schob sich neben ihren, offensichtlich war nicht nur sie ausgehungert. „Kann man da was draus machen?" Mit spitzen Fingern nahm sie eine schon etwas schrumpelige Salatgurke heraus.

Fritzi griff nach einer angefangenen Packung Scheibenkäse. „Wir haben doch noch Toastbrot, oder?"

Alina legte die Gurke auf die Arbeitsplatte und öffnete den Vorratsschrank. Triumphierend präsentierte sie eine halbe Packung Toastbrot. „Hast du den gleichen Gedanken wie ich?", fragte sie erwartungsvoll.

Fritzi drehte sich um und kramte in einer der Schubladen. Als sie den Sandwichmaker heraushob, klatschte Alina in die Hände, blickte dann mit gerunzelter Stirn auf die Gurke. „Und was ist mit der?"

„Die schälen wir kräftig und packen sie mit rein. Die Engländer Essen doch schließlich auch Toast mit Gurken."

Alina zog ein Messer aus dem Messerblock. „Na, wenn du meinst, ich würde jetzt wohl alles verdrücken, so hungrig, wie ich bin."

„Das ist die After-Orgasmus-Fressattacke", sagte Fritzi und verzog das Gesicht.

„Schon möglich." Alina lachte ausgelassen. „Dann brauche ich jetzt allerdings doppelt Abendessen."

Fritzi zog die Augenbraue hoch. Zwei Orgasmen? Gab es das wirklich? Sie hatte es jedenfalls nie erlebt, aber das musste sie jetzt ja nicht unbedingt aussprechen. Fritzi hatte das immer für eine Erfindung der Filmindustrie gehalten, und für eine Masche der Zeitschriften, um ihre Leserinnen zum Kauf zu animieren. *Lesen Sie hier, wie sie stündlich einen Orgasmus haben können.* Oder auch: *Begnügen Sie sich noch mit nur einem Höhepunkt? So gehen Orgasmen für Fortgeschrittene.* Warum nicht gleich: *Eins, zwei oder drei? Bonuspunkte für die Bettlaken.* Sie schüttelte den Kopf und suchte den Schäler heraus. Offenbar war das doch keine Legende und Fritzi lebte unter einem Stein.

Sandwiches mit Käse und Gurke schmeckten nach einem langen Tag und einem nervenaufreibenden Spaziergang ebenso gut wie nach heißen Sex. Jedenfalls konnten sie beide nicht genug davon kriegen. Fritzi genoss es, wie der geschmolzene Käse sich mit den glitschigen Gurkenscheiben vermischte.

„Man sollte dieses Rezept bekannt machen", nuschelte Alina mit vollem Mund. „Die Leute müssen unbedingt wissen, wie gut das schmeckt."

„Das ist kein Rezept. Es besteht nur aus drei Zutaten", konterte Fritzi. Aber sie würden dieses Notfallessen garantiert öfter machen. So oft, wie sie vergaßen einzukaufen, würde sich die nächste Gelegenheit bald bieten.

„Das war eben euer erstes Mal, oder?", fragte sie, wie man das als Freundin eben tat. Ein wenig aus ehrlicher Neugierde, ein wenig, weil man es einfach ansprechen musste. Konnte ja sein, dass das Gegenüber darüber reden wollte. Und wenn nicht, dann reichte ein „Jup", und alle wären zufrieden.

Alinas Mundwinkel zuckten. „Das war es. Nennen wir es ein vorgezogenes Weihnachtsgeschenk."

Fritzi lachte auf. „Also hast du in der Tat meinen Vorschlag für ein Geschenk gewählt. Ich nehme an, er war begeistert?"

„Das kann man wohl sagen." Alina beugte sich zu ihr heran, obwohl hier niemand war, der hätte zuhören können. „Ich hatte sogar Unterwäsche in Weihnachtsfarben an", erklärte sie und nickte ernst. „Oben dunkelgrün und unten rot."

Fritzi zeigte ihr einen Daumen hoch und war ehrlich beeindruckt. Weihnachtsunterwäsche hatte nicht einmal sie. Und auch wenn sie noch nicht weiter darüber nachgedacht hatte, so entschied sie in diesem Moment, dass sie dringend ebenfalls auch welche wollte. Vermutlich war die von Alina mit Spitze und ziemlich heiß. Fritzi hingegen dachte an eine Unterhose mit einem Weihnachtsmann auf dem Hintern. Es sah ja eh niemand außer ihr. Weihnachtliche Socken hatte sie natürlich, einige davon sogar, um ehrlich zu sein. Und jedes Jahr schenkte ihre Mutter ihr ein Paar mehr. Das war auch so eine Tradition. „Du fährst morgen schon zu deinen Eltern, oder?"

Alina nickte. „Ich muss gleich noch packen. Dann werfe ich vor der Arbeit alles ins Auto und fahre nach Feierabend direkt los. Und du?"

Alinas Eltern hatten ein Ferienhaus in der Schweiz und dort feierten sie jedes Jahr das Weihnachtsfest. Es war nicht protzig, so reich waren Alinas Eltern nun auch nicht. Aber eben wohlhabend genug für ein kleines Ferienhaus in der Schweiz. Das musste man erst einmal schaffen. Im Sommer verbrachten sie hin und wieder ein gemeinsames Wochenende dort – nur Alina und sie. Man konnte in der Gegend wunderbar wandern gehen, was sie natürlich nicht taten. Stattdessen lagen sie auf Liegestühlen in der Sonne, genossen die frische Bergluft und blätterten in Zeitschriften und Büchern. Und sie futterten die Vorräte, die sie aus Deutschland mitnahmen, immer viel zu schnell auf, sodass sie am letzten Tag jedes Mal kaum noch etwas hatten. Aber bei Schweizer Preisen einkaufen zu gehen, kam einfach nicht in die Tüte. Alina nannte das Letzter-Tag-Fasten, was die Sache ziemlich gut traf.

Fritzi kam auf die Frage ihrer Mitbewohnerin zurück. „Erst am vierundzwanzigsten gegen Mittag. Damit Hansi nicht so lange allein ist, bist du zurückkommst."

Mehr als zwei Tage wollte Fritzi den Wellensittich auf keinen Fall allein lassen. Zur Sicherheit würde sie dennoch ein Wasserschälchen unter die Heizung stellen und etwas Futter auf dem Boden verstreuten, falls der verrückte Vogel auf die Idee kommen sollte, zu fliegen beziehungsweise abzustützen. Alina sollte am sechsundzwanzigsten wieder nach Hause kommen, sie am siebenundzwanzigsten. Jedenfalls war es so abgesprochen. „Du hältst dich ja an unseren Plan, oder?", fragte Fritzi zur Sicherheit nach.

„Natürlich. Ich weiß doch, was der Vogel dir bedeutet." Alinas Mundwinkel zuckten schon wieder. „Außerdem wird Luis mich abends besuchen kommen. Du bist ja nicht da und wir wollen die Chance nutzen."

Fritzi machte ein leidendes Gesicht. „Versprich mir bitte, dass ihr keinen Sex auf dem Sofa haben werdet. Ich will nicht dort sitzen, wo schon Luis' nackter Hintern war. Und wer weiß was sonst noch."

Alina biss lachend in das letzte Sandwich. „Falls wir das tun sollten, werde ich versuchen, daran zu denken, eine Decke unterzulegen."

„Das beruhigt mich jetzt ehrlich gesagt nicht wirklich“, murrte Fritzi.

Alina streckte ihr die Zunge raus.

Fritzi nahm einen Schluck Apfelschorle und runzelte die Stirn. Sie sprachen davon, für Weihnachten nach Hause zu fahren, aber irgendetwas war merkwürdig. Sie platzte nicht mehr vor Vorfreude, wie noch heute Morgen im Kindergarten. Mit schmalen Augen sah sie zu Tür, als könnte sie durch diese hindurch und zu Tilos sehen. Ganz bestimmt lag das an dem Grinch. Mit seiner Entschuldigung hatte Tilo ihr das Weihnachtsfeeling ausgesaugt. „Mistkerl“, murmelte sie.

„Luis?“ Alina sah sie überrascht an. „Ich sage doch, wir legen eine Decke unter.“

„Nicht Luis, das galt Tilo“, erklärte Fritzi. „Er hat sich vorhin bei mir entschuldigt. Für das, was damals vorgefallen ist. Und es war alles ganz genau so, wie ich es die ganze Zeit geglaubt habe.“

„Er hat sich wirklich bei dir entschuldigt?“ Alina klang überrascht. „Das ist eigentlich ganz nett, oder?“

„Wenn man ignoriert, dass er zugegeben hat, dass er mich nicht als Freundin wollte, dann ist es auf eine verquere Art vermutlich tatsächlich nett gewesen.“

„Hmmm.“ Alina machte ein angestrengtes Gesicht. „Hat er es denn ernst gemeint?“

Das hatte sich Fritzi während des Gesprächs ebenfalls gefragt und es ihm tatsächlich geglaubt. Tilo hatte aufrichtig gewirkt und so, als täte es ihm ehrlich leid. Sie musste noch über all das nachdenken, was er gesagt hatte. Es war zu frisch, um ein Fazit zu ziehen.

„Luis sagt, Tilo würde Weihnachten hassen“, erklärte Alina und schüttelte den Kopf. „Ich bin ja nicht halb so verrückt wie du nach diesem Fest, aber wer hasst schon Weihnachten?"

Also war er in der Tat der Grinch.

„Und hat Luis auch gesagt, warum das so ist?" Vor dreizehn Jahren hatte Tilo Weihnachten gemocht, daran erinnerte sie sich noch ganz genau. Nicht nur wegen der Geschenke, sondern weil seine Eltern sich dann tatsächlich etwas Zeit für Tara und ihn nahmen. Das war selten, hatte er ihr eines Nachmittags erzählt, als sie durch den Schnee gestapft waren.

Wenn Fritzi sich nicht täuschte, dann war es der dreiundzwanzigste Dezember gewesen. Da hatten sie schon seit zwei Tagen geknutscht und Tilo war mit ihr zum Waldrand gegangen, wo er ein Herz mit einem F in der Mitte in die Rinde einer Tanne geritzt hatte. Fritzi war ihm um den Hals gefallen, so sehr hatte sie sich über diese Geste gefreut. Nie zuvor hatte ein Junge so etwas für sie getan. Vielleicht war sogar das der Moment gewesen, an dem sie entschieden hatte, dass es nicht nur beim Knutschen bleiben sollte. So genau wusste sie das zum Glück nicht mehr. Aber irgendwo in Davos musste es noch heute eine Tanne mit einem F im Stamm geben. Als Mahnmal, wie leicht sich dumme Hühner von einem Typen, den sie erst kurz kannten, einwickeln ließen.

„Fritzi?"

Sie sah auf. „Entschuldige, hast du mich was gefragt?"

„Allerdings. Ich wollte wissen, ob mit dir alles in Ordnung ist."

„Natürlich." Fritzi lächelte sie dankbar an. „Es war nur ein langer Tag und das Gespräch mit Tilo hängt mir etwas nach. Aber das ist nichts, was eine heiße Dusche und eine Mütze voll Schlaf nicht richten könnte. Der Grinch wird mir Weihnachten auf keinen Fall versauen.“

„So ist es richtig.“ Ihre Freundin klapste ihr auf den Oberschenkel.

Kapitel 10
Fritzi

Die gepackten Taschen warteten vor der Tür darauf, ins Auto getragen zu werden, und Fritzi wollte sich gerade Jacke und Schuhe anziehen, als der vertraute Propellerton erklang. Sie duckte sich und beobachtete, wie Hansi quer durch das Zimmer schoss. Scheinbar wurde der Vogel auf die alten Tage tatsächlich noch sportlich. Jedenfalls war er heute schneller als üblich. Er verlor auch nicht an Höhe. Und anstatt auf der Fensterbank oder unter der Heizung zu landen, verschwand er zeternd in der Gardine. Flügelschlagend krallte er sich dort fest und kreischte weiter.

„Was soll das denn jetzt? Wie soll ich dich nur allein lassen, wenn du solche Späßchen machst? Wenn das nicht aufhört, kaufe ich noch einen Käfig. Das meine ich ernst!" Fritzi richtete sich wieder auf und wartete einige Sekunden lang ab. Womöglich schaffte er es auf die Vorhangstange oder sogar zurück zu seinem Regalbrett, doch Hansi hatte allem Anschein nach nun völlig die Orientierung verloren und wickelte sich mit seinem Gezappel fröhlich weiter in die Gardine ein. Aus

Sorge, dass der alte Vogel noch vor Schreck tot hinabfiel, schob Fritzi eilig einen Stuhl unter das Fenster.

Ihre Oma hatte immer gesagt, dass Vögel ganz winzige und ganz empfindliche Herzen hatten. Wie sich allerdings herausgestellt hatte, war das ihrer Oma schwächer gewesen als das von Hansi. Und weil in ihrem Testament klipp und klar gestanden hatte, dass sowohl ihr klappriges Auto als auch ihr uralter Vogel an Fritzi gehen sollte, verhätschelte Fritzi Hansi nun schon seit rund anderthalb Jahren. Zum Glück hatte Alina nichts gegen ein Haustier gehabt. „Ein Vogel wird keine Arbeit machen. Er sitzt in seinem Käfig und singt nur hin und wieder", hatte ihre Freundin gemeint, als Fritzi ihr von ihrem ungewöhnlichen Erbe berichtete. Da Fritzi Hansi allerdings längst gekannt hatte, war ihr klar gewesen, dass es nicht ganz so einfach werden würde. Der Vogel hatte in seinem Leben keinen Käfig gesehen. Stattdessen hatte er hoch oben auf dem Küchenschrank ihrer Großmutter gewohnt, zusammen mit seiner Partnerin, die schon vor einer ganzen Weile verschwunden war. Die beiden waren kreuz und quer durch die Küche und das Wohnzimmer geflogen.

Wann immer Fritzi zum Kaffee gekommen war und sie am Tisch bei Kaffee und Kuchen gesessen hatten, war Hansi mitten auf der Kuchenplatte gelandet, um sich den Bauch vollzuschlagen. Während seine Partnerin in Bestform war, was ihr allerdings eines Tages zum Verhängnis wurde, als Fritzis allmählich dement werdende Oma das Fenster hatte offen stehen lassen, war Hansi zusehends immer runder geworden. Irgendwann hatte er nur noch auf seinem Schrank gesessen und nach Futter gekreischt. „Der arme Kerl ist depressiv", hatte ihre Oma fachkundig diagnostiziert und ihren Vogel mit Leckereien verwöhnt.

Fritzi hatte Hansi umgehend auf Diät gesetzt, doch irgendwie nahm der Vogel einfach nicht ab. Sie hatte Alina in Verdacht, ihm heimlich Futter zuzuschieben. Immerhin konnte er inzwischen wieder ein wenig fliegen, was sie nun aber in die Lage brachte, dass Hansi in der Gardine hing und sie dringend losmusste, um rechtzeitig in Karlsruhe anzukommen. Immerhin stand heute noch auf dem Plan, den Weihnachtsbaum zu schmücken, die Krippe aufzubauen und dann, wenn es dämmerte, mit ihrer Mutter ein Spaziergang durch ihr altes Wohnviertel zu machen. Dann schauten sie, wo immer es möglich war, zu den Fenstern hinein und bewunderten die Weihnachtsbäume der anderen, was wie eine Erlaubnis zum Spionieren war. Auch das war eine Tradition.

Fritzi kletterte auf den Stuhl und streckte sich. Gerade so erreichte sie die Vorhangstange und zupfte an der Gardine herum, um zu erkennen, wie sie Hansi am besten befreien konnte. Sie zog den dünnen Stoff auseinander und sah nur noch etwas Blaues näherkommen. Hansi klatschte gegen ihr Gesicht, Fritzi schrie auf und dann passierte es.

Der Schmerz zuckte stechend durch ihren Knöchel. Panisch blickte Fritzi sich um, um sicherzugehen, dass sie Hansi bei ihrem wenig eleganten Sturz nicht mit ihrem Hintern plattgemacht hatte. Doch der saß auf der Sofalehne und schimpfte, während er wie ein kleiner Soldat auf und ab marschierte. Fritzi schloss die Augen und atmete tief durch. Der Schmerz pulsierte heftig.

Zaghaft fuhr sie ihren Knöchel entlang und zuckte zusammen. Es tat richtig weh. Sie versuchte, sich aufzurappeln, doch jede Bewegung verschlimmerte das Stechen. Fritzi sank zurück auf den Boden und sah an die Decke, während sie das Brennen in ihren Augen wegblinzelte.

Es klingelte und jemand rief. „Ist alles gut?", klang es dumpf durch die Tür. *Tilo.*

Fritzi wollte antworten, aber der frische Schmerz machte sogar das Reden schwer. „Ich bin gestürzt!", gab sie so laut zurück, wie es in diesem Moment möglich war.

„Das habe ich gehört. Hast du dir was getan?"

„Mein Knöchel ..."

„Schaffst du es zur Tür?"

Fritzi setzte sich erneut auf und versuchte, den Fuß zu belasten. Es schnürte ihr fast die Luft ab. „Noch nicht", gab sie matt zurück.

Sie hörte, wie sich Schritte im Flur entfernten. Was war nun los? Haute Tilo etwa ab? Das passte zu ihm, dachte Fritzi und murmelte ein Fluch. Wie sollte sie nur mit so einem Fuß bis nach Karlsruhe fahren? Vielleicht würde es ja gehen, wenn sie ihn eine halbe Stunde lang kühlte und ein oder besser zwei Ibuprofen einwarf. Ganz sicher war die Höchstdosis nur so ein Sicherheitswert und man konnte in Wahrheit noch viel mehr nehmen. Für Weihnachten war sie bereit, es zu riskieren.

Fritzi hörte das Schloss klacken und die Tür sprang auf. Schon kniete Tilo neben ihr. „Ich hatte noch euren Ersatzschlüssel, ich hoffe, es ist okay, dass ich einfach aufgeschlossen habe." Er beugte sich vor und sah auf ihre Hand, die den Knöchel umgriffen hielt. „Ist es schlimm?"

Fritzi nickte nur.

„Darf ich?" Noch ehe sie reagieren konnte, hatte er bereits ihre Finger gelöst und fuhr mit seinen über ihren Socken. „Es schwillt bereits an", murmelte Tilo. „Ich werde ganz vorsichtig den Socken abrollen, damit wir uns das genauer ansehen können, ja?"

„Auf keinen Fall", protestierte sie. „Du bist doch kein Arzt!"

„Aber Physiotherapeut, falls du es vergessen hast. Ich werde abschätzen können, ob du ins Krankenhaus musst."

„Krankenhaus?" Mit geweiteten Augen starrte sie ihn an. „Heute ist Weihnachten! Ich muss nach Karlsruhe fahren."

Tilo zog die Augenbrauen zusammen. „Es spielt keine Rolle, ob Weihnachten ist, wenn man sich ernsthaft verletzt, muss man eben ins Krankenhaus. Drum schließen die dort auch nicht über die Feiertage. Aber das werden wir sehen, sobald ich mir das hier angeschaut habe." Fragend blickte er sie an.

Fritzi seufzte und nickte schließlich.

Mit einer Hand hob er ihren Unterschenkel ein wenig an, während er mit der anderen die Ringelsocke Stück für Stück abrollte. Als er den Stoff über den Knöchel zog, stöhnte Fritzi auf.

„So schlimm?", fragte er.

„Nein, ich stöhne, weil es sich so unheimlich gut anfühlt." Sie riss sich zusammen. „Es tut saumäßig weh", gestand sie kleinlaut.

Mit einer flinken Bewegung zog Tilo den Socken über ihre Zehen und sie bemerkte, wie er angesichts ihres gelben Glitzernagellacks schmunzelte. Immerhin kommentierte er diesen nicht. Fritzi hielt die Luft an, während er mit den Fingerspitzen die Schwellung abtastete und sich noch ein wenig tiefer über ihren Fuß beugte. „In Ordnung, ich werde jetzt testen, ob du ihn bewegen kannst."

Zur Sicherheit hielt sie Luft einmal mehr an. Als er den Fuß sanft nach rechts und links rotieren ließ, drang ein Geräusch aus ihr, das sie selbst nicht kannte.

Tilo ließ den Fuß auf den Boden sinken und wandte sich ihr zu. Sein Blick verriet ihr, dass er nicht zufrieden war. „Ich vermute, du hast dir ein Band gedehnt, das tut manchmal schlimmer weh als ein richtiger Riss. Wenn du Pech hast, ist es sogar ein Bänderriss. Da noch recht viel Widerstand zu spüren ist, kommst du hoffentlich mit einer Zerrung davon. Zur Sicherheit bringen wir dich jetzt aber auf jeden Fall ins Krankenhaus."

Eine Bänderzerrung? Vielleicht sogar ein abgerissenes Band? Fritzi schloss die Augen. Das passte so überhaupt nicht in ihre Planung. Nein, das durfte nicht sein. Sie schlug die Lider wieder auf. „Da müsste noch eine Packung Erbsen im Kühlfach liegen", sagte sie. Sofern Alina die Erbsen nicht entsorgt hatte, weil diese schon mindestens über ein Jahr dort ihr trauriges Dasein fristeten, musste die Tüte noch an Ort und Stelle sein. „Ich kühle das einfach ein paar Minuten und dann wird es schon gehen." Zufrieden mit ihrem Plan nickte sie.

Tilo zog die Augenbrauen zusammen. „Erbsen? Etwas kühlen wird hier nicht helfen. Das ist eine ernste Verletzung und du solltest sie untersuchen lassen. Ich kann dir schon jetzt sagen, dass du den Fuß auf jeden Fall eine Weile ruhigstellen musst."

„Ich muss gleich nach Karlsruhe fahren. Danach kann ich mir ja so ein Gel draufschmieren und ein Verband drumwickeln. Von mir aus laufe ich auch einige Tage weniger." Immerhin hatte sie so eine gute Ausrede, um keine zehntausend Schritte gehen zu müssen.

„Du bist so ein Dickschädel." Tilo fuhr sich durch die blonden oder hellbraunen oder was auch immer Haare und sah sie besorgt an. „Ich kann dir die Erbsen holen, doch innerhalb von einer halben Stunde wird dein Fuß so dick werden, dass du in keinen Schuh hineinkommst."

Fritzi fand das ziemlich theatralisch und übertrieben. Sie hatte noch diese ausgelatschten UGG Boots irgendwo ganz hinten in ihrem Kleiderschrank, die vor vielen Jahren einmal cool gewesen waren. Ganz bestimmt würde sie damit Auto fahren können. Um Tilo zu signalisieren, dass sie ihre Meinung nicht ändern würde, verschränkte sie die Arme vor der Brust und kam sich dabei vor wie eines ihrer Kindergartenkinder.

„Gut, ganz wie du meinst." Tilo stand auf, ging in die Küche hinüber und öffnete das Eisfach. Fritzi beobachtete, wie er die Erbsen herausnahm, die Tüte ins Geschirrtuch wickelte und zu ihr trug. Ganz langsam ließ er das Gewicht auf ihren Knöchel sinken, während Fritzi die Zähne zusammenpresste, um sich nicht anmerken zu lassen, wie weh es tat. Dann setzte er sich neben sie und sah zu dem Stuhl vor dem Fenster. „Was ist überhaupt passiert?"

Hansi! Fritzi sah sich um, doch der Vogel hockte noch immer auf der Sofalehne. „Mein Wellensittich hat sich in der Gardine verfangen und als ich ihn befreien wollte, hat er mich vom Stuhl geschubst."

Tilo lachte. *Der Arsch.* „Das klingt ganz nach einer Friederike-Geschichte."

„Fritzi", murrte Fritzi. „Kannst du mir bitte einen Gefallen tun und Hansi auf sein Regalbrett setzen? Er kann nur nach unten fliegen, aber nicht nach oben."

„Auch das klingt sehr nach dir." Lachend stand Tilo auf und ging zum Sofa. Etwas ungeschickt umfasste er den Vogel und trug ihn zum Regal. Kaum war der Wellensittich auf seinem angestammten Platz, kam Tilo zurück. „Ich werde dir jetzt aufs Sofa helfen, damit du es etwas bequemer hast."

Fritzi nickte und Tilo beugte sich nach unten, legte ein Arm in ihren Rücken und einen unter ihre Oberschenkel. Er war so nah. Ein Moment lang nahm sie die Schmerzen in ihrem Fuß kaum wahr. Sie musste ihren Arm um seinen Nacken schlingen und spürte seine Körperwärme durch den dünnen Stoff seines Shirts. Tilo hob sie an und setzte sie gleich darauf langsam auf dem Sofa ab, sodass der Fuß auf der Sitzfläche auflag. Fritzi sank in die Kissen.

„Geht das so?" Er platzierte die Erbsen wieder auf ihren Knöchel.

„Ja, danke." So war es wirklich besser. In was für eine Lage hatte sie sich nur gebracht? Eigentlich wollte sie jetzt gerade ins Auto steigen und losfahren. Doch noch war daran nicht zu denken.

Tilo setzte sich auf den Sessel seitlich des Sofas und sah sie abwartend an.

„Was ist?" Fritzi wich seinem Blick aus, denn noch immer hatte sie seinen Geruch in der Nase und sie fürchtete, dass Tilo erkennen könnte, dass sie diesen ein wenig mochte. Nach was roch dieser Kerl überhaupt? Parfüm oder Rasierwasser war es nicht. Es war eher ein natürlicher Duft. Vermutlich duftete man besser, wenn so übertrieben gesund lebte.

„Ich warte."

„Und auf was?" Fritzi zupfte ein paar Fussel von ihrem Pulli.

„Darauf, dass du einverstanden bist, ins Krankenhaus zu fahren."

Sie schüttelte den Kopf. „Das ist wirklich nicht notwendig. Der Knöchel ist nur verstaucht und wenn die Erbsen erst mal wirken, dann kann ich ganz bestimmt Auto fahren."

„In Ordnung." Tilo verschränkte die Arme vor der Brust. „Ich hab Zeit."

Fritzi linste ihn aus den Augenwinkeln an. „Es ist Heiligabend, du musst doch ganz bestimmt zu Tara oder sonst wohin."

„Nein, ich habe nichts vor. Meinen Nichten werde ich das Geschenk erst morgen vorbeibringen."

Überrascht wandte sie sich ihm nun richtig zu. „Du bist an Weihnachten allein?" Das betraf doch nur alte Leute, die keine Verwandten mehr hatten, und sie taten Fritzi schrecklich leid. Niemand sollte ein einsames Weihnachtsfest verbringen. Jeden Advent bastelte sie mit ihren Kindergartenkindern Karten für die Senioren im nahegelegenen Altenheim. Fritzi schrieb Nachrichten von den Kindern hinein und hoffte, dass diese den alten Leuten die Vorweihnachtszeit ein wenig versüßen würden. Tilo hatte Familie und er war nicht alt, das ergab keinen Sinn.

„Es ist nur ein Tag wie jeder andere. Ich feiere kein Weihnachten, schon seit Jahren nicht mehr."

„Dann tust du mir leid." Sie meinte es so. Ein Jahr, das nicht mit einem Weihnachtsfest zu Ende ging, klang für sie traurig. Gerade im Winter brauchte die Seele den Zauber dieser Zeit. Ganz egal, ob man klein oder groß war. Das Zauberhafte verlor sich nie.

Ein unsicherer Ausdruck legte sich auf seine Miene. „Das muss es nicht, es ist alles in Ordnung. Ich bin ein erwachsener Mann, der diesen Abend wie jeden anderen verbringt."

„Wie du meinst."

***

Tilo

Dann tust du mir leid. Was sollte das denn? Fritzi tat gerade so, als ob er ein Pflegefall sei. Sie sah ihn an wie einen Hund im Tierheim. Dabei hatte er einfach irgendwann vor langer Zeit keine Lust mehr gehabt, dieses Fest zu feiern und ignorierte es seitdem. Was war schlimm daran?

Statt sich über ihn Gedanken zu machen, sollte sie sich besser um ihren verdammten Knöchel sorgen. Tilo wettete, dass dieser inzwischen auf die Größe einer Apfelsine angeschwollen sein musste. Doch dank der lächerlichen Maßnahme mit der Erbsenpackung sah er es nicht. Wie lange es wohl noch dauern würde, bis Fritzi einsah, dass sie sehr wohl ins Krankenhaus musste?

Sicherlich saßen sie hier schon seit einer Viertelstunde schweigend, nur dieser komische Vogel auf seinem Regalbrett ließ ab und zu ein Krächzen hören. Warum hockte das Vieh nicht in einem Vogelkäfig, wie es sich gehörte? Und wie schaffte ein kleiner Wellensittich es, eine Frau von einem Stuhl zu schubsen? Friederike zog das Chaos wirklich magisch an. Das war ihm schon damals aufgefallen. Er hatte es charmant und erfrischend gefunden, wenn sie stolperte und ihn versehentlich mit in den Schnee riss oder sich die Cola auf den Pulli schüttete, weil sie so gestenreich und lebendig erzählte, dass sie sogar das Glas in ihrer Hand vergaß. Es war niedlich gewesen. Und irgendwie war es das heute auch noch.

Eben, als er sich zum Sofa getragen hatte, was es ihm schwergefallen, der Versuchung zu widerstehen, ihre Haare zu berühren. Er hatte ihre goldenen Strähnen auf der Haut seines Arms gespürt, so wie es schon einmal der Fall gewesen war. Er hatte sich beeilt, zum Sessel zu kommen, um nicht zu lange in ihrer Nähe zu bleiben. Wie falsch es doch war, dass etwas in ihm sich nach genau dieser sehnte, während er Friederike erst vorgestern die Wahrheit gesagt und sie damit vermutlich zutiefst verletzt hatte. Aber er konnte nichts dagegen tun.

Fritzi rappelte sich hoch, beugte sich vor und zupfte die Erbsentüte zur Seite. Das war mindestens Apfelsinengröße und blau noch dazu. Tilo unterdrückte einen Kommentar.

Schockiert starrte Fritzi auf ihren Fuß. Sie flüsterte etwas, ohne dass Tilo es verstehen konnte. Dann blickte sie ihn an. „Vielleicht sollte ich doch ins Krankenhaus. Nur zur Sicherheit, damit du Ruhe gibst."

„Das klingt vernünftig", antwortete Tilo. „Dann müssen wir dich nur irgendwie in dein Auto bekommen und ich fahre dich."

„Das ist nicht nötig, ich werde ein Taxi rufen. Danke für deine Hilfe, aber ab jetzt komme ich allein zurecht."

„Du kannst nicht auftreten und kommst keinen Schritt weit. Willst du dich von einem wildfremden Mann tragen lassen?" Taten Taxifahrer das überhaupt? Vermutlich war für ein anständiges Trinkgeld alles möglich.

Wie sie mit sich rang. Gedanklich wägte sie vermutlich gerade ab, ob sie sich lieber von einem dauerrauchenden Taxifahrer mit Goldkettchen und zurückgegelten Haaren helfen lassen wollte, oder von ihm. Tilo presste die Zähne aufeinander. „Also gut, es wäre sehr nett, wenn du mir noch einmal hilfst."

Fast hatte er geglaubt, der Taxifahrer würde gewinnen.

Eine halbe Stunde später war es endlich geschafft. Fritzi saß auf dem Beifahrersitz, den er ganz nach hinten geschoben hatte, damit sie ihr Bein entspannt lagern konnte, und hielt den Rucksack an sich gepresst, in den Tilo alle möglichen Sachen von einer Wasserflasche über das Handy bis hin zu einer Haarbürste gepackt hatte. Eben alles, was sie für einen Krankenhausbesuch als notwendig befand. An die Versichertenkarte hatte Tilo sie zur Sicherheit erinnert. Die hatte ganz unten in dieser randvollen Krimskrams-Schublade gelegen. Was da so alles zu finden war! Ganz sicher sah es in Taras Schubladen ähnlich aus.

Fritzis Füße steckten in diesen hässlichen wollenen Boots, in denen die Mädels vor ein paar Jahren rumgelatscht waren, und die Tilo aus ihrem Schrank hatte herauskramen müssen. Friederike hatte in ihrem kleinen Schlafzimmer ähnlich viel Zeug wie seine Schwester. Kein Wunder, dass sich die beiden damals sympathisch gewesen waren. *Zwei Chaosköniginnen.* Was war nur mit diesen Leuten los, die sich von nichts trennen konnten? Immerhin hatten die hässlichen Stiefel nun noch einmal ihren Einsatz. In ihnen steckten Friederikes niedliche, mit Glitzernagellack bepinselten Zehen.

Es war ihr unangenehm gewesen, dass er ihr beim Anziehen hatte helfen müssen und das wiederum hatte ihm nicht gepasst. Er berührte jeden Tag seine Patienten an allen möglichen Körperteilen und es war völlig normal für ihn, allerdings war das auch professioneller Natur. Bei Friederike war es irgendwie anders, er konnte es auch nicht recht erklären. Als er ihr in die Jacke geholfen hatte, war sie seinem Blick ausgewichen. Doch nun hatte die Peinlichkeit hoffentlich ein Ende.

Tilo warf die Beifahrertür zu, lief um den uralten roten Kleinwagen herum und zwängte sich auf den Fahrersitz. Obwohl er diesen nach ganz hinten schob, ragten seine Knie dennoch rechts und links des Lenkrads auf. Dies war eindeutig kein Auto für Männer. Zumindest nicht für große wie ihn. Er brachte sich in eine halbwegs bequeme Position und steckte den Schlüssel ins Zündschloss. Wann war er überhaupt das letzte Mal Auto gefahren? Tilo wusste es nicht einmal mehr. Er startete den Motor und legte den Rückwärtsgang ein, um die Einfahrt herauszufahren. Ruckelig bewegte sich das Gefährt rückwärts und Friederike stöhnte neben ihm auf.

„Bitte entschuldige, ich habe keine Übung mehr.“

Sie murmelte etwas, was er nicht genau verstand, das aber schwer nach *Ökoradler* klang. Man sollte meinen, dass jemand, der sich in einer hilflosen Lage befand, sich seinem Retter gegenüber zumindest etwas freundlich geben würde. Friederike sah das offensichtlich anders. Er schaffte es, auf die Straße zu gelangen, und fuhr dann den Hügel hinab. „Du wirst mir etwas helfen müssen, die Lörracher Verkehrsführung ist eine Sache für sich und es hat sich doch einiges geändert, seit ich hier weggezogen bin.

Sie nickte und deutete nach links.

Tilo setzte den Blinker und bog ab.

Friederike öffnete den Rucksack, kramte darin herum und zog schließlich das Handy hervor. Sie tippte etwas, während sie ihm wieder ein Zeichen gab, dass er abbiegen musste. Dann legte sie das Handy an ihr Ohr. „Mama? Nein, ich bin noch nicht unterwegs, ich muss dir was sagen." Sie lauschte kurz. „Nein, nichts Schlimmes. Ich habe mir nur den Knöchel verletzt und bin gerade zur Sicherheit auf dem Weg ins Krankenhaus. So, wie es aussieht, werde ich nicht zu dir fahren können." Wieder eine Pause.

Tilo sah unauffällig zu ihr hinüber und auf Friederikes schmale Lippen. Sie rang mit sich, das war nicht zu übersehen.

„Ist bestimmt nur verstaucht, aber ich kann den Fuß kaum bewegen. Es geht wahrscheinlich noch ein paar Tage. Mach dir keine Sorgen, ja?"

Tilo war es unangenehm, dass er dieses Telefonat mit anhörte. Doch es war kein Lauschen, was sollte er denn sonst tun? Sie saßen immerhin im gleichen Auto und er chauffierte sie durch die Gegend.

Friederike wedelte mit der Hand und Tilo setzte den Blinker erneut.

„Das ist eine gute Idee, Mama. Ich suche dir nachher die Zugfahrpläne raus und buche dir eine Verbindung. Vom Bahnhof aus kannst du dir dann ein Taxi nehmen."

Tilos Augen zuckten wieder nach rechts. Sie lächelte traurig. *Immerhin.*

„Ich dich auch. Und ich freue mich auf dich." Mit einem Seufzen legte sie auf und ließ das Handy im Rucksack verschwinden.

„Deine Mutter kommt dich besuchen?" Aus irgendeinem Grund brauchte er jetzt eine positive Nachricht. Selbst wenn es nicht um ihn ging.

„Ja, morgen. Vermutlich wird sie mit lauter Tupperdosen und haufenweise Essen hier anrücken. Alina ist ja noch bis übermorgen weg, da kann meine Mutter ihr Zimmer haben. Das haben wir früher auch schon so gemacht. Allerdings muss ich es irgendwie schaffen, das Bett neu zu beziehen. Wir wissen beide, was dort vorgestern gelaufen ist und ich bin mir nicht sicher, ob Alina die Laken gewechselt hat."

Ein Lachen arbeitete sich aus ihm heraus und es tat verdammt gut. Friederike fiel mit ein, das tat noch besser. „Ich kann das Bett beziehen. Bettdecken, die nach nacktem Luis riechen, wollen wir deiner Mutter nun wirklich nicht zumuten."

„Wenn ich dich leiden könnte, würde ich das ziemlich nett von dir finden." Sie grinste ihn an.

Ehe er antworten konnte, tauchte schon das Krankenhaus vor ihnen auf, in dem er einst geboren worden war. Tilo lenkte die winzige Schrottmühle direkt vor den Haupteingang, stellte den Motor aus und hastete ums Auto herum. Er öffnete die Beifahrertür und hob Fritzi samt ihres viel zu vollen Rucksacks heraus. Kurz würde das Auto hier wohl schon stehen bleiben können. Die Hauptsache war, dass er die Frau nicht fallen ließ. Das würde Fritzi ihm nie verzeihen. Wobei, tiefer konnte er bei ihr wohl kaum sinken.

Er bugsierte sie zum Empfang, wo eine Krankenschwester Friederike sofort einen Rollstuhl hinschob. Sie sah zu ihm auf. „Ich nehme an, du kannst jetzt gehen. Fahr einfach mit dem Auto zurück und leg den Schlüssel bei uns in die Wohnung. Ich lasse mir ein Taxi rufen, sobald die Untersuchung vorüber ist." Sie

öffnete den Geldbeutel und reichte der Mitarbeiterin
ihre Versichertenkarte.

„Dann viel Glück." Tilo drehte sich um und ging davon. „Danke!", rief sie ihm nach und er hob kurz seine
Hand.

***

Fritzi

Fritzi wuchtete den Rucksack auf ihre Schultern,
stemmte sich auf die Krücken und humpelte los. Im
Schneckentempo durchquerte sie die Empfangshalle.
Es hatte ewig gedauert. Erst hatte sie auf den Arzt gewartet, dann eine endlos lange Zeit, bis sie geröntgt
wurde, dann wieder auf den Arzt.

Ganz sicher wäre sie inzwischen längst in Karlsruhe
angekommen, würde mit ihrer Mutter den Tannenbaum schmücken, Weihnachtsmusik hören und Glühwein schlürfen. Und sich noch vor dem Abendessen
mindestens ein Kilo Plätzchen reinpfeifen. Aber es
brachte nichts, sich selbst zu bemitleiden. Morgen
würde ihre Mutter kommen und dann würden sie
Weihnachten einfach nachholen. Ging das überhaupt?
Konnte man Weihnachten verschieben? Fritzi überlegte. Nie zuvor war das nötig gewesen. Vermutlich

ging es schon. Es musste ja. Weihnachten einfach ausfallen zu lassen, kam schließlich nicht infrage.

Der Taxizentrale hatte sie schon vor ein paar Minuten angerufen und ihre Mitfahrgelegenheit würde sicherlich jeden Moment kommen. Kurz bevor sie die breite Schiebetür erreicht hatte, fiel ihr Blick nach rechts. Fritzi blieb wie angenagelt stehen. Auf einem Stuhl im Wartebereich saß Tilo mehr schief als gerade, den Kopf zur linken Seite gekippt und die Augen geschlossen. Die Arme hingen seitlich hinunter. Alles in allem versprach diese Position kräftige Rückenschmerzen für morgen.

Warum war er noch hier? Hatte er wirklich auf sie gewartet? Sie hatte ihn doch nach Hause geschickt. Fritzi zögerte einen Moment lang. Sie konnte sich auch einfach rausschleichen, ins Taxi steigen, davonfahren und so tun, als hätte sie ihn nicht gesehen. Dann würde er vermutlich noch den ganzen Nachmittag und den Abend hier sitzen, bis im irgendwann klar wurde, dass sie längst gegangen war. Eigentlich klang das ziemlich verlockend und Fritzi sah nach draußen, wo das Taxi vorfuhr. *Mist.* Sie drehte sich nach rechts und humpelte auf ihn zu. Mit einer Krücke stupste sie ihn am Bein an.

Tilo blinzelte und gähnte, dann sprang er auf. „Und? Was hat der Arzt gesagt?"

„Bänderzerrung", murrte Fritzi. „Vermutlich kein Band gerissen. Zur Sicherheit soll ich in ein paar Tagen noch in die Röhre." Wie es sie nervte, dass er recht gehabt hatte.

Tilos Blick wanderte auf die Schiene an ihrem Bein. „Musst es 'ne Weile ruhig halten, was?"

„Sieht ganz so aus."

„Glück gehabt." Er nickte. „Also gut, dann lass uns gehen. Das Parkticket wird schon seit einer Ewigkeit abgelaufen sein. Ich habe darauf gesetzt, dass an Weihnachten keine Autos abgeschleppt werden. Ich hoffe es zumindest."

Unwillig setzte Fritzi sich in Bewegung und humpelte auf ihren Krücken neben ihm her. „Warum hast du gewartet?", rutschte es ihr heraus. Sie hatte nicht fragen wollen, nun war es doch geschehen.

„Na, wenn ich mich verletzen würde, dann wäre es schön, wenn jemand auf mich wartet."

Sie ging durch die Schiebetür und Fritzi sah schuldbewusst zu dem Taxi, ehe sie rasch den Blick abwendete und Tilo nachhüpfte.

Ihr Auto war nur wenige Häuser weiter am Straßenrand geparkt, doch sie brauchten fast eine Ewigkeit bis dahin. Wie anstrengend es war, mit Krücken zu laufen! Schon jetzt spannten ihre Schultern. Immerhin würde sie in den nächsten Wochen endlich die Oberarmmuskeln bekommen, von denen sie immer geträumt hatte. Dafür war kein Wanderspaz mehr drin.

Tilo hielt ihr die Tür auf und Fritzi verkeilte sich beim Einsteigen beinahe mit den Krücken. Egal, wie sie es versuchte, sie passten einfach nicht mit nach vorne.

Lachend nahm Tilo sie ihr ab und warf sie in den Kofferraum. Wenigstens einer amüsierte sich über diese Situation. Sie zog eine Schnute.

Eine Viertelstunde später stand Tilo oben an der Treppe und sah zu, wie sie Stufe für Stufe hinaufkroch. Mit diesen Krücken war sie wirklich so langsam wie eine Schnecke. Es war ja nicht so, dass sie ansonsten die

Schnellste wäre, aber diese niedrige Geschwindigkeit ging ihr jetzt schon auf die Nerven. Endlich hatten sie es bis in die Wohnung geschafft. Tilo beförderte ihrem Rucksack auf den Sessel, zog sich die Jacke aus und streifte die Schuhe ab. Dann schlurfte er zum Sofa, setzte sich und zog das Handy raus. „Meinst du, die Pizzeria hat heute auf?"

„Pizza?" Fritzi sah ihn verwirrt an.

„Welche soll ich für dich bestellen? Ich ordere schnell über das Formular." Er sah nicht vom Display auf.

„Willst du etwa hierbleiben?" Konnte Weihnachten noch schlimmer werden?

Nun sah er doch auf. Zwar nur kurz, aber immerhin. Schon tippte er wieder. „Ich bin halb am Verhungern, und dir geht es bestimmt auch nicht anders. Abgesehen davon bist du traurig, weil du nicht bei deiner Mutter sein kannst und sie erst morgen kommt. Also können wir ebenso gut zusammen Pizza essen, anstatt jeder für sich in seiner Wohnung." Er machte eine kurze Pause. „Salat?"

„Eine mit Mais und Ananas, bitte. Und einen kleinen gemischten Salat."

„Das klingt ja widerlich. Wer isst denn bitte Mais und Ananas auf einer Pizza? Und dann noch zusammen?", platzte es aus ihm heraus.

Fritzi humpelte zur anderen Seite der Couch und setzte sich ungeschickt und mit Abstand zu Tilo hin. „Du weißt nur nicht, wie gut das schmeckt."

Er zuckte mit den Schultern. „Wie du meinst." Als er fertig war, legte das Handy neben sich. „In dreißig Minuten sollte geliefert werden. Was willst du machen? Einen Film gucken?"

Der Fritzi wusste, dass er selbst keinen Fernseher hatte, daher ging sie davon aus, dass er den Vorschlag nur machte, um die unangenehme Stimmung zwischen ihnen aufzulockern.

Sie nickte.

Tilo beugte sich vor und nahm die Fernbedienung vom Beistelltisch. Kurz darauf flimmerte *Kevin allein zu Haus* über den Bildschirm. Pizza und Tilo sollten also ihr diesjähriges Weihnachtsfest sein. *Willkommen in der Hölle.*

Kapitel 11
Tilo

Das Klingeln glich einer Erlösung. Seit über einer halben Stunde sahen sie diesen dämlichen Film, den Tilo schon als Kind beknackt gefunden hatte. Warum Kevin nicht einfach bei der Polizei anrief, hatte er auch damals nicht verstanden. Aber dann hätte man ja vermutlich keinen Film voller verniedlichter Gewaltexzesse drehen können. Ob Friederike den Film mochte, wusste Tilo nicht einzuschätzen. Sie saß, den Fuß auf einem Kissen hoch gelagert, auf ihrer Seite der Couch und knibbelte am Daumennagel.

Tilo drückte auf den Knopf und öffnete die Tür. Gemeinsam mit den Schritten des Pizzalieferanten kam auch der gute Geruch näher. Sein Magen hing ihm wirklich in den Kniekehlen. Tilo bedankte sich und gab ein gutes Trinkgeld, denn vielleicht konnte dieser Kerl Weihnachten im Gegensatz zu ihm leiden und fand es beschissen, heute arbeiten zu müssen, damit Leute wie er auf dem Sofa sitzen und Pizza in sich reinstopfen konnten.

Er ging zurück zur Couch, öffnete die obere Pizzaschachtel, in der er Friederikes kulinarische Beleidigung vorfand, und reichte sie ihr. Dann klappte er seine auf und setzte sich wieder.

„Was ist denn das?“ Sie starrte auf seine Pizza.

„Pizza“, sagte er, was offensichtlich war.

Sie schüttelte den Kopf. „Das ist keine Pizza. Wo ist denn der Käse? Das ist nur ein flaches Brot mit Tomatensoße und Gemüse.“

Tilo deutete auf ihre Schachtel. „Aber das soll eine sein, oder was?“

Sie lachte hell. „Sollte der Koch dort ein echter Italiener sein, dann wird der uns beide für das hassen, was wir diesem Gericht angetan haben.“

„Vermutlich.“ Tilo biss in ein Stück hinein und kaute genüsslich. „Hast du gewusst, dass sie neapolitanische Kunst des Pizzabackens 2017 von der UNESCO in die repräsentative Liste des immateriellen Kulturerbes der Menschheit aufgenommen wurde?“

Sie sah ihn angestrengt an. „Ich wusste nicht mal, dass diese Liste überhaupt gibt. Aber gut zu wissen, vielleicht kann ich damit mal auf einer Party angeben. Oder irgendwo, wo ich besonders gebildet wirken möchte.“

„Dann bin ich wohl gebildet“, brummte Tilo amüsiert.

„So weit würde ich nun auch nicht gehen.“ Sie grinste, rollte ein Pizzastück von hinten in die Mitte auf und bis von dem so entstandenen Röllchen ab.

„Was machst du denn jetzt schon wieder?“ Diese Frau tat doch alles ein wenig anders als normale Menschen.

Tilo lehnte sich zurück und schaute Kevin einen Moment dabei zu, wie er seinen Schlachtplan entwarf, und verputzte dabei ein zweites Stück.

„Guck mal!“ Er schaute zu Fritzi hinüber, die mit dem Finger einen langen Faden Käse von ihrer Pizzarolle weg zog. „Das ist so lecker, warum zum Teufel kannst du dir nicht mal an Weihnachten Käse auf der Pizza gönnen? Bist du wirklich so ein Gesundheitsjunkie?“

„Nicht deine Mutter ...“

Sie rollte mit den Augen. „Stimmt, ist ja auch aus Milch. Also bist du doch Veganer. Passt ja irgendwie zu dir.“

Tilo sah zu, wie sie die Hand mit dem Käsefaden hochhob und diesen gezielt in ihren Mund hinabgleiten ließ. „Ich bin kein Veganer“, protestierte er. Mit dieser These zog Luis ihn schon immer auf, Friederike sollte nicht auch noch damit anfangen.

„Isst du denn Fleisch?“ Sie zog die Augenbrauen hoch.

Musste er sich jetzt etwa verteidigen? „Hin und wieder ist gegen ein richtig gutes Steak aus Bio-Haltung wohl nichts einzuwenden“, fasste er seine Meinung zusammen.

„Und wann hast du das letzte Mal eins gegessen?“

Tilo überlegte einen Moment lang. „Silvester vor zwei Jahren.“ Er hatte mit Luis und ein paar Kumpels gefeiert. Und besagtes Steak hatte so verdammt gut gerochen.

Friederike nickte. „Du bist Veganer, Tilo. Ist ja auch nicht schlimm, soll vorkommen.“ Sie lachte schon wieder und rollte noch ein Stück zusammen.

Soll vorkommen. Als hätte er eine Krankheit. „Ich kann dir nur empfehlen, auch etwas weniger Milchprodukte zu dir zu nehmen.“

Sie ließ das Pizzaröllchen sinken. „Weil ich moppelig bin, schon klar.“ Plötzlich klang ihre Stimme eisig.

„Was?“

„Na, ich war dir damals zu dick und das bin ich heute auch noch. Vermutlich bin ich das wirklich, aber weißt du was? Eigentlich stört es mich nicht. Ich habe lange dafür gebraucht, und jetzt mag ich mich genau so wie ich bin. Und wenn ich Lust darauf habe, mich einen Sonntag lang wie die Raupe Nimmersatt aufzuführen, dann mache ich das und habe Spaß dabei. Nur, damit du es weißt: Es gibt Männer, die stehen auf etwas mehr.“

Tilo schob seine Pizzaschachtel beiseite und wandte sich ihr zu. Sie hatte ihn völlig falsch verstanden, aber das passiert ja leider öfter. „Natürlich weiß ich, dass es Männer gibt, die auf etwas mehr stehen. Weil ich einer von ihnen bin.“

Sie kniff die Augen zusammen. Friederike glaubte ihm nicht.

„Ich hatte damals Schiss, dass meine Kumpels sich über mich lustig machen würden, wenn sie mitbekämen, dass ich mit dir zusammen bin.“

„Du machst es wirklich nicht besser“, murmelte sie und starrte auf ihre Pizza.

„Jetzt hör mir bitte einmal richtig zu, okay?“ Er atmete tief durch. „Ich stand damals in dem Ruf, dass ich die hübschesten Mädchen um den Finger wickeln konnte. Jedenfalls die, die gemeinhin als heiß galten. Auch wenn ich heute weiß, dass das echt scheiße war, war ich verdammt stolz drauf. Und vermutlich auch etwas eingebildet. Die Wahrheit ist wohl, dass ich die meisten von diesen Mädchen schrecklich langweilig fand. Deshalb war ich auch mit keiner länger zusammen. Es waren nur Flirts. Und dann bin ich dir begegnet und du bist einfach ganz anders gewesen. So lebensfroh, so schräg und so unglaublich witzig. Ich habe mich nie im Leben mit jemanden besser amüsiert als mit dir in diesen zehn Tagen damals."

„Das meinst du ernst?" Noch immer sah sie ihn nicht an.

„Ich schwöre es dir. Und was dein Aussehen angeht, so war deine Frisur wirklich schrecklich. Der Rest hat mir ziemlich gut gefallen." Er lachte leise. „Vor allem deine Brüste." Nie wieder hatte er solch tolle Brüste gesehen wie die von Friederike. Sie hatte ihn für den Rest seines Lebens damit bestraft. Wann immer ihn ein Kumpel im Schwimmbad in die Seite geknufft hatte, um ihn unauffällig auf die Oberweite eines Mädchens aufmerksam zu machen, hatte er sich nur gedacht, dass die von Friederike so viel besser war.

Sie war so rot wie eine Tomate. Und sie grinste.

Gut gemacht. Endlich hatte er etwas nicht vollkommen verkackt.

„Meine Möpse sind toll, das stimmt allerdings." Prüfend sah sie ihn an. „Und warum soll ich dann weniger Milchprodukte zu mir nehmen? Ist es mein Hintern, der zu dick ist?"

Tilo stöhnte auf. „Du willst meine Worte verdrehen, was? Dein Hintern ist fast so perfekt wie deine Möpse. Es geht mir um deine Arterien, du dumme Nuss. Und auch ein wenig um die Umwelt und das Klima. Um die

Ethik sowieso. Jedoch in erster Linie um deine Arterien.“

„Meine Arterien gehen nur mich etwas an.“ Sie schob das Kinn vor. „Diese ganzen perfekten Frauen, die bei dir ein- und ausgehen, interessiert das bestimmt brennend“, zog sie ihn auf.

„Du meinst diese oft zu schmalen Mädels, die mir meine Miete bezahlen?“ Er sollte nicht so über seine Patientinnen sprechen, aber ein Stück weit stimmte es einfach. Die meisten Frauen waren besessen von ihrem Gewicht. Natürlich riet Tilo jeder zu einer gesunden Ernährung und teilte mit ihnen seine Ansätze dafür, er war allerdings strikt dagegen, aus der Kalorienzufuhr eine Religion zu machen. Er selbst stand eben auf grüne Smoothies und er liebte Sport. Das alles machte er nicht wegen seines Aussehens, sondern weil er es brauchte. Vielleicht war es ja tatsächlich ein klein wenig außer Kontrolle geraten. Er blickte auf seine Pizza. Hin und wieder ein bisschen Käse war vermutlich wirklich nicht so schlimm.

Mit einem Klatsch landete ein vor Fett triefendes Stück mit Mais und Ananas auf dem Deckel seiner Schachtel. Er sah zu Friederike.

„Na mach schon. Immerhin ist heute Weihnachten. Aber mehr als ein Stück bekommst du nicht.“

„Woher hast du gewusst, dass ich gerade überlegt habe, vielleicht doch hin und wieder etwas ungesunder zu essen?“

Sie lachte und Tilo merkte, wie wohl er sich dabei fühlte. „So wie du mir beim Essen zugeschaut hast, bist du entweder auf mich oder auf den Käse heiß. Und da meine tollen Brüste gerade unter einem dicken Strickpulli versteckt sind, muss es der Käse gewesen sein."

Lachend griff Tilo nach dem Pizzastück und biss hinein. Verdammt, war das gut! Es jetzt wurde ihm klar, wie beschissen trockene Pizza eigentlich schmeckte. Er sollte endlich mal diesen veganen Streukäse testen. Tilo sah aus den Augenwinkeln zu ihr. „Ich habe nicht auf den Käse gekuckt", murmelte er mit vollem Mund.

„Hmmm?" Fritzi erwiderte seinen Blick.

Vermutlich war es eine saudumme Idee, es auszusprechen, aber er musste es einfach loswerden. „Ich fand dich damals heiß und das tue ich noch immer."

Sie verschluckte sich und hustete. Gleich darauf verzog sich ihr Gesicht schmerzhaft. „Du Vollpfosten!", murrte sie. „Husten tut dem Fuß weh. Was für ein Mist ist das denn?"

Tilo reagierte nicht, er wollte abwarten, bis sie auf sein Geständnis reagierte.

„Verscheißerst du mich?"

„Wer würde denn an Weihnachten zu lügen wagen?" Tilo beförderte seine Pizzaschachtel auf den Beistelltisch und rutschte ein wenig näher an sie heran. Friederike beäugte ihn kritisch. „Ich war damals in dich verliebt, auch wenn ich das erst viel später begriffen habe", sagte er leise.

Viel später bedeutete Jahre später. Als ihm klargeworden war, dass er jede Frau unbewusst mit Friederike verglich. Mit dem Mädchen von damals, das er derart gemein abserviert hatte. Vermutlich war es seine Strafe, dass er nie wieder so verdammt viel mit einer Frau gelacht hatte wie damals mit ihr. Diese zehn Tage waren die besten seines Lebens gewesen, weil er er selbst hatte sein können. Mit Friederike war er mehr er selbst gewesen als zu jeder anderen Zeit. Sie hatte ihn, der immer ein wenig zu ruhig und ernst gewesen war, aus sich herausgekitzelt. Das passte auch zu dem, was Tara gesagt hatte. *Natürlich.* Niemand kannte ihn besser als seine Schwester.

„Du hast mir mein Herz gebrochen", flüsterte sie.

„Ich weiß. Und es tut mir leid."

***

Fritzi

Fritzi war sich nicht sicher, wie genau es so weit gekommen war, doch genau in dem Moment, als Marv das Bügeleisen ins Gesicht bekam, lehnte sie sich ein Stück rüber und gegen Tilo. Sie spürte, wie sich sein Körper anspannte und dann lockerließ.

Ganz langsam, als fürchtete er sich davor, ihren Ellenbogen in den Magen zu bekommen, legte er seinen Arm um sie. „Ist das ein Weihnachtswunder?", fragte er leise in ihr Ohr.

Sie hatte keine Ahnung, ob es damit zusammenhing, dass Heiligabend war, oder eher damit, dass sie seit einer ganzen Weile hier saß und immer wieder seine Worte durch ihren Kopf hallten. Dass er in sie verliebt gewesen war. Dass sie ihm sehr wohl gefallen hatte.

Und vor allem, dass er sich in ihrer Nähe so wohlgefühlt hatte. Genau so, wie sie sich in seiner. Und nun, dreizehn Jahre und zweimal Erwachsenwerden später, saßen sie hier. Wieder war Tilo in ihrer Nähe.

Vielleicht lag es auch an den Schmerzmitteln, die man ihr im Krankenhaus gegeben hatte. Oder daran, dass sie traurig war, nicht mit ihrer Mutter feiern zu können. Womöglich war die Wahrheit aber auch ganz simpel: Tilo war hier und so schlimm war das gar nicht. Weil sie ihn doch ein kleines bisschen leiden konnte. Jetzt gerade sehnte sie sich nach Wärme und wenn sie ehrlich war, seit längerem schon nach etwas Leidenschaft.

Seine Fingerspitzen fuhren kreisend über ihren Oberarm und Fritzi spürte, wie sich all die kleinen Härchen aufstellten. *So ein Mist.* Dieser Kerl hatte das gewisse Etwas noch immer. Und wieder gelang es ihr nicht, ihm zu widerstehen. Hoffentlich war er wirklich nicht mehr der Arsch von damals. Und wenn, dann war es jetzt eh zu spät. Sie drehte ihr Gesicht in seine Richtung und wanderte mit der Nasenspitze seinen Hals entlang.

Ein tiefes Brummen drang aus seiner Brust und seine Hand umfasste sie fester. „Bist du sicher, dass du das auch möchtest?"

Dass er überhaupt nachfragte, gab ihr Sicherheit. Er war so ehrlich gewesen, dass es wehgetan hatte. Jetzt sollte er gefälligst dafür sorgen, dass es sich für diesen einen Moment besser anfühlte. Statt einer Antwort fasste Fritzi an seine Wange und drehte sein Gesicht zu sich.

Seine Lippen fanden ihre und er küsste sie so vorsichtig, als wäre sie zerbrechlich. Etwas zog durch ihren ganzen Körper. Vermutlich das Verlangen nach mehr. Ein sanfter Kuss, der wie ein Funke einen Buschbrand entzündete, der nicht aufzuhalten war. Fritzi schlang ihre Arme um seinen Nacken und drückte sich, soweit es möglich war, ohne ihren Fuß zu bewegen, an ihn. Sein Herzschlag hämmerte gegen ihre Brust. So sehr, dass sie ihren eigenen kaum noch wahrnahm. Vielleicht hatte er recht und es war ein Weihnachtswunder. Egal, was es war, es sollte nicht aufhören.

Fritzi schob ihre Hand unter sein Shirt. Natürlich hatte dieser Kerl auch noch einen Waschbrettbauch. Bei all dem Sport, den Tilo trieb, ging es ja nicht anders. Als seine Hand an ihren Bauch fasste, hielt sie die Luft an. So wie sie saß, war es bestimmt nicht vorteilhaft. Eher ein wenig wabbelig. Aber dann rief sie sich seine Worte in Erinnerung und diese in Verbindung mit seinen Fingern, die voller Verlangen über ihre Haut glitten, versicherten ihr, dass alles in Ordnung war. Dass alles so gehörte. Zumindest jetzt gerade.

Er wagte sich weiter nach oben und Fritzi lächelte unter seinen Küssen, die heftiger wurden. Dieser Kerl war in der Tat verrückt nach ihren Brüsten.

„Die sind noch besser geworden", murmelte er an ihren Hals, den er mit seinen Lippen liebkoste. „Zum Glück hast du dir den Fuß verletzt." Er löste sich für einen Moment von ihr und sah sie mit dem gleichen Blick an wie damals an jenem Nachmittag.

Und wieder zog das Grün seiner Augen sie in eine andere Sphäre. Nur mit Mühe konzentrierte sie sich darauf, was er gesagt hatte. *Der Fuß. Mist.*

„Kann man mit einer frischen Bänderzerrung Sex haben?", überlegte sie laut.

Er lachte heiser. „So, du willst also Sex haben?"

„Du doch auch, behaupte bloß nichts anderes. Immerhin liegt deine Hand auf meinem BH."

Tilo blickte auf die Stelle auf ihrem Pulli, unter der seine Hand verborgen war. „Darf ich sie denn noch ein wenig dort liegen lassen?"

Sie nickte gütig. „Also, Herr Physiotherapeut, kann diese Patientin Sex haben oder nicht?"

Er machte ein angestrengtes Gesicht. „Sofern wir dich irgendwie aus deiner Jeans herausbekommen, wird es schon irgendwie gehen. Es wird vielleicht keine wilde Nummer, aber das war es damals ja auch nicht. Und trotzdem war es wunderschön."

Fritzi legte den Kopf schief. Es gab da etwas, über das sie all die Jahre hin und wieder nachgedacht hatte. Und sie hatte nie eine Antwort darauf gefunden. Sollte sie es wagen, ihn zu fragen? Der warme Blick, mit dem er sie bedachte, gab ihr Mut. „War das damals auch dein erstes Mal?", fragte sie leise.

„Das hast du nicht gemerkt?" Er lächelte sie an. „Ja, das war es. Ich war echt nervös und hatte Sorge, was falsch zu machen. Keinen hoch zu bekommen oder so. Meine Kumpels hatten mir da die eine oder andere Horrorgeschichte erzählt."

Fritzi gab sich Mühe, nicht zu lachen. „Nun, was das angeht, hat es ja keine Probleme gegeben. Ich habe wirklich geglaubt, du hättest mehr Übung gehabt."

Er grinste. „Vielleicht bin ich ja ein Naturtalent?"

„Jetzt übertreib mal nicht. Aber es war in der Tat recht gelungen. Jedenfalls bis auf das Ende." Sie sah sich, wie sie in dem Bett aufwachte, und Tilo weg war. Sie hatte sich hastig angezogen, weil von vor dem Haus die

Stimme ihrer Eltern zu hören gewesen waren. Dann hatte sie überlegt, warum er gegangen war, ohne etwas zu sagen. Sie hatte geglaubt, dass er sie einfach nur nicht wecken wollte. Und dass sie sich am nächsten Tag, ehe es für sie beide wieder nach Hause gehen sollte, noch einmal sehen und dann per Telefon Kontakt halten würden.

„Du bist in der Vergangenheit", hörte sie ihn brummen. „Vielleicht sollten wir langsamer machen und noch nicht darüber nachdenken, wie wir dich aus dieser Hose herausbekommen. Auch wenn ich ehrlich glaube, dass du sie aufschneiden musst, wenn du nicht die nächsten zwei Wochen in ihr verbringen willst."

Er wollte einen Schritt zurückgehen. Weil er ihr ansah, dass sie den Schmerz von damals spürte. Aber da war nicht nur Schmerz, es war auch das da, was vor dem Schmerz gewesen war. Dieses tiefe Vertrauen, das sie überhaupt erst dazu gebracht hatte, diesen Kerl für ihr erstes Mal auszuwählen. Und er hatte das Gleiche mit ihr getan. Es war wohl einfach so, wie er gesagt hatte: Tilo war jung und dumm gewesen. Und sie für ihren Teil hätte vielleicht nicht so schnell mit einer Ferienbekanntschaft in die Kiste steigen sollen. Jugendliche waren manchmal einfach dämlich.

„In der oberen Küchenschublade neben der Spülmaschine ist eine Schere."

Einen Augenblick lang sah er sie eindringlich an, dann stand er auf. Heute ging es nicht um ihr erstes Mal. Heute ging es einfach darum, dass sie das tat, worauf sie Lust hatte. Und vielleicht ging es auch ein wenig darum, sich mit der Vergangenheit auszusöhnen. Wenn Sex dabei half, dann umso besser. Immerhin war ihr letzter eine Ewigkeit her. Tilo würde vermutlich Spinnweben wegwischen müssen.

Er kniete sich neben das Sofa und setzte die Schere unten an ihrer Jeans an. Natürlich war es ihre Lieblingsjeans, weil die so bequem war, dass Fritzi sie immer anzog, wenn sie mehrere Stunden lang Autofahren musste. Wie sie dieses Teil vermissen würde! Sie hörte, wie die Schneide den Stoff zerteilte, und spürte das kühle Metall auf ihrer Wade. Er wanderte höher. Mit einem unauffälligen Blick versicherte sie sich, dass die letzte Rasur noch nicht so lange zurücklag. Schon etwas zu lang, aber sofern Tilo nicht so genau hinsah, war es noch zu verkraften. Immerhin war es Winter. Da rasierte Frau sich eben weniger. Was war schon dabei?

„Jetzt wird es etwas kompliziert. Zieh mal den Bauch ein, damit ich dich nicht erwische, wenn ich den Bund zerteile.“

Demonstrativ atmete Fritzi tief ein und beobachtete, wie Tilo mit konzentrierter Miene den letzten Schnitt führte. Allein hätte sie das vermutlich nie hinbekommen und bis morgen warten müssen, wenn ihre Mutter hier aufschlug. Und die hätte sicherlich furchtbar Bammel davor gehabt, sie aus Versehen zu schneiden. Am Ende hätte sie bis zu Alinas Rückkehr warten müssen, was wirklich eklig gewesen wäre.

Die Hose rutschte von ihrem Bein. Tilo legte die Schere beiseite und befestigte gekonnt die Schiene wieder an ihrem Fuß. Es war gar nicht so unpraktisch, einen Physiotherapeuten in der Nähe zu haben, stellte Fritzi fest, wurde aber gleich darauf von Tilos Blick abgelenkt, der über ihre helle Haut glitt. Er sah sie an, wie ein Kind ein wunderbares Geschenk betrachtete, das es eben ausgepackt hatte. Ihm gefiel, was er sah.

Seine Hand legte sich auf ihren Oberschenkel. Dann zog er eine Augenbraue hoch. „Und jetzt die andere Seite?" Fritzi konnte erkennen, dass er nervös war.

Das Geschenk war noch nicht ganz ausgepackt. „Na mach schon", forderte sie ihn auf.

Geschickt streifte er das zweite Hosenbein ab. Da lag sie nun am Heiligabend halbnackt und mit einer Schiene am Bein ausgerechnet vor Tilo Scheiße. Vermutlich sollte sie ihn in Gedanken nicht mehr so nennen, überlegte Fritzi. Und eigentlich passte sein richtiger Nachname nur zu gut zu ihm. Wie er da auf ein Knie gestützt neben dem Sofa kniete und ihre zerschnittene Lieblingshose zusammenrollte, sah er unverschämt gut aus. Das Shirt spannte über seine Oberarme und wie damals bemerkte Fritzi, dass er schöne Hände hatte. Jedenfalls für ein Mann. Egal, welche Farbe seine Haare auch hatten, sie waren etwas durcheinander, was frech wirkte. Und dann waren da noch diese kantigen Wangenknochen, die wirklich hübsch aussahen, und der leichte Bartschatten auf seiner Haut. Und diese Lippen, die so gut küssen konnten.

Tilo wandte seine Aufmerksamkeit wieder ihr zu. Er stützte sich auf dem Sofa auf und beugte sich über sie. Hitzig rang er ihr erneut einen Kuss ab. Während Fritzi den Schauer genoss, der über ihren Rücken lief, hob Tilo sie hoch. Mit einem Lächeln, das ihr sagte, dass alles genau richtig war, trug er sie in ihr Zimmer. Er gab der Tür einen Schubs und setzte sie auf der Matratze ab. Dann richtete er sich auf und nahm eine gerade Haltung ein. „Bitte um Erlaubnis, ins Bett kommen zu dürfen."

Fritzi gluckste. „Nur ohne Hemd", sagte sie bestimmt. Sie biss sich auf die Lippe, als es neben seinen Füßen landete. Mit dem Zeigefinger fuhr sie die kurzen Härchen von seinem Bauchnabel nach unten entlang. Das war offensichtlich zu viel.

Tilo warf sich neben sie und überschüttete sie mit Küssen. Fritzi bekam kaum noch Luft und versuchte, sich gleichzeitig aus dem dicken Strickpulli zu befreien, was im Liegen gar nicht so einfach war. Als sie ihren BH öffnete, seufzte er und betrachtete sie einen Wimpernschlag lang, ehe er sich über sie beugte.

Kapitel 12
Fritzi

Noch bevor sie die Augen öffnete, kam die Erinnerung zurück. Bilder von Tilos Händen auf ihrem Körper, von ihren Lippen auf seiner Haut und diesen verdammten grünen Augen, in denen sie so gern versank, blitzten vor ihr auf. Blinzelnd schlug sie die Lider auf und tastete mit der Hand neben sich. Dort, wo er gelegen hatte, war die Matratze kalt. *Nicht schon wieder.* Er war erneut gegangen, ohne sie zu wecken.

„Dieser Mistkerl", zischte Fritzi und rappelte sich ungeschickt auf. Sofort durchzuckte ein Schmerz ihren Fuß. Damit kam auch die Erinnerung an den verletzten Knöchel zurück. *Na wunderbar.* Fritzi blickte sich um und entdeckte auf dem Nachttisch einen Zettel, neben dem eine Banane lag und eine Flasche Sprudel stand. Erleichterung machte sich in ihr breit. Sie griff nach dem Papierstück und überflog die Zeilen.

Bin bei Tara. Sehe später nach dir. Erst die Banane, dann das Schmerzmittel. T.

Fritzi reckte sich und entdeckte das Ibuprofen neben der Flasche. Sie schnappte sich die Banane, knautschte das Kissen in ihrem Rücken zurecht, öffnete die Schale und biss hinein. Sie war ausgehungert, was vermutlich daran lag, dass sie nur die halbe Pizza gegessen und dafür gleich zweimal Sex gehabt hatte. Keinen wilden, das war mit dem blöden Fuß nicht gegangen, aber dafür wunderschönen. Und tatsächlich zwei Orgasmen. Also war das wirklich kein Märchen. Warum musste sie erst neunundzwanzig werden, um das zu erleben? Sie lächelte in sich hinein. Als Tilo auf sie gesunken war, hatte sie den Jungen von damals vor sich gesehen, an den sie ihr Herz verloren hatte. Der, mit dem sie im Schweizer Schnee über alles geredet und so viel Spaß gehabt hatte. Und das erste Mal seit dreizehn Jahren, hatte sie beim Gedanken daran kein Stich in der Magengegend gespürt. Stattdessen war da Wärme gewesen. Wärme und Verlangen.

Sie schleuderte die Bananenschale auf den Nachttisch, reckte sich nach den Schmerztabletten und dem Sprudel und schluckte das Medikament hinunter. Sobald es wirkte, würde sie versuchen, es ins Badezimmer zu schaffen. Neben dem Bett lagen ihre Krücken, vermutlich hatte Tilo sie dort abgelegt. Sie hatte nichts von alldem mitbekommen, so fest, wie sie geschlafen hatte.

Fritzi runzelte die Stirn. Nun, am Morgen danach, machte sich die Erkenntnis in ihr breit, dass mit Tilo zu schlafen nicht unbedingt ihre beste Idee gewesen war. Gut, sie verstanden sich wieder, aber sie hatten sich wohl sogar ein wenig zu gut verstanden. Vielleicht sollte sie es einfach als Versöhnung sehen. Versöhnungssex unter ehemaligen Jugendlieben, die nun zufällig im gleichen Haus wohnten. Es hatte damals nicht zwischen ihnen gepasst, sonst wäre Tilo nicht gegangen, und heute passte es auch nicht, so unterschiedlich, wie sie waren. Sie fand es ein wenig schade, denn es war schön gewesen. Und Tilo wusste eindeutig noch immer, was er tat. Aber das änderte nichts daran, dass sie grundverschieden waren. Daran hatten dreizehn Jahre nichts geändert.

Fritzi seufzte und sah auf die Uhr, um sich von ihren verwirrenden Gedanken abzulenken.

Mist.

Es war schon nach zehn. Der Zug ihrer Mutter würde in einer Stunde am Bahnhof ankommen und dann fehlte nur noch eine kurze Taxifahrt und sie stand vor ihrer Tür. Fritzi konnte nicht mehr warten, bis das Ibuprofen wirkte. Sie musste dringend die Überbleibsel des vergangenen Abends beseitigen, und irgendwie Alinas Bett abziehen. Fritzi grinste. Nicht nur in Alinas Laken war es heiß hergegangen. In ihren hing Tilos Geruch, der im Gegensatz zu seinem Besitzer noch nicht verschwunden war. Sie würde auch ihr Bett abziehen. Zur Sicherheit sah sie sich gründlich um. Nicht, dass noch irgendwo ein benutztes Kondom herumlag. Doch natürlich war Tilo viel zu ordentlich für so etwas. Fritzi spürte, wie ihr Gesicht heiß wurde. Sie hatten wirklich miteinander geschlafen! Sie brauchte dringend eine Dusche, um ein wenig klarer denken zu können. Zum Glück durfte man mit der Schiene auch duschen, das hatte jedenfalls der Arzt gesagt.

Fritzi stützte sich auf die Krücken, humpelte zur Kommode und suchte frische Unterwäsche und Strümpfe heraus. Dann die weite Jogginghose, die sie trotz der Verletzung über ihren Fuß bekommen sollte. Und zu guter Letzt noch einen kuscheligen Pulli. Sie rollte alles in ein Bündel zusammen und klemmte es sich unter das Kinn. Dann hüpfte sie ins Bad. Tilos Geruch hing nicht nur in ihrem Bett, sondern auch in ihren Haaren und auf ihrer Haut. Fast war es schade, ihn abzuwaschen.

***

Tilo

Tilo starrte in den Kaffee, der laut Reto ein hervorragendes *Schümli* hatte. Das war Schweizern bei ihrem Kaffee wichtig, das wusste Tilo als Grenzkind bereits. Ob es den Geschmack wirklich besser machte, daran hatte er jedoch seine Zweifel.

Trank Friederike eigentlich Kaffee? Er hatte keine Ahnung, eigentlich wusste er so gut wie nichts über sie. Außer, welche Stellen er berühren musste, damit sie unter seinen Fingern erzitterte. Letzte Nacht war er im Himmel gewesen. Und dann war er im Morgengrauen mit ihrem Kopf auf seiner Brust und ihren Haaren in seinem Gesicht aufgewacht und hatte sich so verdammt zufrieden gefühlt, wie schon seit langem nicht mehr.

„Er grinst so dämlich."

Tilo sah auf und in Taras Gesicht. Diese zupfte ihren Mann am Hemd. „Das fällt dir auch auf, oder?"

Reto blickte von seinem Brötchen hoch, das er gerade mit angestrengter Miene aufschnitt. „Was?"

Tara rollte mit den Augen und deutete unverhohlen auf Tilo. „Na, mein Bruder. Der grinst so dämlich. Da ist was im Busch."

Tilo fuhr unbewusst mit der Hand über sein Gesicht. *Mist.* Schnell guckte er ernst. „Ich habe keine Ahnung, was du meinst." Doch es hatte keinen Sinn. Tara hatte längst Blut geleckt und ignorierte dafür sogar das wachsweiche Ei vor sich.

„Du hattest Sex!" Es platzte aus ihr heraus, als gäbe es nicht den geringsten Zweifel daran.

Hastig sah Tilo zu den Zwillingen, doch die hockten am anderen Ende des Zimmers vor dem Tannenbaum und wühlten sich durch ein Schlachtfeld aus Geschenkpapier und Spielzeugen. Den Ansatz *Weniger ist mehr* kannte Tara eindeutig nicht. Mit schmalen Augen sah er zu seiner Schwester zurück. „Wie kommst du denn bitte darauf?"

Sie verschränkte die Arme vor der Brust und sah ihn herausfordernd an. „Ich kenne dein After-Sex-Gesicht."

Reto fiel fast das Messer aus der Hand. Irritiert blickte er zwischen seiner Frau und Tilo hin und her. „Das ist doch kein Gesprächsthema fürs Frühstück. Und schon gar nicht unter Geschwistern", sagte er und schnappte sich ein Marmeladenglas.

„Bei dir und deinen Spießerschwestern vielleicht nicht." Tara machte eine abwehrende Geste und wandte ihre Aufmerksamkeit wieder Tilo zu. „Also?"

„Woher willst du denn bitte mein After-Sex-Gesicht kennen?"

„Hamburg." Sie nickte heftig. „Als ich dich damals besucht habe. Da hat sich am Morgen erst ein Mädel aus deinem Zimmer geschlichen und dann bist du mit genau diesen Gesichtsausdruck rausgekommen. Nur dass du heute noch etwas breiter grinst."

Tilo linste zu Reto, der mit seiner Brille und den gestreiften Hemden immer ein wenig nerdig wirkte. Dem war das Gespräch sogar noch unangenehmer als ihm. Amüsiert löffelte Tilo etwas *Schümli* von seinem Kaffee und leckte den Löffel ab. „Friederike." Es war Weihnachten, also konnte er seiner Schwester eine Freude machen und ihr etwas zu fressen vorwerfen.

Diese klatschte in die Hände und rief: „Ich wusste es!"

„Wer ist denn Friederike?", brummte Reto, ehe er ins Brötchen biss.

„Tilos Jugendliebe, der er auf den Monat genau seit dreizehn Jahren nachtrauert", erklärte seine Schwester.

Woher bitte war Tara nur so gut informiert? Hatte er damals etwa auch schon sein After-Sex-Gesicht gehabt?

„Jetzt übertreibt mal nicht, ich habe ja wohl nicht dreizehn Jahre am Stück Friederike nachgetrauert." Das musste dringend richtiggestellt werden. Das klang ja, als wäre er ein bemitleidenswerter Loser. Nun guckte Spießer-Nerd-Reto ihn sogar schon mitleidig an, was echt nicht notwendig war. Immerhin hatte er sich vorgenommen, zu seinem Schwager eine coole Wir-trinken-hin-und-wieder-ein-Bier-zusammen-Beziehung-aufzubauen. Vielleicht könnten sie sogar Fußball gucken. Irgendwann würde es schon wieder ein Länderspiel Schweiz gegen Deutschland geben. Ob Reto dann auch *Hopp Schwiiz* rufen würde wie seine Landesgenossen? Eigentlich wirkte der Kerl nicht wie ein Fußballfan, stellte Tilo etwas ernüchtert fest. In diesem Moment nickte Reto ihm mitfühlend zu und Tilo unterdrückte ein Stöhnen.

Tara erinnerte sich jetzt allem Anschein nach wieder an ihr Ei und stocherte wenig begeistert in dem inzwischen angetrockneten Eigelb herum. Sie schob den Eierbecher beiseite. „Na, aber du hast eben doch hin und wieder an sie gedacht, oder?"

Unwillig nickte Tilo. Natürlich stimmte es. Er hatte Friederike nie vergessen. Weder sie noch ihre tollen Brüste. Vor allem nicht ihren einmaligen Humor. „Wir sind uns gestern nähergekommen", berichtete er bemüht emotionslos, als würde er etwas über seine Arbeit erzählen. Man durfte Tara nicht zu viel Zunder geben. Reto rutschte so oder so schon wieder unbehaglich auf seinem Stuhl herum. Vermutlich befürchtete der, dass Tilo gleich ausführlich mit seiner Schwester über Sexstellungen oder etwas in der Art sprechen würde. Einen kurzen Moment lang überlegte er, ob das den Spaß nicht wert wäre. Er mochte sein Schwager schon, auch wenn sie sich kaum kannten. Reto war ganz sicher ein feiner Kerl unter der Brille und dem Hemd. Er sollte ihn wirklich auf ein Bier einladen, aber vorerst hatte Tilo vor, sich auf seine Nichten zu konzentrieren. Ein kurzer Blick in deren Richtung verriet ihm, dass die beiden zu Hause ebenso viel Mist anstellten wie bei ihm. Jetzt gerade wickelte Charlotte ihre Schwester mit einem langen Geschenkband ein. Kreativ waren die beiden ja. Vermutlich würde die eine demnächst die andere erdrosseln.

„Ich weiß ja nicht, ob du wieder verliebt bist oder immer noch, aber du bist es." Tara sah ihn triumphierend an. „Wer weiß, vielleicht hast du endlich doch die Frau fürs Leben gefunden."

Tilo stöhnte theatralisch und stützte den Kopf in die Hände. „Es war nur zweimal Sex, hör bitte auf, gleich unsere Hochzeit zu planen. Ich weiß ja noch nicht mal, wie Friederike über all das denkt."

„Zweimal in einer Nacht?" Tara knuffte Reto in die Seite, der zur Sicherheit ein Stück von seiner Frau wegrutschte. „Weißt du noch, als wir auch zweimal in einer Nacht Sex hatten? Ist 'ne ganze Weile her."

Während Tilo in schallendes Lachen ausbrach, wurde sein Schwager knallrot. Quietschend schob Reto sein Stuhl zurück und stand auf. „Will noch jemand einen Kaffee?", fragte er eilig und verschwand schon in die Küche, noch ehe Tilo einen bestellen konnte.

Tara kicherte. „Die sind alle schrecklich verklemmt in Retos Familie. Er kann das hier nicht so gut", erklärte sie gewichtig. „Aber ich arbeite dran. Der wird schon noch lockerer."

Tilo fand, er selbst konnte das auch nicht gut, doch das interessierte Tara wenig. Als große Schwester sah sie es wohl als ihre Pflicht an, ihn in die Zange zu nehmen. Glücklicherweise fiel ihm ein Ablenkungsmanöver ein. Er pfiff und beide Mädchen kamen angeflitzt. „Ich habe sie hervorragend trainiert, was?", fragte er. Tara sollte sich von seinen erzieherischen Fähigkeiten ruhig mal eine Scheibe abschneiden.

Seine Schwester rollte schon wieder mit den Augen.

„Also gut, wer möchte ein Geschenk haben?", fragte er an die Mädchen gewandt. Beide wedelten mit ihrem

Patschehändchen. Lächelnd griff er in die Hosentasche und zog etwas heraus. Dann reichte er jedem Kind eine Figur. „Äffchen für meine Äffchen."

Charlotte quietschte beim Anblick des kleinen Holz-Orang-Utans begeisternd, während Antonia ihren Schimpansen anstrahlte.

„Ich hatte keine Zeit, sie einzupacken", murmelte er eine Entschuldigung.

„Ist das alles?" Tara wirkte nicht ansatzweise so beeindruckt wie ihre Töchter.

Erwischt. Tilo fasste in die hintere Hosentasche, zog das zusammengefaltete Papier heraus und reichte es seiner Schwester.

Mit gerunzelter Stirn faltete diese es auf und las. Dann strahlte sie ebenso wie Antonia. „Du hast Jahreskarten für die Zwillinge und dich für den Basler Zoo gekauft? Was für eine tolle Idee!"

So schlecht machte er sich als Onkel gar nicht, fand Tilo. Heute jedenfalls war er ziemlich mit sich zufrieden. „Wir brauchen ja etwas zu tun, wenn die beiden mich besuchen." Ob er es wollte oder nicht, in diesem Moment sah er vor sich, wie er mit Friederike und den Mädchen durch den *Zolli* schlenderte, wie die Basler ihren Zoo liebevoll nannten.

Noch vor einem Monat hätte er nicht gedacht, dass so etwas für ihn nach einem perfekten Tag klingen würde. Doch jetzt tat es das. Er musste sich wirklich über sich selbst wundern. Das passierte also, wenn man offen für Veränderungen war: Man entdeckte die Freude in kleinen Dingen. Ganz besonders in kleinen Mädchen. Er zog die Zwillinge an sich und drückte jeder einen Kuss auf den Scheitel, ehe sie sich aus seiner Umarmung wanden und mit ihren Affen davonflitzten. Vielleicht war Weihnachten doch nicht so schrecklich.

***

Fritzi

Carola Neumann kam nicht einfach zu Besuch. Carola Neumann brachte Weihnachten mit. Und Weihnachten passte allem Anschein nach in zwei große blaue Ikea-Taschen. Als Fritzi es endlich bis zur Tür geschafft hatte und diese öffnete, stand ihre Mutter davor, ließ die Taschen auf den Boden plumpsen und umarmte Fritzi. Fritzi wusste nicht genau warum, aber mit dem Gesicht an den ausladenden Busen ihrer Mutter gedrückt zu werden, war heilsam tröstlich. Der Fuß schmerzte gleich weniger stark.

„Mein armes Schätzchen, was machst du denn nur für Sachen?" Die Locken ihrer Mutter wippten um deren Gesicht, nachdem diese Fritzi wieder losgelassen hatte und den Kopf schüttelte.

„Eigentlich ist das alles Hansis Schuld", verteidigte Fritzi sich und hörte selbst, wie lächerlich es klang, die Verantwortung einem Vogel zuzuschieben. Und doch stimmte es irgendwie.

„Nun komm, setz dich besser wieder. Du siehst ja auch ganz müde aus. Sicherlich hast du wegen des Fußes nicht viel geschlafen." Ihre Mutter schleppte die Taschen ins Wohnzimmer.

Natürlich war sie müde, aber es war nicht der Fuß gewesen, der sie um den Schlaf gebracht hatte. Eher ein talentierter Penis. Fritzi lachte auf und hielt sich erschrocken eine Hand vor den Mund.

„Was ist denn so lustig?" Ihre Mutter öffnete die erste Tasche und stapelte mehrere Plätzchendosen auf der Arbeitsplatte auf. Dann zauberte sie ihrem künstlichen Adventskranz samt Kerzen hervor. „Ich habe die vierte natürlich nicht ohne dich angezündet."

Sogar Fritzi fand es etwas verrückt, mit einem Adventskranz zu verreisen, vor allem, da sie natürlich ebenfalls einen hatte. Aber auf der anderen Seite war es echt niedlich. Zu ihrer gemeinsamen Tradition gehört es nämlich, die letzte Kerze erst vor dem Essen am Heiligabend anzuzünden. Wenn diese nicht gebrannt hatte, dann hatte Weihnachten wirklich noch nicht stattgefunden. Und so langsam kam Fritzi trotz der Aufregung um ihren Fuß und besagten Penis tatsächlich ein wenig in Weihnachtsstimmung.

Es folgten eine Flasche Glühwein, der Kartoffelsalat, der Nudelsalat, eine große Schale bereits gewaschenen Feldsalats, eine Tüte vom Metzger, in der Fritzi die Wienerle vermutete, und ein Glas Meerrettich. Ihre Mutter öffnete den Kühlschrank und stellte zufrieden fest, dass es dort genug Platz für all die Tupperdose gab. Natürlich gab es das, der Kühlschrank war chronisch leer. Von all dem Essen, das den langen Weg von Karlsruhe hierher hinter sich gebracht hatte, würden Alina und sie vermutlich noch Tage essen.

Kaum hatte Fritzi sich vorsichtig aufs Sofa gesetzt und ihr Bein hochgelegt, so wie der Arzt es ihr gegen die Schwellung geraten hatte, klingelte es. Fritzi starrte auf die Tür. *Tilo.* Wer sollte denn sonst am ersten Weihnachtsfeiertag bei ihr aufschlagen?

O du fröhliche summend, tänzelte ihre Mutter gut gelaunt zur Tür und ehe Fritzi ein Einwand loswerden konnte, hatte sie diese bereits geöffnet.

Da stand er und sah überrascht auf den Gast. Fritzi richtete sich auf und beobachtete den gelockten Hinterkopf ihrer Mutter. *Bitte nicht.* Wenn ihre Mutter ihn erkannte, würden nur Nachfragen kommen.

„Tilo?", rief ihre Mutter in einem fast schon quietschenden Ton.

Fritzi seufzte. Diese Frau lief auf der Straße sogar in ihrer Nachbarin vorbei, so schlecht war sie darin, Menschen zu erkennen. Aber einen Mann, den sie das letzte Mal vor dreizehn Jahren an einem völlig anderen Ort und als Jugendlichen gesehen hatte, erkannte sie? Das war doch nicht zu fassen!

„Frau Neumann, schön, Sie wiederzusehen." Formvollendet reichte Tilo ihrer Mutter die Hand und lächelte. „Friederike hat schon gesagt, dass Sie sie heute besuchen werden. Ich wollte auch eigentlich nur kurz reinsehen und schauen, wie es ihrem Fuß geht."

Fritzi reckte sich ein wenig auf ihrem Platz. Sie hatte noch keine Gelegenheit gehabt, wirklich über das nachzudenken, was letzte Nacht zwischen ihnen geschehen war. „Dem Fuß geht es gut!", rief sie daher hastig, um Tilo loszuwerden.

„Nun komm doch rein, Junge.“ Schon zog ihre Mutter Tilo am Arm in die Wohnung. „Was tust du denn hier?“ Sie deutete um sich, was *dieses Haus* oder *Lörrach* oder auch *auf dieser Welt* bedeuten konnte. Natürlich war ihre Mutter überrascht, ausgerechnet Tilo vor sich stehen zu haben. Fritzi konnte es ja nach wie vor selbst kaum fassen. Und noch weniger, dass sie wirklich miteinander geschlafen hatten.

„Ich …“, Tilo rieb sich über den Nacken, „ich bin kürzlich nebenan eingezogen. Witzige Sache eigentlich.“ Er wirkte ein wenig verloren und Fritzi bemerkte, dass er nicht ganz so selbstsicher war wie üblich. Er war eindeutig nervös. Komischerweise war sie es plötzlich überhaupt nicht mehr. Eine merkwürdige Ruhe breitete sich in ihr aus.

„Das ist ja lustig. Sachen gibt's!“ Ihre Mutter lachte und tätschelte ihm den Arm.

„Hast du vielleicht einen Moment …“ Er sah Fritzi fragend an.

Wie gern sie dieses Gespräch noch etwas aufschieben wollte. „Also eigentlich …“

„Unterhaltet ihr euch ruhig, ich packe erst mal aus. Schlafe ich wieder in Alinas Zimmer?“ Ihre Mutter hob die zweite Ikea-Tüte an, die fast zu platzen schien. Fritzi nahm sich vor, ihr bei Gelegenheit ein Trolley zu schenken. Mit diesen Taschen sah ihre Mutter aus, als hätte sie ein Möbelhaus geplündert, oder wie eine etwas zu gut gekleidete Landstreicherin. Sie schleppte die Tasche in den Flur und verschwand in Alinas Zimmer.

„Ich bin nicht mehr dazu gekommen, das Bett frisch zu beziehen, aber ich habe neue Bezüge rausgelegt!“, rief Fritzi ihr nach und hoffte, dass ihre Mutter nicht bemerken würde, dass das Bett nach Mann noch. Genauer gesagt nach Luis.

„Friederike?" Tilo kam näher und setzte sich zögerlich neben sie.

„Fritzi", murmelte sie. Dieses Gespräch kam früher als gedacht, nämlich genau jetzt. Und vielleicht war es ganz gut so, dass sie noch nicht viel darüber nachgedacht hatte und stattdessen nach ihrem Bauchgefühl handelte. Sagte man nicht immer, dass Entscheidungen, die aus dem Bauch heraus gefällt wurden, richtig waren? Seine Hand auf ihrem Oberschenkel ließ sie aufsehen. Da waren sie wieder, diese verfluchten grünen Augen mit dem grauen Schimmer. *Wie Moos*, kam es ihr in den Sinn. Fritzi konzentrierte sich. „Tilo, ich ..."

„Es war wunderschön", sagte er gleichzeitig.

Fritzi starrte auf seine Hand. Das war es gewesen. Ebenso schön wie damals. Und doch etwas anders. Weil sie nicht mehr die Gleichen waren wie einst. „Ja", sagte sie leise. „Es war ein schöner Abschluss."

Er nickte und zog die Hand zurück. „Ich habe geahnt, dass du es so sehen wirst." In seiner Miene zu lesen, war unmöglich. Zu viel spiegelte sich darin: Verständnis, Weichheit, ein wenig verletzter Stolz und eine Prise Traurigkeit, wenn sie nicht alles täuschte. „Also, Freunde?", fragte er und sah sie fest an.

Fritzi hielt inne. Noch vor einer Woche hätte sie nicht gedacht, dass sie zustimmen würde. Doch vermutlich hätte sie auch nichts in der Welt davon überzeugen können, dass sie noch einmal mit Tilo Schön schlafen würde. Das erste Mal hatte sie in Gedanken seinen richtigen Nachnamen benutzt. Da war wohl eine Verbesserung. Fritzi hielt ihm die Hand entgegen. „Freunde."

Tilo griff danach und sie spürte, wie er mit seinem Daumen über ihren Handrücken rieb. Dann stand er auf und ging zur Tür, wo er sich noch einmal umdrehte. „Frohe Weihnachten, Friederike."

Fritzi sah zu, wie er hinausging. Allem Anschein nach löste Sex manchmal tatsächlich Probleme.

***

Tilo

Tilo zog die Tür zu, ging einige Schritte, stemmte die Hände an der Wand des Hausflurs ab und senkte den Kopf zwischen ihnen nach unten. Er atmete tief durch und starrte auf den Boden. Er war mit einem Kitzeln im Bauch mit dem Fahrrad von Tara aus nach Hause fahren. Unentwegt hatte er nach den richtigen Worten gesucht. Den richtigen Worten, um das auszudrücken, was in ihm vorging, obwohl er es selbst nicht wirklich verstand. Aber es spielte keine Rolle. Es machte nichts, dass er sie nicht gefunden hatte. Weil Friederike sie nicht hören wollte.

Freunde.

Waren sie das jetzt wirklich, oder hatte er dieses Wort nur genutzt, um mit halbwegs erhobenem Haupt aus dieser Unterhaltung herausgehen zu können? Er trat mit dem Fuß gegen die Wand und schimpfte sich einen

Feigling. Warum hatte er nicht dennoch ausgesprochen, was aus ihm herauswollte? Dass diese Nacht nicht nur schön gewesen war, sondern einzigartig. Und dass er wusste, dass er es nicht verdient hatte, noch einmal mit ihr zu schlafen, er aber verflucht froh war, dass es geschehen war. Diesmal war er es gewesen, der es ausgesprochen hatte. Allerdings hatte er den Mut dafür erst gefunden, als Friederike in seinen Armen geschlafen hatte. *Ich liebe dich.* Drei Worte, die sie damals viel zu früh zu ihm gesagt hatte. So wie er vergangene Nacht.

Doch es war die Wahrheit. Er hatte nicht geplant, es auszusprechen, verdammt, er hatte ja nicht einmal gewusst, dass er so fühlte und es dann plötzlich einfach gesagt. Und heute Morgen dann, am Frühstückstisch bei Tara, hatte er begriffen, dass es die Wahrheit war. Dass er Friederike seit damals liebte, auch wenn er mehr von der Sechzehnjährigen wusste als von der Frau Ende zwanzig, die sie heute war. Was er aber sicher wusste, war, dass er mehr Zeit mit ihr verbringen wollte, um jede Kleinigkeit herauszufinden: Wie viele Tafeln Schokolade sie in der Woche aß, welche Nagellackfarben sie noch besaß und ob sie das übrige Jahr einen anderen Onesie trug als dieses ausgeleierte Rentierteil. Er wollte alles über sie herausfinden. Jede Kleinigkeit.

Tilo löste sich von der Wand und zog den Wohnungstürschlüssel aus der Hosentasche. Er schloss auf, ging hinein und streifte die Schuhe ab. Dann trat er in den Wohnbereich und sah nach draußen. Er hatte gehofft, dass der Umzug in diese Wohnung sein Leben verändern würde. Ein wenig Erdung hatte er sich gewünscht und Familienanschluss. Und das hatte er bekommen. Immerhin war er heute tatsächlich bei einem Weihnachtsfrühstück gewesen, was in seinem Fall wohl eine Verbesserung darstellte. Er war auf dem besten Weg von einem Einzelgänger, der nur sein Beruf und seine Leidenschaften im Sinn hatte, hin zu einem Mann, der sich um andere sorgte. Der Jahreskarten für den Zoo kaufte und versuchte, sich mit seinem spießigen Schwager anzufreunden. Man konnte wohl behaupten, dass er sich bemühte. Dass ihn dieser Umzug aber auch mit der Vergangenheit und somit mit sich selbst konfrontieren würde, hatte er nicht erwartet. Und doch war es heilsam. Friederike war es zu verdanken, dass er sich mit einem Teil von sich versöhnt und sich unangenehme Fragen gestellt hatte, denen er zuvor aus dem Weg gegangen war. Schon damals in Davos war er sich neben ihr wie ein sich zu ernst nehmender Arsch vorgekommen. Friederike hatte ihn sprichwörtlich umgehauen.

Erst auf der Piste, dann mit ihrem Lachen und ihrer Fähigkeit, sich über sich selbst zu amüsieren. Friederike nahm sich nicht zu ernst. Ganz im Gegensatz zu all den Menschen, die seinen Lebensweg bisher gekreuzt hatten: seine Eltern, die einen Ruhestand auf Mallorca zwei zuckersüßen Enkelinnen vorgezogen, all die sogenannten Freunde und Bekannte, die sich jeweils für einige Zeit in seiner Sphäre aufgehalten hatten, und die Frauen, in denen er geglaubt hatte, interessante Partnerinnen zu finden. Am Ende hatte er sich doch auf keine von ihnen wirklich eingelassen. Mehr als ein paar Likes bei *Instagram* oder Kommentare bei *Facebook* verbanden ihn mit all den Leuten, die er in den verschiedenen Städten kennengelernt hatte, heute nicht mehr. Nur Luis war weiterhin da, und war es immer gewesen. Einige andere Leute von früher lebten noch immer hier und Tilo hatte sie zu Silvester eingeladen. Vermutlich waren Freundschaften, die seit dem Kindergarten bestanden, einfach nicht nachzuahmen. Vielleicht hatte man nur diese eine Chance, lebenslange Freundschaften zu finden. Ebenso, wie man nur einmal im Leben die Gelegenheit erhielt, die wahre Liebe zu finden. Die eine richtige. Und er Vollpfosten hatte diese mit siebzehn von sich gestoßen.

Wenn er ehrlich mit sich war, dann hatte er das schon an dem Tag geahnt, als Fritzi kürzlich mit einer Schnute und der Schokolade in der Hand missmutig an seinem Tresen gehockt hatte. Sie hatte so entzückend ausgesehen. Niemandem stand Missmut besser als ihr. Das Gleiche galt seiner Meinung nach auch für einen Orgasmus, aber diesen Anblick versuchte er jetzt zu verdrängen. Denn wenn er an ihre flatternden Wimpern und den halbgeöffneten Mund dachte, wäre es kaum auszuhalten. Er glaubte, ihre Küsse zu schmecken.

Mit aller Willenskraft zwang er sich in die Gegenwart zurück, stapfte in die Küche und nahm sich ein Bier aus dem Kühlschrank. Was würde Tara sagen, wenn sie ihn jetzt so sah? Vermutlich etwas ihrer Meinung nach Nützliches wie *das ist dein Ich-wurde-abserviert-Gesicht.* Und dann würde sie ihn mit Wein abfüllen, den er nicht ausstehen konnte, weil der Meinung seiner Schwester nach Alkohol alle Probleme löste. Zumindest für den Moment stimmte das vielleicht sogar. Tilo betrachtete die Bierflasche in seiner Hand. Um betrunken zu werden, würde er ganz schön viel Bier brauchen und etwas Stärkeres hatte er nicht im Haus. Aber eigentlich klang das nach einer unreifen Lösung. Das sollte er Tara bei Gelegenheit mal sagen.

Er öffnete den Kühlschrank erneut und schob das Bier wieder hinein. Dann ging er ins Schlafzimmer und suchte die Radlerhose und die winddichte Jacke heraus. Fahrradfahren eignete sich hervorragend, um den Kopf frei zu kriegen. Und genau das brauchte er jetzt: Ordnung in seinen Gedanken.

Tilo war den gesamten Nachmittag geradelt und hatte dabei zwei Dinge gelernt: Erstens, am ersten Weihnachtsfeiertag war die Stadt wie ausgestorben. Kaum jemand war unterwegs, denn vermutlich saßen alle außer ihm mit ihren Liebsten zusammen. Zweitens, Radfahren ordnete die Gedanken doch nicht. Jedenfalls nicht, wenn es um Friederike ging.

Er war den Hühnerberg, der wirklich so hieß, quer durch den Wald nach oben gefahren, bis ihm die Lunge gebrannt hatte, aber auch das hatte keine Veränderung gebracht. Oder ein sinnvolles Fazit, mit dem er das Thema abschließen konnte. Was sollte das auch sein? *Freundschaft*, wie er Friederike vorgeschlagen hatte, als ihm klargeworden war, dass sie nicht mehr von ihm wollte? Zu gern wäre er ihr Freund, ein Kumpel, mit dem sie Witze machen und lachen würde. Aber Freundschaft funktionierte nur, wenn keiner dem anderen an die Wäsche wollte. Und Tilo würde ihr so was von an die Wäsche wollen. Das war keine Grundlage für eine Freundschaft und auch nicht die Tatsache, dass er sich endlich eingestanden hatte, dass er mehr für sie empfand, als er je geglaubt hatte. Im Nachhinein kam er sich schon ein wenig dämlich vor. Wenn man jemanden dreizehn Jahre lang nicht vergessen konnte, musste das schließlich etwas zu bedeuten haben. Also nicht nur, dass man ein schlechtes Gewissen hatte, weil man ein Arsch gewesen war, sondern dass da eben noch ein wenig mehr war. Vermutlich hatte er es genau da verkackt, als er sie gestern geküsst hatte. In dem Moment, als sie sich an ihn geschmiegt und er begriffen hatte, dass er mehr von Friederike wollte, hätte er einen Schritt zurückmachen sollen. Miteinander zu schlafen, hatte schon das erste Mal alles ins Chaos gestürzt. Warum hatte er geglaubt, dass es dieses Mal die Lösung sei? Wenn er ehrlich war, hatte er gar nichts gedacht. Er hatte nur fühlen wollen. Friederikes Haut zum Beispiel. Diese wunderbar weiche und milchige Haut.

Keuchend drückte er die Bremsen und stellte einen Fuß auf den Boden. Auf den Lenker gestützt, betrachtete er das Panorama, das sich unter ihm ausbreitete. Die Kronen der blattlosen Bäume leuchteten in der Nachmittagssonne und nur einen Steinwurf entfernt begann die Schweiz. Von hier aus waren es nur fünf Minuten und man war im Ausland. Die Grenze verlief einfach mitten durch die Landschaft, kaum zu erkennen und dennoch war es so. Er konnte es kaum erwarten, im Frühjahr größere Radtouren zu unternehmen. Vielleicht für ein paar Tage mit dem Fahrrad durchs Elsass zu radeln und nachts in dem kleinen Wurfzelt zu schlafen. Bei solch einer Tour konnte man wunderbar zu sich selbst kommen. Abends vor dem Zelt zu meditieren, war Entspannung pur. Er hatte über ein Jahr an seinem Bike gewerkelt, dessen Rahmen er an einem Bachlauf im Gebüsch entdeckt hatte. Warum auch immer, er hatte das Teil nach Hause geschleppt und begonnen, nach und nach die passenden Teile für das uralte Rennfahrrad zusammen zu suchen. Endlos lange war er sich nicht über die Farbe klargeworden, in der er es lackieren wollte. Ein Dunkelgrün war es schließlich geworden, was auch jetzt noch die richtige Wahl war, wie er fand. Es war einzigartig und es hing eine Erinnerung damit zusammen. Ganz sicher würde er dieses Ding auch noch mit sechzig fahren.

Friederike hatte nicht mal ein Fahrrad, jedenfalls stand nirgends eines. Und wenn sie eins hätte, dann wäre es bestimmt so ein blaues oder rotes super bequemes Omafahrrad mit weichem Sattel und einem geflochtenen Korb, in dem sie all ihren Kram unterbringen konnte. Er schmunzelte bei dem Gedanken daran, wie sie mit ihren Fahrrädern nebeneinander aussehen würden. Doch auch ohne diese waren die Unterschiede zwischen ihnen nicht zu übersehen. Und sie hatte angenommen, dass er sie deshalb nicht hatte haben wollen. Dabei war es genau das gewesen, was ihn als Jugendlichen so gereizt hatte. Und gestern erneut. Er wollte niemanden, der war wie er, er wollte eine Gegenspielerin, die neue Impulse brachte. Eine Frau, die ihn zwang, auch mal locker zu sein. Und hin und wieder Käse zu essen.

Tilo betrachtete den Himmel, der sich bald dunkel verfärben würde. Weit hinten bei Frankreich war Regen zu erkennen.

Seit er hier eingezogen war, hatte Friederike alles getan, um ihm aus dem Weg zu gehen. Sie war unsicher gewesen und nervös. Es hatte ihn gestört. Er hatte gewollt, dass sie sich in seiner Nähe wohlfühlte. Und vorhin, in ihrer Wohnung, war sie mit einem Mal so ganz anders gewesen. Gefasst, ausgeglichen und mit sich im Reinen. Das erste Mal hatte sie nicht so gewirkt, als ob sie am liebsten vor ihm davonlaufen würde. Stattdessen war sie ihm erhobenen Hauptes begegnet. Dieses Mal war er es gewesen, der kaum zu atmen gewagt hatte. Die Unsicherheit war auf ihn übergegangen. Lange hatte er sich nicht mehr so gefühlt und es hatte ihn nur noch zusätzlich verunsichert. Er war mit der Hoffnung gekommen, dass sie herausfinden würden, ob das mit ihnen vielleicht funktionieren könnte. Doch Friederike hatte kein Interesse daran. Für sie schien alles in Ordnung zu sein.

Hatte er sie damals so verletzt, dass sie zwar mit ihm geschlafen hatte, ihm aber nie wieder genug vertrauen würde, dass daraus mehr werden konnte? Es machte ganz den Eindruck. Sie hatte gestern genau das getan, worauf sie Lust gehabt hatte. Und mehr wollte sie nicht. Fast wäre er stolz auf sie gewesen, weil sie so für sich einstand. Doch es schmerzte zu sehr. Weil er sich vergangene Nacht endgültig in ihr verloren hatte.

Tilo gab dem Fahrrad ein Schubs und trat in die Pedale. Vielleicht musste er den verdammten Berg zweimal hochfahren, damit er sich besser fühlte, oder besinnungslos ins Bett fiel. Hauptsache, er fühlte für heute nichts anderes als seinen geschundenen und müden Körper.

Kapitel 13
Fritzi

Die eigene Mutter zu Besuch zu haben, hat Vorteile. Unter anderem den, dass man rund um die Uhr verwöhnt wird. Die eigene Mutter zu Besuch zu haben, hat Nachteile. Unter anderem den, dass man rund um die Uhr verwöhnt wird.

Schon am zweiten Weihnachtsfeiertag um elf Uhr morgens reichte es Fritzi. Es war eine Sache, wenn man seine Mutter daheim besuchte und sich bei ihr breitmachte, aber es war eine ganz andere, wenn es umgekehrt geschah. Fritzi wusste jetzt auf jeden Fall wieder, warum sie sich damals mit neunzehn so sehr darauf gefreut hatte, auszuziehen.

Dreizehn Jahre zuvor, also in dem Jahr, in dem die Sache mit Tilo passiert war, hatte ihr Vater kurz nach dem Weihnachtsurlaub seine Sachen gepackt. Einfach so. Jedenfalls war es Fritzi so vorgekommen. Es war erst einige Tage her gewesen, dass Tilo sie in dem Bett der Ferienwohnung zurückgelassen und sich auf und davon gemacht hatte, und dann hatte ihr Vater am dritten Januar mit zwei Koffern im Flur gestanden. „Es passt einfach nicht mehr“, hatte er zu ihr gesagt, während ihre Mutter sich im Wohnzimmer die Augen ausheulte. Fritzi hatte nicht verstanden, wie etwas nach über zwei Jahrzehnten plötzlich nicht mehr passen konnte. Das war erst später geschehen, als ihre Mutter ihr irgendwann von der anderen Frau erzählt hatte. Da war Fritzi auch klargeworden, warum ihr Vater so wenig Wert darauf legte, sie öfter zu sehen. „Du bist ja schon groß", war eine seiner Ausreden gewesen, wenn sie mal wieder auf den Umstand hingewiesen hatte, dass erneut drei Monate vergangen waren, ohne dass er sich gemeldet hatte. Natürlich hatte es nicht daran gelegen, dass sie groß war, sondern an Elena. Zu Elena hatte er an jenem Tag nämlich seine Koffer getragen. Und mit Elena war ihr Vater nun ganz schön ausgelastet. So ausgelastet, dass er froh war, dass sie schon groß war und er damit den Freifahrtschein hatte. Soweit Fritzi wusste, lebte er noch immer bei Elena. Da Fritzi irgendwann aufgehört hatte, ihm hinterherzutelefonieren, war der Kontakt schon vor langer Zeit eingeschlafen. Und inzwischen fand sie das auch nicht mehr schade. Denn irgendwann hatte sie sich gesagt, dass Männer, die weder sie noch ihre Mutter wollten, ihr gefälligst am Arsch vorbeigehen sollten.

Sich jemanden am Arsch vorbeigehen zu lassen, konnte ziemlich heilsam sein. Tilo war so ein Kandidat, mit dem sie das gemacht hatte. Jedenfalls bis vorgestern. Dann hatte sie über seinen nackten Hintern gestreichelt, was deutlich unterhaltsamer und heißer war als besagtes am Arsch vorbeigehen zu lassen. Es warf jedenfalls mehr Fragen auf als selbiges, auch wenn Fritzi eigentlich geglaubt hatte, dass sie eine vernünftige Lösung gefunden hatten: Freundschaft. Weil Tilo wohl doch ganz in Ordnung war. Natürlich dachte sie nicht an so eine Freundschaft, wie sie diese mit ihren richtigen Freunden hatte, mehr so eine freundschaftliche Nachbarschaft. Dass man, wenn man sich zufällig beim Postholen oder Müll rausbringen oder nach Hause kommen begegnete, eben ein paar Sätze miteinander wechselte. Sich vielleicht mal Zucker lieh, wenn er aus war und den Briefkasten leerte, wenn eine Partei im Urlaub war. So in diese Richtung. Aber das hatte sie Tilo nicht gesagt, als er gestern hier neben ihr gesessen und seine Hand auf ihrem Bein gelegen hatte. Was genau hatte diese Geste überhaupt zu bedeuten? Hatte er sehen wollen, ob es ihr gut ging oder ob sie es schon bereute? Das tat sie. Wollte er herausfinden, ob sie es wieder so machen würde? Das tat sie ebenfalls. Denn auch wenn es sie jetzt vor ein neues Problem stellte, eben dem, dass sie Tilo nicht mehr nicht leiden konnte, wollte sie diesen besten Sex ihres Lebens auf keinen Fall verpasst haben.

Erstaunt legte sie den Kopf schief. Das war es in der Tat gewesen, daran gab es nichts zu rütteln. Und wenn sie ehrlich mit sich war, dann war es auch dringend nötig gewesen.

Ehe sie weiter darüber grübeln konnte, was das alles zu bedeuten hatte, kam das Staubsaugergeräusch näher und ihre Mutter saugte unter ihrem Bein hindurch, das seit zwei Tagen nahezu ohne Unterbrechung über der Lücke zwischen Sofa und Beistelltisch hing, wo sie den Fuß auf einem Kissen abgelegt hatte. Und langsam ging ihr nicht nur die gutgemeinte Fürsorge ihrer Mutter, sondern auch das Herumsitzen auf den Keks.

Vielleicht lag es daran, dass einfach nichts so war, wie es sein sollte. An diesem ersten Weihnachtsfest, nachdem ihr Vater ausgezogen war, hatten sie und ihre Mutter ein Plan gemacht. Es war fast so etwas wie ein weihnachtlicher Schlachtplan gewesen, damit sie beide nicht traurig auf den leeren Platz am Tisch starren würden. Da der Mann nun weg war, musste auch kein aufwendiger Braten mehr gekocht werden, auf den dieser immer bestanden hatte. Der Braten war kurzerhand durch Wienerle ersetzt worden, die mindestens ebenso gut schmeckten und viel schneller gingen. Sie entschieden weiter, dass am Weihnachtstag auch keine beruhigende, klassische Musik mehr im Hintergrund laufen würde, sondern alles von Wham! bis Chris Rea. Ihre Mutter hatte das Verlassenwerden zwar auch nach fast einem Jahr noch nicht ganz verdaut gehabt, sich aber tierisch darüber gefreut, am ersten Weihnachtsfeiertag nicht mehr die Schwiegermutter besuchen zu müssen. Dort war Fritzi auch nie gern gewesen. Stattdessen hatten sie die Tradition erfunden, sich weihnachtliche Schlafanzüge im Partnerlook zuzulegen und diese erst am sechsundzwanzigsten Dezember wieder auszuziehen. Und das zogen sie bis heute durch.

Fritzi betrachtete das rot-grüne Karomuster der lockeren Flanellhose, die sie am Abend zuvor ausgepackt hatte. Ihre Mutter steckte in der gleichen, während sie den Staubsauger durchs Zimmer bugsierte. Fritzis Seufzen ging im Geräusch des Staubsaugers unter. Sie war undankbar. In jedem anderen Jahr hätte sie sich nicht nur über den neuen Schlafanzug und die witzigen Santa-Socken gefreut, sondern auch über die Zeit mit ihrer Mutter. Doch jetzt gerade war es kaum auszuhalten, dass diese ununterbrochen putzte. Dabei tat sie das nur, um ihr zu helfen, da Fritzi sich mit dem wenig eleganten Sturz vom Stuhl zum Pflegefall degradiert hatte.

Sogar Hansi hatte die Nase voll, oder besser gesagt den Schnabel, weil ihre Mutter dessen Waschlappen in die Waschmaschine verfrachtet hatte. Seitdem marschierte der Vogel auf seinem Regalbrett krächzend von einer Seite zur anderen und versuchte, den Staubsauger zu übertönen. In Fritzis Ohren klingelte es bereits. Das hier war nicht Weihnachten, das war ein Irrenhaus. Vielleicht wäre es doch besser gewesen, das Fest einfach abzusagen. Sie war immerhin neunundzwanzig, vermutlich konnte man da durchaus auch mal auf Weihnachten verzichten.

Der Staubsauger verstummte und zufrieden drückte ihre Mutter auf den Knopf, der das Kabel einzog. Dann sah sie zu Fritzi. „Wo habt ihr denn euren Staubwedel versteckt?"

„Wir haben keinen", gestand Fritzi.

Ihre Mutter sah sie an, als hätte sie etwas furchtbar Schlimmes gesagt. „Und wie putzt ihr dann?"

Fritzi wollte sagen, dass sie selten Staub wischten, aber das hatte ihre Mutter sicherlich auch so schon bemerkt. „Wir nehmen alte Socken dafür."

„Socken?" Nun wurden die mütterlichen Augen weit.

Sie nickte. „Das klappt super. Wann immer wir einen einzelnen Socken haben, dessen Partner auch nach Monaten nicht auftaucht, wird er zum Putzsocken erklärt. Man steckt einfach seine Hand hinein und fährt damit über die staubigen Flächen. Und wenn man das mit beiden Händen macht, also jede in einem Socken, dann ist man sogar doppelt so schnell." Dass Alina und sie einmal im Monat eine Putzparty veranstalteten, behielt Fritzi lieber für sich. Dass sie grundsätzlich nur mit viel zu lauter Musik und viel zu viel Wein putzten, war für das Putzprinzip in der WG nicht entscheidend. Nachdem, was ihre Mutter hier gerade veranstaltete, würde die nächste solche Party vermutlich erst im Februar fällig werden. Und wie der Geruch nach Scheuermilch verriet, blitzte das Bad inzwischen auch schon.

Fritzi verschränkte die Arme vor der Brust. Eigentlich sollte ihre Mutter hier neben ihr sitzen, es sich auf dem Sofa bequem machen und mit ihr in Dauerschleife Weihnachtsfilme gucken. Aber anscheinend kam das nicht in die Tüte, weil Fritzi nun dank des verdammten Knöchels ihren Mutterinstinkt neu erweckt hatte. Deshalb putzte Cordula Neumann nicht nur, sondern schob Fritzi auch in regelmäßigen Abständen Teller mit allerlei Essen unter. Diese stapelten sich inzwischen neben ihr, während Fritzi sich zunehmend runder fühlte. Man sollte meinen, dass es toll war, wenn man faulenzen und essen konnte, während jemand anderes die Wohnung putzte. Stattdessen war es ein Albtraum. Zum Glück würde der Zug ihrer Mutter schon in wenigen Stunden fahren. Beim Frühstück hatte diese überlegt, noch ein paar Tage länger zu bleiben. „Ich kann ja auf dem Sofa schlafen", hatte sie auf Fritzis Einwand hin geantwortet, dass Alina heute gegen Abend heimkommen würde.

Fritzi hatte ihr für ihre liebevolle Fürsorge gedankt und gesagt, dass Alina sie ganz sicher wunderbar versorgen würde. Und abgesehen davon, musste sie dringend lernen, besser mit den Krücken zurechtzukommen. Das war schwierig, wenn man nur auf dem Sofa saß und sich verwöhnen ließ.

Was vermutlich in Wahrheit auf Fritzis Stimmung drückte, war nicht der Putzwahn ihrer Mutter. Es war vielmehr die Tatsache, dass sie nicht nachdenken konnte. Denn nachdenken konnte Fritzi nur, wenn es entweder still war oder wenn sie Alina von dem erzählte, was sie gerade beschäftigte. Dann dachten sie nämlich zu zweit nach. Und hin und wieder kam dabei sogar ein gutes Ergebnis raus. Jetzt aber war es wieder still noch war Alina da. Und mit seiner Mutter konnte man ja schlecht darüber sprechen, dass man schon wieder mit einem Kerl geschlafen hatte, mit dem man vermutlich nie hätte schlafen sollen. Erst recht nicht damals mit sechzehn. Vor seiner Mutter tat man so, als wäre man noch Jungfrau. Das war ein ungeschriebenes Gesetz, oder nicht?

„Wo sind denn diese Putzsocken?", fragte ihre Mutter und machte ein zweifelndes Gesicht dabei.

„Badezimmer, untere Schublade. Die flauschigen sind am besten gegen Staub", erklärte Fritzi.

Ihre Mutter ging zum Kühlschrank, öffnete diesen und Fritzi hörte das Ploppen eines Tupperdosendeckels. „Das werde ich testen, sobald ich dir noch etwas Kartoffelsalat gebracht habe. Magst du auch ein Würstchen? Dein Körper braucht Energie, um zu heilen."

Fritzi wollte kein Würstchen. Fritzi wollte Alina und Glühwein. Und sich bei ihrer Freundin über Tilo, den scheiß Fuß und das verbockte Weihnachtsfest ausheulen. Etwas Kartoffelsalat würde aber schon noch Platz haben. Und ein halbes Würstchen vielleicht auch.

***

Tilo

Tilo öffnete die Tür, linste hinaus und hörte, wie schwere Schritte die Treppe hinaufkamen. Kaum erblickte Luis ihn, breitete er wie üblich seine Arme aus und schon schallte ein „Jo, Kumpel!" durch den Hausflur. Tilo beugte sich hastig vor, packte ihn am Jackenkragen und zog ihn in die Wohnung hinein. Eilig schloss er die Tür.

„Musst du immer so laut sein?"

„Was ist dir denn über die Leber gelaufen?" Luis öffnete seine Jacke und warf ihm einen prüfenden Blick zu. „Sorry, falls es heute nicht passt, aber ich dachte, ich überrasche Alina, wenn sie zurückkommt." Er grinste breit. „Wir wollten uns heute Abend treffen, weil sie die Wohnung für sich hat."

„Dann weißt du es noch nicht. Also darf ich dir diesen Zahn ziehen." Tilo sah zu, wie sein Freund die Jacke einfach neben die Tür warf. Für jemanden, der so viel Wert auf sein äußeres Erscheinen legte wie Luis, war der Kerl 'ne echte Schlampe. Manche Dinge änderten sich eben nie. „Ihr werdet die Wohnung nicht für euch haben. Friederike hat sich den Fuß verletzt und ist deshalb hiergeblieben."

Einen Augenblick lang war auf Luis' Gesicht Enttäuschung zu erkennen. Dann aber zuckte er mit den Schultern. „Sie wird sich trotzdem freuen, mich zu sehen."

Der Kerl war bis über beide Ohren verknallt, das war nicht zu übersehen. Tilo presste die Lippen aufeinander. Wie viel einfacher es wohl war, wenn man sich neu kennenlernte und ohne Altlasten aufeinander zugehen konnte.

„Was ist los?" Mit gerunzelter Stirn musterte Luis ihn. „Du siehst aus, als wäre dein Smoothie schlecht gewesen."

„Wir beide wissen, dass ich keine schlechten Smoothies mache." Tilo schob ihn in den Wohnbereich hinüber. „Ich habe Mist gebaut", gab er zu.

„Du?" Luis setzte sich. „Du baust doch eigentlich keinen Mist. Wenn, dann mache ich das. Bringt bloß die Ordnung unserer Freundschaft nicht durcheinander." Er lächelte ihm aufbauend zu. „Was ist denn los?"

Besser, er spuckte es einfach aus, als ewig um den heißen Brei herumzureden. „Ich habe mit Friederike geschlafen."

Die Miene seines Freundes zeigte Überraschung. „Das hatte ich jetzt nicht erwartet. Hasst die Frau dich nicht?"

„Ich glaube, da ist sie jetzt drüber weg. Friederike ist mir gegenüber jetzt irgendwie ...", er suchte nach dem richtigen Wort, „neutral."

„Neutral? Was soll das denn heißen?"

„Das weiß ich auch nicht so genau, um ehrlich zu sein. Ich war gestern bei ihr, um darüber zu reden, und Friederike meinte, alles sei gut. Wir haben uns darauf geeinigt, Freunde zu sein.“

Er konnte sehen, wie es bei Luis ratterte. „In aller Regel ist das ein ziemlich schlechtes Zeichen. In eurem Fall ist das wohl anders. Anscheinend habt ihr weggevögelt, was auch immer da zwischen euch gestanden hat.“ Er lachte auf und schlug Tilo etwas zu fest gegen den Arm. „Gut gemacht, war schon etwas komisch, mit einer Frau auszugehen, deren Freundin deinen besten Freund auf Teufel komm raus nicht leiden kann. So ist es natürlich einfacher.“

„Einfacher“, murmelte Tilo.

Neben ihm war ein Stöhnen zu hören. „Sag mir bitte, dass du keine Gefühle für sie hast.“

Als er zu Luis aufsah, lag ein flehender Ausdruck auf seinem Gesicht. Luis kannte ihn fast so gut wie Tara. Und manchmal war das ein Fluch. Er zuckte nur mit den Schultern.

Luis murmelte irgendwas und fuhr sich durch die dunklen Haare. „Es lief gerade alles so gut. Normalerweise versaue ich die Dinge ja. Das hier ist mal eine Abwechslung.“

„Keine Sorge, ich werde nichts tun, was dir und Alina schaden könnte.“

„Das meinte ich nicht.“ Sein Freund sah ihn ernst an. „Sondern dein Leben. Das lief gerade ziemlich gut. Du bist wieder hier, hast die Wohnung, im Job läuft’s auch, du verbringst endlich mehr Zeit mit deiner Familie. Ich dachte, jetzt käme alles in Ordnung.“

Luis stellte es ja gerade so hin, als hätte er sein Leben zuvor nicht im Griff gehabt. Dabei hatte Tilo sich immerhin dank Ausbildung und Weiterbildungen ein Arsenal an Können zugelegt, das es ihm jetzt ermöglichte, beruflich seiner Leidenschaft zu folgen. Aber darum ging es seinen Kumpel nicht, das wusste er. Luis war, im Gegensatz zu ihm, schon immer ein absoluter Familienmensch gewesen. Die Guts trafen sich seit jeher jeden Sonntag zum Familienessen. Alle von ihnen, und das waren einige. Denn es rückten auch Onkel, Tanten, Cousinen und Cousins an. Man konnte die Guts wirklich für Italiener halten. Und ihr Umgang war ebenso laut und herzlich wie bei diesen. Luis hatte es nie verstanden, dass es bei ihm anders lief. Dass da Eltern waren, die lieber mit Freunden zum Brunchen gingen, anstatt am heimischen Esszimmertisch mit ihren Kindern zu essen. Und dann, als Tilo von einer Stadt zur nächsten gezogen war, hatte er ihn immer wieder daran erinnert, auch mal auf Besuch in die Heimat zu kommen.

In den Augen seines Freundes war er vermutlich absolut selbstsüchtig. Wie sollte jemand mit der perfekten Familie auch nachvollziehen können, dass nicht jeder eben diese hatte? Manche Familien waren eben selten warmherzig. Und doch wusste Tilo, dass Luis ein stückweit recht gehabt hatte. Denn da war Tara gewesen. Zwar hatten sie regelmäßig telefoniert, aber sich in der Tat viel zu selten gesehen. Nicht ohne Grund hatten ihn seine Nichten nicht erkannt. Immerhin jetzt sollte alles besser werden. Eigentlich.

„Verdammt." Tilo stützte den Kopf in die Hände.

Er spürte Luis' Hand auf seiner Schulter. „Weiß sie denn, dass du etwas für sie empfindest?"

Tilo schüttelte den Kopf. „Wozu? Sie hat ihre Entscheidung getroffen und festgelegt, dass es eine einmalige Sache war." Eigentlich war das nicht korrekt. Es war immerhin das zweite Mal gewesen, dass sie miteinander geschlafen hatten.

„Du musst es ihr sagen, Tilo. Vermutlich geht das nicht einfach wieder weg. Und du kannst unmöglich dauerhaft neben einer Frau leben, für die du was empfindest. Das ist doch die reinste Folter."

Genau das war ihm in der vergangenen Nacht durch den Kopf gespukt. Er würde nicht einfach weggehen. Wenigstens hatten sie sich ausgesöhnt. Mit der Vergangenheit abgeschlossen. Er hatte diesen Umzug geplant, um hier nach vorne sehen zu können. Sein altes Rumtreiberleben aufzugeben und endlich sesshaft zu werden.

Seine Angebote kamen hier richtig gut an. Schon nach wenigen Wochen hatte er einen kleinen festen Kundenstamm. Einige seiner hauptsächlich weiblichen Kunden kannten ihn bereits von seinen Onlinekursen und hatten Termine bei ihm gebucht, kaum dass er seinen neuen Wirkungsort verkündet hatte. Tilo hatte inzwischen eine beachtliche Anzahl an festen Abonnenten seiner Kurse. Und dann waren da noch die *YouTube*-Videos, die durch gelegentliches Sponsoring ebenfalls Einnahmen brachten, auch wenn es Tilo eigentlich mehr darum ging, Werbung für seine Kurse zu machen. Beruflich lief es richtig gut. All die

Mühe, die er seit Jahren in die Videos und Ernährungspläne steckte, zahlte sich aus. Eigentlich konnte er zufrieden sein.

Eigentlich.

Er seufzte. „Ich muss einfach hoffen, dass ich mich auf eine Freundschaft mit ihr einlassen kann." Tilo sah seinen besten Kumpel an. „Sie hasst mich immerhin nicht mehr. Dafür sollte ich dankbar sein."

„Dankbar", äffte Luis ihn nach. „Ihr Yogis kommt doch immer mit dieser kack Dankbarkeit und dem scheiß positiven Denken. Das ist manchmal echt nicht auszuhalten."

Tilo lachte. „Das ist eben 'ne Lebenseinstellung."

Luis stand auf, stapfte zum Kühlschrank und nahm zwei Bierflaschen heraus. Er kam zurück und reichte ihm eine. „Das hier ist auch 'ne Lebenseinstellung. Und manchmal funktioniert die besser."

Er schmunzelte und nickte seinem Freund zu. Luis würde es ganz sicher nicht hören wollen, aber in diesem Moment war er in der Tat dankbar. Dafür, diesen Freund zu haben, der zwar in vielem anders war als er, und dennoch immer für ihn da war.

***

Fritzi

Die Tür öffnete sich und Alinas Koffer wurde hineingeschoben. Gleich darauf tauchte ihre Freundin in einem aufgeplusterten weißen Steppwintermantel auf, in dem sie ein wenig wie der Marshmallow Man aus *Ghostbusters* aussah. Da das Ding aber unverschämt teuer gewesen war, mit Sicherheit extrem warm und damit genau richtig für die Schweizer Berge im Dezember, hatte Fritzi sich verkniffen, Alina auf die Marshmallow Man-Sache hinzuweisen, als diese das Teil vor einigen Wochen angeschleppt hatte. „Geschafft", murmelte Alina, machte sich an ihrem Reißverschluss zu schaffen und entdeckte sie auf dem Sofa. „Na du machst Sachen ..." Sie legte den Mantel über den Koffer, schlüpfte aus den hohen Schneestiefeln und kam auf sie zu. Eine Woge ihres Parfüms umgab Fritzi, als Alina sie drückte und dann mitleidig ansah. „Tut es arg weh?"

Fritzi schüttelte den Kopf. „Die Schmerzen sind seit heute schon deutlich besser. Ich muss zwar übermorgen zur Sicherheit noch Aufnahmen machen lassen, aber vermutlich reichen die Ferien, um die Verletzung auszukurieren."

„Und warum siehst du dann aus wie sieben Tage Regenwetter?" Alina stemmte die Hände in die Hüften und kniff die Augen zusammen.

Ein Schluchzen drang aus Fritzi heraus. „Ich habe Weihnachten kaputtgemacht."

Ihre Freundin lächelte sie gutmütig an. „Ach was, es hätte deutlich schlimmer kommen können. Außerdem ist nächstes Jahr wieder Weihnachten." Sie ließ sich neben sie plumpsen. „Was sollte das in deiner Nachricht eigentlich heißen: Hansi hat dich vom Stuhl geschubst?"

„Hat er. Wahrscheinlich kann er Weihnachten auch nicht leiden."

„Du meinst, so wie Tilo." Alina nickte. „Und der hat dich echt hier rausgetragen?" Sie drehte sich ihr zu und sah sie gespannt an.

Mehr hatte Fritzi ihr in den kurzen Nachrichten nicht geschrieben. Und das aus gutem Grund. „Ich bin echt froh, dass du wieder hier bist. Meine Mutter hätte bestimmt länger bleiben wollen, wenn du nicht nach Hause gekommen wärst. Sie hat übrigens die ganze Bude geputzt. Anscheinend sind wir ziemlich unordentlich."

„Natürlich sind wir das. Aber lass uns noch mal auf die Tatsache zurückkommen, dass Tilo dich aus dem Haus getragen hat."

Ehe Fritzi antworten konnte, klopfte es. Alina stand auf und öffnete. Fritzi konnte Luis im Hausflur erkennen und mit einem rosa Hauch auf den Wangen wandte Alina sich zu ihr um. „Ich bin gleich wieder da." Schon schlug die Tür zu und Fritzi saß allein auf dem Sofa.

Ihre Freundin wirkte wirklich schrecklich verliebt. Dieser Luis auch. Es musste das erste Mal sein, dass die beiden sich wiedersahen, seit sie kurz vor Alinas Abreise in der Kiste gelandet waren. Und doch war es ganz anders als Tilo und ihr erstes Aufeinandertreffen am ersten Weihnachtstag. Diese zwei hier hatten sicher ein Kribbeln in der Magengegend und waren aufgeregt, das war nicht zu übersehen. Sicherlich hatten sie es kaum ohneeinander ausgehalten. Und unter Garantie knutschen sie gerade. Fritzi rollte mit den Augen. „Was bist du nur so schlecht gelaunt in letzter Zeit?", rief sie sich selbst zur Ordnung. Anstatt sich für Alina zu freuen, führte sie sich auf wie damals mit dreizehn Jahren, als ihre beste Freundin sich das erste Mal verknallt hatte. Plötzlich hatte Steffi nur noch von Lars geredet. Wie gut Lars aussah, wie grandios er Fußballspielen konnte – als ob das Steffi wirklich interessiert hätte –, und dass sie schon mit Zunge geküsst hatten. Lars hatte ausgesehen wie ein Frosch mit Pickeln und nur zwei Monate später hatte Steffi das dann auch endlich bemerkt.

Doch das hier war anders. Diese beiden mochten sich wirklich und wenn Fritzi ehrlich war, dann passten sie vermutlich auch gut zusammen. Luis war kein Froschkönig, sondern schon allein optisch der passende Prinz für ihre anspruchsvolle Freundin. Und das, obwohl er nicht einmal hohe Wangenknochen hatte. Vermutlich hatte er andere Vorzüge, die diesen Umstand wettmachten. Gerade als Fritzi versuchte, in sich zu gehen, um herauszufinden, warum sie sich dennoch von Alinas nagelneuer Beziehung genervt fühlte, flog die Tür auf.

„Du hast mit Tilo geschlafen?“ Mit weit geöffneten Augen starrte Alina sie an und schien nicht recht zu wissen, was sie sagen sollte. Hinter ihr wich Luis auffallend Fritzis Blick aus. *Petze.* „Es stimmt also?“, rief Alina und warf die Tür zu. Es dauerte den Bruchteil einer Sekunde, bis sie sich hektisch umdrehte, sie wieder öffnete und „Ich rufe dich morgen an“, zu Luis sagte, ihm einen flüchtigen Kuss auf die Lippen drückte und die Tür dieses Mal mit weniger Schwung schloss. Schon saß sie erneut neben Fritzi.

Diese zuckte mit den Schultern. „Ich sag ja, ich habe Weihnachten vermasselt."

„Jetzt lass doch die Sache mit Weihnachten mal sein. Du und Tilo, ihr habt also tatsächlich noch einmal ..." Beinahe war es niedlich, wie fassungslos ihre Freundin wirkte. Aber nur beinahe. Denn nun wollte Alina darüber reden und Fritzi nicht.

„Das hat sich halt irgendwie so ergeben." Es war wirklich eine saudoofe Erklärung, etwas Besseres war Fritzi jedoch auf die Schnelle nicht eingefallen. Auf keinen Fall wollte sie Alina erzählen, welche Regungen Tilo bei ihr hervorgerufen hatte. Denn auch wenn sie glaubte, mit der ganzen Geschichte sehr erwachsen umzugehen, so fühlte sich hin und wieder für einen Wimpernschlag wie die Friederike von einst, die diesen verdammten Kerl so gerngehabt hatte.

Noch untersagte Fritzi es sich, weiter darüber nachzudenken. Denn sie hatte sich vor langer Zeit einmal geschworen, sich nicht wieder so zu fühlen wie damals. Sie war nicht mehr Friederike, sie war Fritzi, eine erwachsene Frau, die sehr gut auf sich achtgeben konnte. Und die hatte einfach nur eine unverbindliche Nacht mit ihrem Jugendschwarm verbracht. Zugegeben, das war vielleicht nicht clever gewesen, aber es war nun mal geschehen. Und immerhin hatte es einiges zwischen Tilo und ihr bereinigt. Tatsächlich war der Groll, den sie bis vor wenigen Tagen noch immer mit sich herumgetragen hatte, endlich verschwunden. Sie hatte nicht einmal gewusst, dass sie diesen Groll noch hegte. Im Nachhinein betrachtet, war es so gewesen.

Mit gerunzelter Stirn starrte sie auf die Tür. Der Groll war weg, allerdings war da etwas anderes, von dem sie noch nicht wusste, was genau es war. Sie hatte versucht, darüber nachzudenken, was aber unmöglich gewesen war, während ihre Mutter sich über die Putzsocken beschwerte. Eine knappe Stunde war vergangen, seit ihre Mutter vom Taxi abgeholt worden war. Doch Fritzi hatte fast die ganze Zeit dafür benötigt, auf Toilette zu gehen und die Hose zu wechseln. Weihnachten war rum und die Schlafanzughose im Partnerlook lag zusammengeknüllt im Wäschekorb. Als sie es endlich wieder aufs Sofa geschafft hatte, war auch schon Alina aufgetaucht.

„Hallo!" Ihre Freundin wedelte damit einer Hand vor ihrem Gesicht herum.

„Entschuldige", murmelte Fritzi. Allem Anschein nach hatte sie zu lange ein stummes Selbstgespräch geführt.

„Du siehst ein wenig zerstreut aus." Alina nickte nachdrücklich. „Das wäre ich wohl auch, wenn ich in deinen Ringelsocken stecken würde."

„Wenn man es genau nimmt, dann haben wir beide nur wenige Tage nacheinander genau dasselbe getan. Also brauchst du mir das auch nicht vorzuhalten." Fritzi schob das Kinn vor.

„Nene", sagte Alina betont langgezogen. „Da gibt es schon den ein oder anderen Unterschied. Zum Beispiel den, dass Luis mich nicht entjungfert und dann abserviert hat." Sie seufzte. „Ach, Fritzi, hast du dir das wirklich gut überlegt?" Alina wirkte besorgt. Die erste Fassungslosigkeit war verflogen und nun sah sie Fritzi eindringlich an.

„Es ist alles in Ordnung, wirklich. Wir haben uns endlich ausgesprochen. Und dann ist eben etwas mehr passiert. Aber wir haben das geklärt. Es wird hier ab jetzt alles wieder ganz normal sein. Ich muss mir doch keine andere Wohnung suchen ...“

„Du wolltest ausziehen?“, platzte es aus ihrer Freundin heraus.

Fritzi zuckte mit den Schultern. „Ganz eventuell habe ich mit dem Gedanken gespielt. Aber jetzt ist alles in Ordnung, es ist mir egal, dass Tilo nebenan wohnt und wir können wie normale Erwachsene von nun an in einem Haus leben.“

„Aha.“ Alina zog die rechte Augenbraue hoch. „Glaubst du das etwa wirklich?“

„Natürlich.“

„Und er sieht das auch so?“ Noch hielt sich die Augenbraue dort, wo sie war.

„Ich denke schon.“ In Wahrheit hatte sie keine Ahnung, wie Tilo über all das dachte, weil sie ihn nicht gefragt hatte.

„Wie war es denn?“, fragte Alina leise.

„Perfekt“, rutschte es Fritzi heraus, ehe sie über die Antwort nachdenken konnte. *Mist.* „Es war ganz okay“, fügte sie eilig hinzu.

„Perfekt und ganz okay also.“ Alina nickte.

„Genau.“ Fritzi verschränkte die Arme vor sich. Dann rutschte sie ein wenig näher an ihre Freundin heran. „Ich hab dich echt vermisst, kaum zu glauben.“

„Du willst also nicht wieder bei deiner Mutter einziehen, die im Gegensatz zu mir so toll putzen, und wie wir beide wissen, auch verdammt gut kochen kann?“ Alina war verschnupft, weil Fritzi zugegeben hatte, über einen Auszug nachgedacht zu haben. Ganz sicher musste sich Fritzi in der nächsten Zeit einige solche Kommentare anhören.

„Da ist Kartoffelsalat im Kühlschrank. Nudelsalat müsste auch noch da sein. Und einige Wienerle."

Das Friedensangebot funktionierte. Alinas Augenbraue waren beide wieder dort, wo sie hingehörten und Fritzi stellte fest, dass ihre Freundin beim Gedanken an Kartoffelsalat beinahe so happy aussah, wie wenn sie vor Luis stand.

„Soll ich dir auch eine Portion machen?" Schon stand sie auf und flitzte in die Küche. Teller klapperten.

„Ich esse seit zwei Tagen ununterbrochen Kartoffelsalat, Nudelsalat und Wienerle", erklärte Fritzi.

„Also große oder kleine Portion?"

„Große", gab Fritzi zurück. Was war das nur für eine Frage? „Aber bitte keine Wurst." Sie runzelte die Stirn. Sie liebte Wienerle, erst recht mit Kartoffelsalat. Dass sie keins wollte, lag an Tilo. Wegen seines Geschwätzes über ihre Arterien und die Umwelt und so. Der Arsch hatte ihr Wienerle madig gemacht! War das zu fassen? War Veganismus etwa ansteckend? Wenn es das war, denn schützte ein Kondom offensichtlich nicht davor.

Einmal mehr in ihrem Leben war Fritzi froh, dass niemand ihre Gedanken hören konnte. Dachten andere Leute eigentlich auch so einen Quatsch wie sie? Wenn, dann ließen sie es sich nicht anmerken. Ganz sicher würde sie nicht vegan werden. Wer konnte denn bitte auf Käse verzichten? Fleisch ging ja noch, immerhin hatte Fritzi mit vierzehn Jahren die für Mädchen praktisch zur Entwicklung gehörende Vegetarier-Phase durchgemacht und ihre Eltern damit in den Wahnsinn getrieben. So schlimm war das gar nicht gewesen. Sagte man nicht immer, dass es aufs richtige Maß ankam? Tilo musste natürlich wieder perfekt sein. Wobei er ziemlich genüsslich in ihr Pizzastück gebissen hatte.

Fritzi schmunzelte. Ganz schlecht war Weihnachten wohl doch nicht gewesen. Vielleicht nahm sie die Sache mit den Traditionen etwas zu ernst. Seit es ihrer Mutter und ihr damals geholfen hatte, darüber hinwegzukommen, dass sie plötzlich ohne Mann und Vater dastanden, war viel Zeit vergangen. Brauchte sie wirklich all die kleinen Dinge wie die richtige Musik, die letzte Adventskranzkerze und den Partnerlook, um Weihnachten zu feiern? Die Mottosocken mussten bleiben, das stand außer Frage. Vielleicht war es an der Zeit für etwas Variation. Sie würde es ihrer Mutter bei Gelegenheit vorschlagen. Vielleicht hatte diese ja sogar Lust auf eine kleine Veränderung.

Ein Teller mit Kartoffelsalat und einer sauren Gurke als Garnierung landete auf ihrem Schoß und Alina hielt ihr mit einem Zwinkern eine Gabel hin. Dann kuschelte ihre Freundin sich wieder neben sie. Das war wohl so etwas wie das Ende von Weihnachten. Auf jeden Fall war es nicht langweilig gewesen. Fritzi schüttelte über sich selbst den Kopf und schob sich eine Ladung Kartoffelsalat in den Mund. Mit etwas Glück würde es ab jetzt wieder runder laufen.

Kapitel 14
Tilo

Tilo stieß einen Fluch aus und ließ sich auf die Yogamatte sinken. Es war kaum zum Aushalten! Für diese Woche stand auf dem Plan, mehrere Videos für *YouTube* aufzunehmen, die er dann im Januar und Februar nur noch schneiden und hochladen musste. Es war wichtig, direkt am ersten Januar ein besonders gutes zu veröffentlichen, da die Menschen an keinem Datum mehr motiviert waren, sich sportlich zu betätigen. Jeden Januar wuchs sein Kundenstamm stärker als den Rest des Jahres.

Tilo hatte sich für den klangvollen Titel *Yoga Flow für ein neues Jahr und ein neues Ich*, entschieden. Damit würde er in erster Linie Frauen ansprechen, die so oder so die Kerngruppe seiner Zielgruppe darstellten. Doch Tilo hatte sich vorgenommen, sich in den nächsten Monaten auch gezielt an Männer zu richten. Dafür plante er, einen neuen Power-Yogakurs aufbauen. Aber noch befand er sich in der Planungsphase. Und jetzt gerade lief nichts, wie es sollte. Der Yoga Flow fürs neue Jahr war eine Aneinanderreihung der Lieblingsposen seiner Kundinnen. Jede einzelne davon konnte Tilo im Schlaf.

In den Videos war es natürlich besonders wichtig, dass er von einer in die andere Stellung floss und alles optisch ansprechend war. Heute jedoch vergriff er sich immer wieder und erwischte sich dabei, wie er das Gesicht anspannte. Nicht einmal die Atmung klappte richtig. Er war dabei, das erste Video des neuen Jahres zu ruinieren.

Mit einem Murren stand er auf, ging zur Kamera und drückte auf den Aus-Knopf. Es hatte keinen Sinn. Er war nicht im Gleichgewicht mit sich und kam deshalb auf der Matte nicht im Hier und Jetzt an. Vermutlich wäre es besser, wenn er sich heute um die Buchhaltung kümmerte, die er nicht ausstehen konnte. Seine Laune war so oder so im Keller. Also konnte er auch ebenso gut alles für die Steuererklärung vorbereiten. Er sah durch die große Fensterscheibe, an der dicke Regentropfen hinabliefen. Wirklich hell wurde es heute nicht. Obwohl schon früher Mittag war, schaffte es kein Sonnenstrahl durch die dicke graue Wolkendecke, die sich über das Dreiländereck erstreckte. Also würde er heute wohl nicht joggen oder Rad fahren gehen und stattdessen den ganzen Tag in der Bude hockte. *Einfach wunderbar.*

Tilo löste sich von der nassen Aussicht und schlurfte in die Küche, wo er sich ein Wasserglas an der Spüle auffüllte. Seit Tagen ging das schon so. Er stand neben sich. Und er wusste nur zu gut, woran das lag. Er schob etwas vor sich her und das ließ ihn nicht durchatmen. Er stellte sich aber auch wirklich zu dämlich an. Warum ging er nicht einfach hinüber, wie er es sich vorgenommen hatte, und wie es ein guter Freund oder Nachbar oder Bekannter – was auch immer er eben nun für

Friederike war, so tat? Wenn er es hinter sich brachte, würde er sich vielleicht wieder sammeln können.

Nun stell dich nicht so an.

Er gab sich ein Ruck, schnappte sich den Pulli von der Sofalehne und zog ihn über das Trainingshemd, dann ging er schnellen Schrittes zur Tür.

Als er gegenüber klopfte, stellte er fest, dass der Augenkrebs hervorrufende Türkranz verschwunden war. Es überraschte ihn. Friederike lief noch immer an Krücken, das hatte er gestern gesehen, als er durch das Bürofenster beobachtet hatte, wie sie in Alinas Auto einstieg. Abgesehen davon hatte er angenommen, dass dieser ganze Glitzerkram bestimmt noch bis mindestens Mitte Januar herumhängen würde. Anstelle von der Wichtelmatte lag nun ein schlichtes graues Exemplar vor der Tür. Er hörte leise Geräusche, dann wurde geöffnet. Friederikes blaue Augen sahen ihn mit einem Ausdruck an, den er nicht deuten konnte.

„Hallo.“

„Hallo“, antwortete sie, ohne sich von der Stelle zu rühren oder die Tür ganz zu öffnen.

Nun mach schon.

„Ich dachte, ich sehe mal nach dir. Wie es dem Fuß geht und so.“

Sie nickte und gab nun doch den Weg frei. „Komm rein.“ Mit einer Krücke lief sie zum Sofa und setzte sich. Auf dem Beistelltisch stand ein Korb voller Wollknäuel und etwas, das wie ein übergroßer rotgelber Topflappen wirkte, lag neben ihr. Mit einer Geste bedeutete sie ihm, sich auf den Sessel zu setzen. Dann nahm sie das Strickzeug auf und Tilo hörte die Nadeln klappern.

Er setzte sich aufrecht auf den Sessel und zeigte auf die Krücke. „Du brauchst also nur noch eine?"

Ihre Augen fest auf die Maschen gerichtet, nickte sie. „Ich war gestern im MRT und es ist zum Glück wirklich nichts gerissen. Es geht auch schon ein wenig besser. Der Arzt meinte, ich soll bald anfangen, den Fuß ein bisschen zu trainieren. Kleine Übungen und solche Dinge machen, damit die Muskulatur ihn besser stabilisiert."

„Ich könnte dir die richtigen Übungen dafür zeigen", schlug Tilo vor. War es richtig, das zu tun? Auf der einen Seite würde ihn Zeit mit Friederike daran erinnern, dass sie in ihm nicht mehr als einen Bekannten sah, mit dem sie eben geschlafen hatte. Auf der anderen Seite wollte er so gern in ihrer Nähe sein. Und natürlich sollte ihr Fuß wieder in Ordnung kommen.

„Das wird nicht nötig sein, der Orthopäde sagte, dass er mir ein Rezept für Physiotherapie ausstellt."

„Ich habe die Kassenzulassung, aber ich verstehe es natürlich, wenn du lieber woanders hingehst."

Der Anflug eines Lächelns war auf ihrem Gesicht zu erkennen. „Danke, das ist nett von dir. Ich habe mir schon eine Praxis in der Nähe ausgesucht." Wieder klapperten die Nadeln.

Tilo sah sich in der Wohnung um. Es wirkte fast schon leer, nachdem auch hier der ganze Weihnachtskram verschwunden war. Nichts erinnerte mehr an den Abend, an dem sie hier gesessen, den doofen Film gesehen und Pizza gegessen hatten. Und jetzt gerade fühlte er sich merkwürdig unwohl. „Du hast die ganze Deko schon eingepackt?", fragte er, was natürlich offensichtlich war, um die Stille zu durchbrechen.

Einen Moment lang sah sie ihn aus den Augenwinkeln an. „Ja, irgendwie war mir danach. Und vermutlich habe ich es mit dem Schmücken auch etwas übertrieben. Nächstes Jahr werde ich mich wohl zurückhalten und es dezenter versuchen."

„Aber es passt zu dir." Er musterte sie. Friederike war alles, nur nicht dezent.

„Was interessiert dich das, du hasst dieses Fest doch so oder so?"

„Ich schätze, ich fange an, es wieder zu mögen." In der Tat war mit dem klärenden Gespräch zwischen Friederike und ihm seine Abneigung gegen Weihnachten ein wenig dahingeschmolzen. Inzwischen war ihm klargeworden, dass Friederike der Grund gewesen war, warum er dieses Fest seit damals nie gefeiert hatte. Jetzt aber war es wirklich ganz süß gewesen, am ersten Weihnachtsfeiertag die Freude seiner Nichten zu sehen und etwas Zeit mit Tara und Reto zu verbringen. „Wenn ich ehrlich bin, dann war es das beste Weihnachtsfest seit vielen Jahren." Er ließ ihr Gesicht nicht aus den Augen. Sie hielt die Luft an, ehe sie vorgab, sich auf die Stricknadeln zu konzentrieren. „Für mich war es das mieseste seit vielen Jahren." Sie lachte leise. „Was für ein Reinfall."

Ruckartig stand Tilo auf. „Ich verstehe. Ich nehme an, ich sollte gehen." Eilig ging er die paar Schritte bis zur Tür und griff an die Klinke.

„Warte!"

Er hörte, wie die Krücke auf dem Boden aufsetzte und sah über die Schulter. Das Strickzeug in der Hand, stand sie da und blickte ihn unglücklich an. „So war das nicht gemeint", stammelte sie.

„Schon gut, Fritzi. Es ist, wie es ist." Er drückte die Klinke und setzte einen Fuß in den Hausflur.

„Du hast mich Fritzi genannt", hörte er sie leise sagen.

Tilo drehte sich um. „Du bist jetzt Fritzi." Das traf die Sache ziemlich genau. Es stand nicht mehr das junge, unerfahrene Mädchen vor ihm, dem er das Herz gebrochen hatte. Stattdessen eine Frau, die die Entscheidungen traf, die für sie richtig waren. Und das bedeutete, dass er nicht die Rolle in ihrem Leben spielen würde, nach der er sich sehnte. Während er den wohl besten Heiligabend seines Lebens mit ihr verbracht hatte, war dieser in ihren Augen ruiniert gewesen. Das Schicksal erteilte ihm eine Lektion. So fühlte es sich also an, weggestoßen zu werden.

Tilo atmete ein. „Melde dich, wenn du etwas brauchen solltest. Und weiterhin gute Besserung." Mit diesen Worten ging er zurück in seine Wohnung.

***

Fritzi

Die Tür fiel zu und Fritzi überrollte eine Woge aus Einsamkeit. Obwohl es erst Mittag war, herrschte in der Wohnung Dämmerlicht. Draußen war es heute schrecklich ungemütlich. Fast so ungemütlich, wie diese Situation eben gewesen war. *Du bist jetzt Fritzi.*

Wie hatte Tilo das gemeint? Es spielte keine Rolle. Was allerdings sehr wohl eine Rolle spielte, war, dass sie ihn ungewollt verletzt hatte. Anders war seine deutliche Reaktion nicht zu erklären. Tilo neigte nicht dazu, sich impulsiv zu verhalten, jetzt gerade war er es gewesen. Sie seufzte.

Natürlich war der Abend mit ihm schön gewesen, nur Weihnachten an sich war einfach ein Reinfall gewesen. Wenn sie über ihre Worte nachdachte, dann hatte sie sich wirklich unglücklich ausgedrückt. Aber sie konnte ja schlecht sagen: *Die Nacht mit dir war einmalig.* Fritzi sah Tilos Hände vor sich, die zärtlich ihren Körper streichelten. Und seine Lippen, die jeden Zentimeter ihre Haut mit zarten Küssen bedeckten. Sie hatten lachen müssen, weil es dank der Schiene und des schmerzenden Fußes gar nicht so einfach gewesen war, eine Position zu finden, die funktionierte. Fritzi hatte sich an ihn geschmiegt, über die absurde Situation gelacht und den Duft seiner Haut in sich aufgesaugt. „Du bist so wunderschön“, hatte Tilo gebrummt und ihr die Haare aus dem Gesicht gestrichen, um sie betrachten zu können. Es war er ein wenig unangenehm gewesen, aber eben auch schön. *Zu schön.*

Sie zwang sich wieder in die Gegenwart. Und in dieser erschien plötzlich alles doch nicht mehr so einfach, wie sie es sich am Tag nach dieser Nacht ausgemalt hatte. Sie schleuderte den Kissenbezug, den sie aus Langeweile strickte, aufs Sofa. Ihr Blick huschte von dem Korb mit den Wollknäuel zu dem Stapel Zeitschriften, den sie in den letzten Tagen durchgeblättert hatte, hin zu der Tasse Tee und der halb aufgegessen Dose Plätzchen von ihrer Mutter. Und genau in diesem Moment fiel es ihr wie Schuppen von den Augen: Sie führte das Leben einer Oma.

Alina hatte es oft gesagt und Fritzi darüber gelacht, weil es nicht stimmte. Sie war ja immerhin erst neunundzwanzig und keine neunundsechzig. Wobei es vermutlich Neunundsechzigjährige gab, die weitaus aktiver waren als sie. Wenn sie ganz ehrlich mit sich war, hatte sie es im vergangenen Jahr mit dem Gemütlichsein womöglich etwas übertrieben. Ganz vielleicht war sie zu bequem geworden. Fritzi runzelte die Stirn. Warum fiel ihr das ausgerechnet jetzt auf? Tilo war schuld daran. Weil sie sich daran erinnert hatte, wie aufregend die Nacht mit ihm gewesen war. Dieses Kribbeln, das bis in die Fingerspitzen zog.

Auf der einen Seite kannte sie ihn, auf der anderen Seite gab es so vieles, was neu an ihm war. Das Leben, das er führte, war so gänzlich anders als das ihre. Gestern Abend, als sie in der Stille im Bett gelegen hatte, hatte sie nicht anders gekonnt und seinen Namen gegoogelt. Und dann waren da unzählige Fotos und Videos aufgetaucht. Fritzi hatte sich durch Tilos Website geklickt und sich die Infos zu seinen Kursen angesehen. Das gab sogar eine Rubrik mit kostenlosen Rezepten. Sie hatte das überschwänglich begeisterte Feedback seiner Kunden gelesen.

Tilo hat mich nach sieben Jahren von meinen Rückenschmerzen befreit. – Klaus Peter.

Ich hatte noch nie so viel Spaß an Sport wie mit Tilos Kursen. – Tine.

Dank der Ernährungsberatung brauche ich meine Bluthochdruck-Medikamente nicht mehr. – Erna.

Der wohl beste Yogalehrer Deutschlands. Und süß ist er auch noch. – Chrissi.

Da hatte Fritzi ganz schnell das Handy ausgeschaltet und auf den Nachttisch befördert. Allem Anschein nach hatte Tilo einen richtigen Fanclub. Und was er da tat, wirkte ziemlich professionell. Er schien mit Feuereifer dabei zu sein und Fritzi hatte sich für ihn gefreut. Wie schön es doch war, wenn man seinen Beruf liebte und dieser einen ausfüllte.

Sie konnte sich ein Leben ohne das Gewusel im Kindergarten nicht vorstellen. Schon jetzt vermisste sie ihre Kinder. Allerdings gab es für sie schon seit längerer Zeit kaum etwas nebenbei. Fritzi war zufrieden damit gewesen, nach der Arbeit heimzukommen, es sich gemütlich zu machen, sich einmal in der Woche zu einem Wanderspaz aufzuraffen und viel zu oft kalte Ravioli zu essen.

Während Alina mit Hochdruck auf Männersuche gewesen war, hatte Fritzi nicht den kleinsten Versuch unternommen, jemanden kennenzulernen. Mit ihren Freundinnen brunchen oder im *Mona Lisa* ein Eis essen zu gehen, war der Höhepunkt ihrer Woche gewesen.

„Du bist wirklich eine Oma", zischte Fritzi. Es brachte nichts, sich etwas vorzumachen. Während alle anderen ihr Leben lebten, war sie etwas zu zufrieden gewesen. Wann hatte sie denn überhaupt aufgehört, sich Ziele zu setzen? Die halbherzigen Versuche, zumindest etwas fitter zu werden, konnten ja wohl kaum als wahrer Einsatz gewertet werden. Sie war auch schon lange nicht mehr im Kino gewesen, wenn sie genauer darüber nachdachte. Oder in einem Club. Ging man denn mit

Ende zwanzig noch in Clubs? Alina tat es hin und wieder und hatte sie früher auch öfter gefragt, ob sie nicht mitkommen wolle. Doch nachdem Fritzi ein ums andere Mal eine Ausrede vorgeschoben hatte, fragte Alina nun nicht mehr. Was zum Teufel war mit ihr passiert? Hatte sie Angst davor gehabt, jemanden kennenzulernen und zu riskieren, dass ihr kleines, zufriedenes Leben auf den Kopf gestellt wurde?

Erneut fiel ihr Blick auf das Strickzeug. Stricken war ja wieder in Mode seit einiger Zeit, allerdings stellte es wohl für die wenigsten Leute die Hauptbeschäftigung für einen Ferientag dar. Fritzi humpelte zum Tisch, schnappte den angefangenen Kissenbezug und stopfte ihn zu den Wollknäuel. Sie würde das Teil ein anderes Mal beenden. Während einer Zugfahrt oder so.

Sie klemmte sich den Korb unter den Arm und lief mit der Krücke in ihr Zimmer. Als Tilo ihr geholfen hatte, sich fürs Krankenhaus anzuziehen, hatte er sich durch ihren Schrank gewühlt, um die UGG Boots zu finden und währenddessen ununterbrochen gemosert, wie voll dieser war.

Fritzi reckte sich und schob den Strickkorb oben auf den Schrank. Dann öffnete sie die Türen. Tilo hatte sie gefragt, wofür sie so viele Stapel Hosen brauchte. Fritzi hatte ihm ihre Theorie erklärt, dass ein Stapel für die zu kleinen sei, sie ihr aber hoffentlich irgendwann wieder passen würden und als Motivation dienen sollten, endlich abzunehmen. Dass ein weiterer Stapel aus Hosen bestand, die sie zugegebenermaßen selten trug, von denen sich aber dennoch nicht trennen konnte, und der letzte Stapel, den trug sie tatsächlich. „So ein Quatsch", war es zurückgeschallt. „Zu enge Hosen sind keine Motivation, das zieht nur runter. Mach was Gutes damit und spende sie dem Sozialkaufhaus."

Fritzi hatte keine Lust auf eine Grundsatzdiskussion gehabt und zurückgerufen, dass Tilo lieber die verdammten Boots finden sollte, woraufhin dieser irgendwas von „Hobby-Messie" und „so ein Chaos" geflucht hatte.

Hobbymessie war zwar übertrieben, wie Fritzi fand, doch ein wenig hatte dieser nervige Minimalist vermutlich in der Tat recht. Der Schrank quoll nur so über, weshalb Fritzi die Sommersachen inzwischen schon in Kisten unter dem Bett verstauen musste. Sie blickte auf den Wecker. Es war erst kurz nach halb drei und Alina war das erste Mal bei Luis' Familie zum Essen eingeladen. Damit waren die beiden jetzt vermutlich offiziell zusammen. Fritzi starrte mit schmalen Augen auf die Klamottenstapel, die sich vor ihr auftürmten. Vielleicht sollte sie sich fürs neue Jahr vornehmen, wieder aktiver zu werden. Dinge zu unternehmen, die sie früher gemacht hatte, vielleicht sogar doch noch einmal mit Alina zum Salsa gehen. Wobei, so verrückt musste es ja nicht gleich werden. Aber eben etwas mehr von allem. Mehr Spaß, mehr Freude, mehr Bewegung und ... Fritzi presste die Lippen aufeinander. *Kribbeln*, war es ihr durch den Kopf gespukt. Und zwar dieses, das bis in die Fingerspitzen zog.

Sie schüttelte den Kopf. Spaß, Freude und Bewegung sollten fürs Erste reichen. Denn dieses verfluchte Kribbeln hatte bisher nur Tilo zustande gebracht und da eine Wiederholung nicht in die Tüte kam, schlug sie es sich besser ganz schnell aus dem Kopf. Ob er ihre Beteuerung, dass sie es nicht so gemeint hätte, wohl glaubte? *Vermutlich nicht.* Und nun dachte sie schon wieder an *ihn.* Irgendwie drehte sich schon den ganzen Dezember alles um Tilo. Sie brauchte dringend Ablenkung. Um ein wenig mehr Ordnung in ihr Leben zu bekommen, würde sie mit diesem überfüllten Monster hier anfangen. Fritzi lehnte die Krücke an die Schranktür, schnappte sich den Stapel mit den Hosen in sechsunddreißig bis vierzig und beförderte ihn aufs Bett.

***

Tilo

Das alte Jahr kroch auf dem letzten Zylinder dahin. Tilo hatte es mit mehr Mühe als üblich endlich geschafft, dieses wichtige Erster-Januar-Video aufzunehmen und zu schneiden. Da ihm daheim beinahe die Decke auf den Kopf gefallen wäre, hatte er kurzerhand Tara angerufen und seine Nichten eingefordert. Immerhin galt die Jahreskarte für den *Zolli* bereits und auch wenn das Wetter weiterhin ziemlich trüb war, so hatte er eine Abwechslung gebraucht. Tara war bei der Aussicht auf einen freien Nachmittag inmitten der Kindergartenferien beinahe ausgeflippt und hatte die Mädchen mit Matschanzügen, Gummistiefeln und gefüllten Brotdosen ausgestattet, die die beiden in niedlichen kleinen Rucksäcken nun durch den Zoo trugen.

Tilo versuchte gar nicht erst, eine logische Reihenfolge der Stationen festzulegen, sondern schlenderte seinen Nichten einfach hinterher. Wuselig wie zwei kleine Erdmännchen flitzten die beiden von einem Gehege zum nächsten. Tilo ließ sich auf den Zickzackkurs ein und beantwortete Fragen zu den Tieren. Antonia wollte den Löwen die Salami von ihrem Brot spendieren, was Tilo ziemlich großzügig von ihr fand. Nach einiger Diskussion hatte das Mädchen sie aber schließlich selbst gegessen und das Butterbrot wieder in die Brotdose gestopft. Dann waren sie weitergegangen.

Es war, wie Tilo es sich vorgestellt hatte. Fast jedenfalls. Die Mädchen hatten einen Riesenspaß, er ebenso und Tara eine wohlverdiente Pause. Es war ihm gelungen, drei Frauen auf einen Streich glücklich zu machen. Eigentlich kein schlechter Schnitt, überlegte Tilo. Nur bei einer war es scheinbar nicht so. Während Fritzi sein Herz ein zweites Mal im Sturm erobert hatte, hatte er sie nicht überzeugen können. Hatte er etwas falsch gemacht? War er zu stürmisch oder nicht stürmisch genug gewesen? Sie hatte die Nacht schön genannt, aber war das nur so daher gesagt gewesen?

Kein Wunder, dass er daheim fast verrückt wurde. So hellhörig, wie das Haus war, bekam er jedes Mal mit, wenn Fritzi oder Alina das Haus verließen. Manchmal hörte er sogar gedämpft ihre Stimmen. Verstehen konnte man zum Glück nichts, es glich einem Gemurmel. Lachen allerdings drang durch die Wände hindurch und wann immer Fritzi lachte, spürte Tilo einen Stich. Es war beschissen. Und nach weiteren, ziemlich unruhigen Nächten war ihm auch längst klar, dass das nicht einfach vergehen würde. Er hatte Fritzi dreizehn

Jahre lang nicht vergessen und nun wollte er sie in seinem Leben. Aber eben nicht so, wie es jetzt war. Er musste eine Entscheidung fällen. *Schon wieder.*

Er beobachtete die auf und ab hüpfenden Zöpfchen seiner Nichten. Diese wollte er ebenfalls nicht missen.

In diesem Moment nahm Charlotte Anlauf und sprang in eine Pfütze. Das Wasser spritzte zu allen Seiten, Charlotte lachte und Antonia heulte auf. Wie ein begossener Pudel stand sie da mit nassen Zöpfchen, die nun traurig nach unten hingen. Charlotte hatte ganze Arbeit geleistet. Tilo stürzte zu ihr und umarmte sie. „Ich trockne dich ab, das ist doch nicht schlimm." Er kramte die Taschentücher aus dem Rucksack und tupfte Stupsnase und Zöpfchen ab. Charlotte war derweil schon zur nächsten Pfütze unterwegs. So ähnlich sie sich sahen, seine Nichten hatten gänzlich unterschiedliche Charaktere. Schniefend ergriff Antonia seine Hand und sie machten sich auf den Weg, die zweite Schwester einzufangen. Nur wenige Minuten später war der ganze Schreck vergessen und Antonia wieder glücklich.

Wann genau verlor man die Fähigkeit, schnell wieder heiter zu sein, wenn etwas passierte? Es musste irgendwann beim Übertritt von der Kindheit in die Pubertät passieren. Was er jetzt für die Leichtigkeit der Kinder geben würde, die keine Sorgen in der Welt hatten. Die einfach den Moment genossen, ohne weiter darüber nachzudenken, dass etwas Matsche an den Haaren klebte. Allmählich wurde Tilo klar, dass die Mädchen ihm noch das ein oder andere beibringen würden. Für den Rest des Tages nahm er sich vor, es so zu halten wie die Zwillinge und einfach den Augenblick zu genießen.

„Wollen wir ein Wettrennen bis zu den Pinguinen machen?" Kaum hatte er es ausgesprochen, stürmten die Kinder schon los. Tilo ließ ihn einen kleinen Vorsprung, dann beschleunigte er seine Schritte. Das hier war wirklich eine geniale Idee gewesen.

Tara zupfte mit hochgezogenen Augenbrauen an Antonias Zöpfen. Wasser und Matsche waren inzwischen getrocknet und die goldenen Haare seiner Nichte nicht mehr ganz so golden, dafür aber hart.

„Wir hatten da einen kleinen Pfützen-Vorfall", erklärte Tilo.

„Die gibt es im Herbst und Winter öfter." Seine Schwester lachte und zog ihrer Tochter die Jacke aus. Kurz darauf türmte sich ein Berg aus Regensachen und Gummistiefeln neben der Tür. Die Kinder verschwanden kichernd in ihr Zimmer und nun wandte Tara ihre Aufmerksamkeit ihm zu. „Siehst nicht ganz so fertig aus wie das letzte Mal. Du bekommst langsam Übung."

„Danke, dass du sie mir geliehen hast. Ich hab das heute einfach gebraucht."

Tara nickte wissend. „Nun komm schon rein, dann können wir reden."

„Geht leider nicht, ich muss noch einkaufen. Du und Reto, ihr kommt doch morgen Abend?" Noch bevor er in die Wohnung eingezogen war, hatte er schon Einladungen für den Silvesterabend ausgesprochen. Es hatte sich angeboten, an diesem eine Party zu veranstalten, anstatt eine Einweihungsfeier zu schmeißen. Auch wenn ihm inzwischen die Lust zu feiern gründlich vergangen war, so gab es Leute, die sich darauf verließen, den letzten Abend des Jahres bei ihm zu verbringen. Immerhin bekam man so kurzfristig keine Reservierungen mehr in den Restaurants. Da er niemanden enttäuschen wollte, würde er gleich mindestens zwei Touren mit dem Rad in die Innenstadt und wieder zurück fahren, um genug Snacks und Getränke zu seiner Wohnung zu transportieren.

„Oh, ich freue mich ja schon so!" Tara klatschte. „Meine beste Freundin ist im achten Monat schwanger und ihr ist nicht nach Feiern, deshalb wird sie es sich hier auf dem Sofa gemütlich machen, einen Film gucken und die Kinder sitten. Die Party geht ja erst so spät los, da schlafen die beiden längst." Sie strahlte ihn an. „Wir können auch tanzen, oder? Wenn du deinen ganzen Filmkrempel zur Seite stellst, ist doch genug Platz."

„Ja, du kannst tanzen, wenn es denn sein muss." Tilo sah es schon vor sich. Tara hatte ein sehr merkwürdiges Verständnis von Tanzmoves. Sie wirkte immer ein wenig wie ein Hühnchen, das mit den Flügeln flatterte. Und je mehr sie intus hatte und je lustiger sie wurde, desto mehr flatterte sie auch. Eigentlich war es süß, damals allerdings auf den Partys, die sie als Jugendliche geschmissen hatten, wenn ihre Eltern über das Wochenende verreist waren, war es ihm saumäßig peinlich gewesen. Nun aber würde es Reto peinlich sein und nicht ihm und deshalb würde er seine Kameras nur zu gern zur Seite stellen. Wie Reto wohl tanzte?

„Wird Friederike auch kommen?", fragte Tara betont beiläufig.

Tilo verschränkte die Arme vor der Brust. Schlagartig war die Leichtigkeit verflogen, die seine Nichten ihm beschert hatten. „Vielleicht. Luis hat Alina als Begleitung eingeladen und ich habe ihm gesagt, dass er ihr sagen soll, Fritzi sei natürlich ebenfalls willkommen." Er wusste nicht, ob er darauf hoffte, dass sie auftauchte oder darauf, dass sie schon etwas anderes vorhatte.

„Also stimmt wirklich was nicht. Wenn du sie nicht selbst einlädst, dann ist da doch was. Das habe ich mir schon gedacht, als du angerufen und um die Kinder gebeten hast. Was ist los, Brüderchen?"

Tara trat zur Seite und bedeutete ihm, einzutreten, aber Tilo wehrte erneut ab. „Ich muss jetzt, Tara. Danke für die Mädchen." Er drückte ihr einen Kuss auf die Wange und drehte sich um. Am liebsten würde er Silvester in diesem Jahr ausfallen lassen.

Kapitel 15
Fritzi

Das Wummern der Musik drang durch die Wände. Fritzi war ganz und gar nicht scharf darauf, zu dieser vermaledeiten Silvesterparty zu gehen. Sie war generell kein Fan davon, das Ende des einen und den Anfang des neuen Jahres zu feiern. Jeder tat dann immer so, als würde alles besser werden. Dieses Konzept hatte Fritzi nie verstanden. Allerdings hatte sie in diesem Jahr tatsächlich einen Vorsatz gefasst: den, ihr Leben wieder etwas aufregender zu gestalten. Sie musste dringend raus aus dem Trott.

„Nicht blinzeln", ermahnte Alina sie. Mit konzentrierter Miene tuschte sie Fritzis Wimpern.

Natürlich konnte Fritzi das sehr gut selbst, jedoch bereitete es ihrer Freundin ein schier unglaubliches Vergnügen, sie schminken zu dürfen. Und da Alina deutlich mehr Routine darin hatte als sie, war das Ergebnis meist entsprechend besser. Allerdings mochte Fritzi es eher natürlich und Alina liebte den glamourösen Auftritt. Vor lauter Nachdenken hatte Fritzi nicht darauf geachtet, welche Lidschattenfarbe ihre Freundin gewählt hatte. Hoffentlich etwas Dezentes, aber nun war es eh schon zu spät. Alina tupfte inzwischen mit einer eleganten Bewegung den Rouge-Pinsel auf Fritzis Wangen. Dann trat sie ein Stück zurück, stemmte die Hände in die Hüften, und beobachtete ihr Werk. „Perfekt.“

Fritzi stöhnte auf. Wenn Alina es perfekt fand, dann war es ganz bestimmt zu dick aufgetragen. Schon hielt ihre Freundin ihr den Handspiegel vors Gesicht. Fritzi erkannte Lidschatten in Anthrazit mit Glitzereffekt, Wimpern, deren Dichte künstlichen glich, und einen dunkelroten Lippenstift.

„Na?“ Alina war bereit für ein Lob.

„Es ist … nett geworden.“ Irgendetwas musste sie ja sagen.

Alina schaute empört. „Nett ist die kleine Schwester von Scheiße. Es gefällt dir nicht. Dabei bist du so hübsch. Also nicht, dass du das sonst nicht wärst, jetzt bist du …“, sie schien nach einer Bezeichnung zu suchen, „extra hübsch.“ Sie griff nach dem Lockenstab. „Und nun noch die Haare, dann müssen wir dringend rüber. Wir hätten schon vor einer halben Stunde da sein sollen.“

Fritzi wollte nicht rüber. Fritzi wollte sich aufs Sofa setzen, Chips essen und einen Film gucken. Aber das ging ja nicht, weil heute Silvester war. Und nur komische Leute an Silvester nichts unternahmen. Sie lächelte in sich hinein. So hatte sie über Tilo gedacht, als sie gehört hatte, dass er Weihnachten allein daheim verbringen wollte. Offenbar gab es doch die ein oder andere Gemeinsamkeit. Dennoch würde dieses Silvester extra ätzend werden, denn sie besuchte ausgerechnet Tilos Party, weil Alina dort hinwollte und immer wieder gebettelt hatte, bis Fritzi schließlich zugesagt hatte.

Sie konnte sich schon vorstellen, was sich da für Leute rumtrieben. Alle würden mindestens fünfzehn Zentimeter größer sein als sie, je nach Geschlecht auch deutlich mehr, natürlich perfekt trainiert, wunderschön und Gesundheitsfreaks wie Tilo. Fritzi zog es ernsthaft in Betracht, über ihre Krücke zu stolpern, um sich den Fuß noch ein wenig mehr zu verletzen und sich so der Party entziehen zu können. Vermutlich würden die anderen so eine Aktion nicht einmal ihr abnehmen. Und Hansi würde ihr wohl nicht den Gefallen tun, sie noch einmal zu schubsen. Nach seinem letzten großen Abenteuer schlief der Vogel seit Weihnachten noch mehr als üblich. Vermutlich waren seine Tage langsam gezählt.

„Nicht hampeln, sonst verbrennst du dich noch." Geschickt wickelte Alina eine von Fritzis blonden Strähnen um den Lockenstab. Nie zuvor hatte Fritzi solch ein Teil genutzt. Als sie kurz den kleinen Spiegel anhob, sah diese eine Strähne tatsächlich entzückend aus.

„Und fertig." Wieder trat Alina einen Schritt zurück und musterte sie. An ihrem Gesichtsausdruck konnte Fritzi erkennen, dass irgendetwas nicht ganz so war, wie ihre Freundin es erwartet hatte.

„Was hast du getan?" Fritzi stellte sich hin und hüpfte auf einem Bein vom Badewannenrand, auf dem sie gesessen hatte, zum Spiegel über dem Waschbecken. „Ach du meine Güte, was ist denn das?" Ihre Haare waren gelockt, daran bestand kein Zweifel. Allerdings war ihr Longbob nun mal nur ein Bob und die Haare durch die

Locken nun an die zehn Zentimeter kürzer. Sie sah aus wie ein Schaf. *Ein Schaf mit dem Make-up einer Prostituierten.*

„Ich weiß ja auch nicht, was da passiert ist ...“ Alina zupfte von hinten an mehreren Strähnen.

„Können wir das auskämmen?“ Fritzi kramte schon in der Schublade nach ihrer Bürste, doch Alina nahm sie ihr aus der Hand.

„Auf gar keinen Fall. Wenn wir das machen, dann wird es noch schlimmer. Dann wirkt es wie toupiert und steht zu allen Seiten ab.“

Das wollte Fritzi auf keinen Fall. „Was mache ich denn jetzt?“ So konnte sie nicht unter Leute gehen. Schon gar nicht unter diese Perfekten, die sich der Lautstärke nach schon königlich bei Tilo amüsierten. Ob eine missratene Frisur ein triftiger Grund war, sich vor einer Feier zu drücken?

„Ich weiß was.“ Alina machte auf dem Absatz kehrt und verschwand. Während Fritzi sie in ihrem Zimmer kramen hörte, nutzte sie die Gelegenheit, mit Toilettenpapier wenigstens etwas von dem Lippenstift abzuwischen, was allerdings nicht so gut klappte. Vermutlich war das so ein sauteurer Designerlippenstift, der den ganzen Tag hielt. Sie vernahm die Schritte ihrer Freundin und ließ das Papier rasch verschwinden.

„Tadaaa!“ Alina hob die Schieberkappe hoch, die sie sich für Halloween gekauft hatte, als sie mit einer Arbeitskollegin im *Peaky-Blinders*-Stil verkleidet ausgegangen war. Ohne auf Fritzis Antwort zu warten, setzte sie ihr das Teil auf. „Gar nicht schlecht“, befand Alina etwas zu motiviert.

Fritzi betrachtete sich aus jedem Winkel, bis sie glaubte, sich beinahe den Nacken auszurenken. „Na ja, immerhin besser als ohne."

Alina kontrollierte noch einmal ihre Haare, die natürlich wie immer wunderschön aussahen, ganz im Gegensatz zu Fritzis Schafslocken, und nickte ihrem Spiegelbild zu. „Dann mal los."

Luis empfing sie an der Tür der Nachbarwohnung. Er drückte erst Alina ein Kuss auf den Mund, dann hielt er ihr galant die Hand hin. „Ms Shelby. Schön, dass Sie es ebenfalls einrichten konnten."

„Ach, halt die Klappe", murrte Fritzi.

Lachend ließ er ihre Hand los. Anscheinend mochte nicht nur Alina die *Peaky Blinders*. Die beiden passten ja so gut zusammen, dass es einem Angst machen konnte. Luis drehte sich um und zwinkerte ihr über die Schulter zu. „Die Damen, bitte folgen Sie mir." Er geleitete sie in den großen Wohnbereich, dessen Licht sich im Takt der Musik veränderte. Fritzi brauchte einen Augenblick, bis ihr klar wurde, woher die Farbe kam. Jede einzelne Lampe des Raums flackerte bunt. Luis deutete nach oben zur Deckenleuchte. „Intelligente Glühbirnen", erklärte er. Alina guckte ganz beeindruckt, während Fritzi mit den Augen rollen wollte. Wahrscheinlich brauchte Tilo diesen Schnickschnack für seine Livesendungen und Filme. Vielleicht wirkte Yoga in grünem Licht ja belebend. Und rotes regte an. *Was auch immer.*

Unauffällig sah sie sich um, konnte ihn jedoch auf den ersten Blick nicht finden. Dafür tanzte Tara etwas merkwürdig mit einem Kerl in dem Bereich, den Tilo sonst zum Filmen nutzte. Das ganze Sportzeug und die Kameras waren verschwunden, ebenso wie die Scheinwerfer. Unglaublich, wie groß dieser Raum war. Vermutlich passte hier die gesamte WG rein.

Nun hatte Tara sie entdeckt und winkte ihr überschwänglich zu, ehe sie wieder die Arme seitlich ausstreckte und Ruderbewegungen zu Musik machte. Drei Leute standen um die Kochinsel herum, wo mehrere Schüsseln mit Knabberzeug und Dips aufgereiht waren. Luis deutete darauf, als wäre dies seine Party. „Wir haben Nachos mit Tilos unschlagbarer Guacamole, Bauernbaguette und Ciabatta mit diversen Dips, und eine Rohkostplatte, die mein Kumpel leider zu jeder Party macht." Luis steckte den Zeigefinger in einen gelben Brei, der sich in der Mitte von Gurken, Cocktailtomaten, Brokkoli und Minipaprika in einer Schüssel befand, und leckte ihn ab. „Tilos Hummus ist aber echt der Knaller."

Fritzi verzog das Gesicht. Nachdem Luis' Finger dringesteckt hatte, würde sie auf keinen Fall probieren.

„Im Kühlschrank findet ihr Bier, Wein, Gin und auch Sprudel."

Anstatt Luis weiter zuzuhören, betrachtete Fritzi unauffällig die drei Leute bei den Nachos. Sie sahen eigentlich ganz normal aus. Die zwei Männer waren unauffällig gekleidet und die Frau trug eine dunkelblaue Bluse, die ihr ausgezeichnet stand. Fröhlich lächelte sie Fritzi zu, die daraufhin kurz verschämt winkte.

Ihr Blick wanderte nach draußen auf die große Terrasse. Dort thronte ein Schirm mit einem Heizstrahler darunter. Tilo fuhr hier ganz schön auf, das musste sie zugeben. Um ein kleines Tischchen mit einem Aschenbecher standen mehrere Frauen. Da waren sie ja, die großen, dünnen und schönen Mädels, die hier regelmäßig ein- und ausgingen. Fritzi zupfte ihr grünes Seidenoberteil zurecht und kontrollierte im Spiegelbild des Fensters, ob zumindest die Mütze noch dort saß, wo sie hingehörte. In diesem Moment vernahm sie hinter sich Tilos Stimme. Unwillkürlich stellten sich die Härchen an ihren Armen auf und Fritzi sammelte sich eilig, bevor sie sich umdrehte.

Mit zusammengezogenen Augenbrauen betrachtete er sie, ehe sich ein Lächeln auf seine Lippen legte. „Du bist gekommen. Schön." Er kam näher und mit ihm die Frau, deren Hand auf seinem Unterarm ruhte.

„Ist sie das?", fragte diese ihn, was Fritzi trotz der Musik hörte. Überrascht betrachtete sie die ältere Frau.

Tilo nickte. „Fritzi." Er lächelte wieder. „Sie sieht zwar heute etwas anders aus als üblich, aber ich bin mir ziemlich sicher, dass sie es ist."

Die Frau löste sich von ihm und streckte ihr die Hand entgegen. „Hallo, Fritzi, ich habe schon viel von dir gehört."

„Ach ja?" Unsicher griff Fritzi nach der mit Altersflecken überzogenen Hand. „Tilo spricht von mir?"

Ein gutmütiger Ausdruck trat auf ihr Gesicht. Fritzi schätzte sie auf mindestens siebzig Jahre. „Ich bin zweimal in der Woche bei Tilo zu Physiotherapie. Du musst wissen, er war früher mein Schüler. Als ich erfahren habe, dass Tilo wieder in Lörrach ist, habe ich natürlich für meine Behandlung sofort zu ihm gewechselt. Und irgendwann hat er von seiner Nachbarin erzählt, die Weihnachten so gernhat." Sie neigte sich ein wenig vor und senkte ihre Stimme. „Ich mag Weihnachten doch auch. Und Tilo dich wohl ziemlich gern, so oft, wie er von dir spricht." Sie zwinkerte ihr zu, was bei einer solch alten Frau wirklich süß war, und blickte dann an Fritzis Bein entlang nach unten. „Was macht der Fuß? Ich bin ja so froh, dass es nichts Ernstes ist."

Vermutlich sollte es ihr unheimlich sein, dass diese fremde Frau scheinbar so viel über sie wusste. Tilo sprach also über sie und mochte sie. Warum nur wurde ihr plötzlich so warm? Fritzi konzentrierte sich wieder auf die ältere Frau, die eine solch liebenswerte Ausstrahlung hatte, dass Fritzi nicht anders konnte, als sie sofort in ihr Herz zu schließen. „Tilo war Ihr Schüler? Da waren Sie ganz sicher nicht zu beneiden", sagte sie.

Tilo zog die Augenbraue hoch. „He! Ich war ein sehr nettes Kind. Und ein ausgesprochen hübsches Kerlchen, wenn es nach dieser Fachfrau hier geht."

„Nur Hausaufgaben hat er leider nicht so gern gemacht." Das volle Lachen der älteren Frau mischte sich in die Musik.

Tilo legte eine Hand auf ihrer Schulter ab. „Das ist Carla Schneider, meine Lieblingspatientin." Er zwinkerte der Frau neben sich zu. „Das darf ruhig jeder wissen. Meine anderen Patienten müssen es einfach akzeptieren."

Die Lehrerin lachte erneut und tätschelte seine Hand. „Dann hole ich mir nun ein Glas Wein, etwas zu knabbern und mache es mir auf der Couch bequem." Sie sah zwischen ihm und Fritzi hin und her. „Genießt es, dass ihr jung seid, und habt Spaß." Mit einem leichten hinkenden Gang ging sie davon.

„Hüfte", kommentierte Tilo.

Fritzi sah Carla Schneider nach. „Ist sie nicht etwas zu alt für solch eine Party?"

Tilo zuckte mit den Schultern. „Warum? Carla ist abgesehen von der Hüfte und ein paar anderen Wehwehchen topfit. Und weil ihr Mann vor einer Weile verstorben ist und sie an Silvester die letzten Jahre nichts unternommen hat, habe ich sie einfach eingeladen. Scheint mir, es gefällt ihr ganz gut. Kurz nach zwölf kommt ein Taxi sie abholen, das hat sie schon übers Internet gebucht." Er lächelte. „Carla ist einmalig."

„Scheint mir ganz so."

Gerade schäkerte Luis mit Carla und schenkte ihr ein Glas ein. Der war wohl auch ein ehemaliger Schüler, schloss Fritzi aus der Vertrautheit. Diese Party fing an, sie zu überraschen. Vielleicht hatte sie vorschnell geurteilt. So schlimm war es hier gar nicht.

„Du siehst so anders aus", brummte Tilo neben ihr.

Sie wollte nicht allein mit dem hier stehen und reden, wo doch plötzlich alles in ihr durcheinander war. Sie genoss seine Nähe und auf der anderen Seite wollte sie am liebsten rüber in ihre Wohnung stürzen, um ihm aus dem Weg zu gehen. Und warum sah er sie nur so verdammt eindringlich an?

„Alina hat zugeschlagen. Die Haare waren etwas anders geplant, daher sehe ich jetzt aus wie eine Shelby."

„Wie eine was?" Verständnislos sah er sie an.

Natürlich, dieser Kerl hatte ja nicht einmal einen Fernseher. „Ach, vergiss es."

Er nickte. „Soll ich dir was zu trinken holen? Oder möchtest du etwas essen?"

Fritzi machte eine abwehrende Geste. „Nein danke, ich hole mir nachher was."

„In Ordnung. Dann schaue ich jetzt mal nach meinen anderen Gästen, wir sehen uns bestimmt noch."

Fritzi glaubte, ein Zögern zu erkennen, ehe er sich von ihr entfernte.

„Du bist gekommen, wie schööön!", rief jemand in ihr Ohr und gleich darauf hing Tara um ihren Hals. „Da wäre mein Bruder aber auch sehr enttäuscht gewesen, wenn du nicht gekommen wärst", plapperte sie weiter und Fritzi hatte die Vermutung, dass Tara nicht mehr ganz nüchtern war. Ehe sie sich versah, zog diese sie nach hinten zu der improvisierten Tanzfläche. „Das ist Reto, mein Mann." Sie zeigte auf Fritzi. „Und das ist Tilos Herzensdame Fritzi", stellte sie sie vor.

Der Mann rückte seine Brille zurück und hielt ihr die Hand hin. „Freut mich, ich habe schon von dir gehört", sagte er und schien ein Grinsen zu unterdrücken.

Hatte denn hier jeder *schon von ihr gehört*? Was war heute nur los? Und was sollte die Sache mit der Herzensdame bedeuten? Tilo hatte Tara doch nicht etwa erzählt, was an Weihnachten vorgefallen war? Da Tara nun ebenfalls grinste, hatte er das sehr wohl.

Fritzi seufzte. Eigentlich war es tatsächlich schön, Tara erneut zu begegnen. „Ich liebe deine Kinder", rutschte es ihr heraus.

Tara gluckste. „Manchmal tue ich das auch." Sie lachte über ihren eigenen Scherz und hakte sich bei ihrem Mann unter. „Aber es stimmt schon: Wir machen tolle Babys."

Reto schüttelte den Kopf. „Bitte entschuldige meine Frau, sie ist keinen Wein mehr gewöhnt und hat schon zwei Gläser intus."

„Partyyyy!", rief Tara wie aufs Stichwort, löste sich von ihrem Mann und begann, einmal mehr mit den Armen zu wackeln. Dass niemand sonst tanzte, schien sie nicht zu stören und Fritzi bewunderte ihr Selbstbewusstsein.

„Tara kümmert sich nicht um das, was andere von ihr denken. Das ist bewundernswert." Fritzi meinte es so. Wie gern sie in diesem Moment ein wenig so wie Tara wäre.

Reto lachte. „Allerdings. Was das angeht, ist sie ganz anders als ich. Und das ist gut so, denn sie lockt mich etwas aus meinem Schneckenhaus hervor. Mit einer Frau, die so ähnlich wäre wie ich, wäre das Leben vermutlich ziemlich langweilig. Aber Tara und die Zwillinge sorgen dafür, dass immer was los ist."

„Das hast du schön gesagt." Fritzi lächelte ihn an. Vermutlich waren Gegensätze in einer Beziehung schlicht notwendig. Ohne es zu wollen, suchte ihr Blick Tilo. Der stand mit den Leuten an der Kochinsel und unterhielt sich. Für den Bruchteil einer Sekunde sahen sie einander an, ehe Tilo sich wieder auf seine Gäste konzentrierte.

„Reto! Nun komm schon, allein ist das langweilig", schallte es von der Tanzfläche her.

Reto nickte ihr zu. „Ich werde dann also mal wieder tun, als ob ich tanze und auch noch Spaß dabei habe."

Fritzi beobachtete, wie er zu Tara hinüberging und ihr eine Hand reichte.

Da stand sie nun und hatte die Wahl: entweder sie tanzte einbeinig mit der verrückten Tara und Reto oder sie gesellte sich zu Tilo und den dreien, die über die Nachos herfielen. Alternativ könnte sie auch zu Luis

und Alina gehen, die im Durchgang zum Flur knutschen. Fritzi sah zu der alten Lehrerin, die mit einem
Glas Wein in der Hand auf dem Sofa saß und im Takt
der Musik wippte. Ihr war danach, sich zu ihr setzen.
Sie schmunzelte über sich selbst. Natürlich, sie war ja
auch schon fast eine Oma.

Draußen auf der Terrasse standen noch immer die
Frauen unter dem beheizten Schirm. Garantiert würde
sie sich zwischen ihnen einmal mehr zu klein und moppelig fühlen. Und genau deshalb würde sie dort nun
hingehen. Es gab keinen Grund, sich zu verstecken, redete Fritzi sich selbst ein. Sie straffte die Schultern, ging
auf die Terrassentür zu, drückte die Klinke und rasselte
gegen die Scheibe. Fluchend rieb sie sich die Stirn und
rückte hektisch die Kappe wieder zurecht. „Ziehen“,
brummte es neben ihr. Tilo legte seine Hand auf ihre
und öffnete die Tür.

Eilig zog Fritzi den Arm zurück. „Das habe ich bemerkt“, antwortete sie patzig. „Ich komme schon zurecht.“

„Das ist mir klar. Ich dachte nur wegen der Krücke
und so …“ Er trat einen Schritt zur Seite.

Fritzi seufzte. „So war das nicht gemeint, bitte entschuldige.“ Dann humpelte sie hinaus und spürte augenblicklich die eisige Kälte durch den dünnen Stoff ihres Oberteils kriechen. Zügig ging sie auf die Frauen zu.
„Hallo zusammen.“ Fritzi stellte sich zu ihnen.

„Coole Kappe“, sagte eine Brünette mit wunderschön
geschwungenen Augenbrauen. „So eine hätte ich auch
gern, aber mir steht es überhaupt nicht. Zu dir passt sie
ganz großartig.“

„Und erst in Kombination mit dieser Bluse. Eine wirklich tolle Auswahl." Eine zweite Frau nickte.

Wurde sie hier verarscht? Diese Supermodels machten ihr doch nicht ernsthaft Komplimente?

„Oha, eine Schiene. Dann bist du bestimmt auch eine von Tilos Patientinnen? Ich glaube, ich habe dich noch nicht im Yogakurs gesehen, aber ich könnte mich auch irren." Freundlich sah die Frau sie an.

„Nein, ich bin seine …" Fritzi überlegte. Was genau war sie denn für Tilo? „Nachbarin." Das stimmte ja wohl auf jeden Fall. Immerhin wusste sie nun, dass ihr Verdacht stimmte, dass er durchaus Patientinnen und Kundinnen zu seiner Party eingeladen hatte.

„Einen Tilo hätte ich auch gern im gleichen Haus." Die Brünette lachte ausgelassen und umklammerte ihr Sektglas.

„Was soll das denn heißen?", fragte Fritzi und biss sich gleich darauf auf die Unterlippe. Wollte diese Frau etwa was von ihm? Und lief da etwa was?

„Ich bekomme immer so schlecht Luft, weil ich mit der Brustwirbelsäule Probleme habe. Tilo hat mir Übungen gezeigt, aber ab und zu muss ich mich trotzdem noch von ihm behandeln lassen. Für den Notfall, also dann, wenn es mal richtig zwickt, wäre es natürlich super, ihn im gleichen Haus zu haben. Mein Freund ist leider ein ziemlich schlechter Masseur." Wieder lachte sie und nahm einen Schluck. „Weil der heute Nacht arbeiten muss, hat Tilo mich eingeladen. Und so konnte ich jetzt immerhin einige der Mädels aus dem Online-Yoga-Kurs in echt kennenlernen." Sie lachte und sah fröhlich in die Runde. „War 'ne super

Idee von ihm, uns einzuladen, damit wir auf seine Kosten trinken können."

Also war sie nicht an Tilo interessiert, stellte Fritzi erleichtert fest. Sie runzelte die Stirn, denn sie war in der Tat erleichtert. Die Erkenntnis traf sie unerwartet. Sie wollte nicht, dass Tilo eine Freundin oder *Tinder*-Dates oder was auch immer hatte. Und was das bedeutete, war gar nicht gut.

Mit einem mulmigen Gefühl sah sie hinüber in die hell erleuchtete Küche. Während seine Freunde sich ausgelassen unterhielten, offenbar Witze machen und lachten, stand Tilo schmunzelnd dabei. Tilo lachte selten laut, sie wohl etwas zu oft. Tilo passierten auch selten dumme Sachen, ihr hingegen andauernd. Und deswegen tat ihr auch noch immer die Stirn von dem Zusammenstoß mit der Terrassentür eben weh. Tilo kochte gern, während sie Toast mit Gurkenscheiben aß. Und Tilo streichelte gern, während sie sich gern von ihm streicheln ließ. Vielleicht war es in der Tat so, wie Reto es gesagt hatte: Eine Beziehung brauchte Gegensätze. Aber gleich so viele? Konnte so etwas gutgehen? Und warum dachte sie überhaupt darüber nach? Das konnte sie unmöglich ernst meinen. Und doch ... Unfähig, von Tilo wegzusehen, schluckte sie heftig. Jemand tippte ihr auf die Schulter und sie sah eilig zurück zu den Frauen. „Entschuldigt, ich war etwas abgelenkt."

„Das war kaum zu übersehen" sagte eine von ihnen und kicherte. „Eigentlich wollten wir nur wissen, ob du auch einen Sekt möchtest?" Sie deutete auf die Flasche, die neben dem Aschenbecher stand.

Fritzi nickte und sah zu, wie die Blondine ein Glas einschenkte und ihr reichte. „Auf dass all deine Ziele und

Erwartungen fürs neue Jahr in Erfüllung gehen“, sagte sie und reichte Fritzi das Glas. „Und vielleicht hast du ja Lust, bei unserem Onlinekurs mitzumachen, sobald der Fuß wieder in Ordnung ist. Wir treffen uns manchmal danach noch in einem Chat und reden über alles Mögliche. Und da das hier heute so lustig ist, werden wir uns vielleicht hin und wieder auch im richtigen Leben treffen.“

Die anderen nickten zustimmend.

„Vielleicht mache ich das tatsächlich“, antwortete Fritzi. Da sie von der Sache mit den Vorsätzen zu Silvester im nicht viel hielt, nahm sie den ersten Schluck auch nicht, um irgendetwas wahr werden zu lassen, sondern um den Schreck zu verdauen, dass Tilo ganz vielleicht tatsächlich mehr für sie war als nur ein Ex-Jugendschwarm. Da ein Schluck dafür nicht ausreichte, lehrte sie sicherheitshalber gleich das ganze Glas.

Die anderen Frauen quittierten es mit Gelächter und schenken sich ebenfalls nach.

***

Was Julian, Erik und Anna erzählten, nahm Tilo kaum wahr. Immer wieder blickte er nach draußen.

319

Fritzi stand dort unter dem Heizstrahler, den er nur deshalb gemietet hatte, weil Luis so ein Teil für unbedingt notwendig erachtet hatte. Luis hatte noch viel mehr gewollt: mehr Gäste und einen DJ zum Beispiel. Zum Glück war es ihm gelungen, seinen Freund runterzuhandeln.

Es sollte eine kleine und feine Silvestergesellschaft sein. Diese Party war nichts im Vergleich zu jenen, die er in früheren Jahren gegeben hatte. Dann waren die Zimmer zum Bersten voll gewesen mit Menschen und die Luft hatte nach Bier und Schweiß gerochen. Ganz so wie eine gute Studentenparty eben. Tilo hatte ja auch ein Ruf zu verteidigen gehabt, den des Silvesterkönigs. Es war lächerlich, das wusste er nur zu gut, aber als er den Ruf erst einmal gehabt hatte, hatte er ihn nicht hergeben wollen. Die besten Silvesterpartys, das war allseits bekannt gewesen, hatte immer er gegeben. Und dafür waren einige Freunde ihm sogar regelmäßig für diese eine Nacht quer durch die Nation hinterhergereist – je nachdem, wo er eben gerade gewohnt hatte.

Dieses Jahr war es anders. Ruhiger und kleiner. Und eigentlich war das ziemlich schön. Auch wenn er nie der große Parteigänger gewesen war, so hatte Silvester immer eine Ausnahme dargestellt. Irgendetwas war für ihn an der Sache mit dem neuen Jahr besonders. Dieses Gefühl, mit dem man am ersten Januar aufstand und wusste, dass ein nagelneues Jahr vor einem lag und das Blatt noch unbeschrieben war. Ja, das mochte er auch jetzt noch.

Tilo betrachtete die Schieberkappe mit den süßen Locken darunter. Fritzi wirkte so anders, er hatte sie kaum erkannt. Natürlich sah es gut aus, aber eben auch ungewohnt. Er mochte sie mit weniger Schminke lieber, obwohl sie heute einfach atemberaubend aussah. Die Kappe stand ihr ohne Zweifel hervorragend. Er betrachtete ihr Profil und wie ihre Lippen das Sektglas berührten. Fritzi war ohne Frage die schönste Frau des Abends. Das freche Outfit spiegelte ihren Charakter wider. Er lächelte in sich hinein. Fritzi war gegen die Tür gelaufen. Natürlich war es ihr passiert und niemanden sonst. Das Lächeln erstarb, als er daran dachte, wie sie hektisch ihre Hand unter seiner weggezogen hatte. Sie hatte nicht von ihm berührt werden wollen. Nicht einmal an der Hand. Und genau deshalb war der Vorsatz, den er gestern Abend nach reichlicher Überlegung gefasst hatte, richtig. Es schmerzte ihn, aber es musste sein. Tilo steuerte den Kühlschrank an und nahm sich ein Bier heraus.

Er konnte nicht anders. Den ganzen Abend schon starrte er immer wieder hinaus und zu *ihr*. Zu Tilos Überraschung unterhielt sich Fritzi dort schon seit einer gefühlten Ewigkeit mit den Mädels aus seinem Mittwochabendkurs, die er mehr oder weniger im Spaß eingeladen hatte, und die dann in der Tat hatten kommen wollen. So betrieb man vermutlich hervorragend Kundenbindung. Dafür ließ er gern die ein oder andere Flasche Sekt springen.

Plötzlich stellten alle die Gläser zur Seite und bewegten sich auf die Tür zu. Alle bis auf Fritzi. Ein kühler Luftzug und ausgelassenes Lachen sprudelten in den Raum, dann zog die gutgelaunte Karawane in Richtung Badezimmer. Vermutlich war zur allgemeinen Pinkelpause vor dem Feuerwerk aufgerufen worden.

Tilo sah auf die Uhr. Das alte Jahr hatte noch genau siebzehn Minuten. Er blickte wieder hinaus, wo Fritzi allein unter dem Strahler stand und wohl das Panorama genoss.

Tilo sah sich um. Luis und Alina waren vor gut einer Stunde verschwunden und immer noch nicht wieder aufgetaucht. Bestimmt trieben sie es in der WG. *Es sei euch gegönnt.* Eine ziemlich angeschickerte Tara saß mit Reto inzwischen bei seiner Lehrerin auf der Couch und seine Freunde hatten das Buffet fast vollständig verdrückt. Der Abend näherte sich dem Höhepunkt.

Wieder sah er auf die Uhr. *Fünfzehn Minuten.* Ohne es zu wollen, steuerte er auf die Terrassentür zu. Dass er im Shirt war, ignorierte er trotz der Kälte und hielt zielstrebig auf den Heizschirm zu. Ein weiterer Blick zur Uhr folgte. „Noch vierzehn Minuten".

Fritzi fuhr herum und sah ihn überrascht an. „Was sagst du?"

„In vierzehn Minuten ist dieses Jahr vorbei." Er betrachtete die Reste des dunklen Lippenstifts auf ihrem Mund und die Spuren davon auf dem Sektglas in ihrer Hand.

„Ach, ist es schon so spät?" Sie zuckte mit den Schultern. „Ich trage nie eine Uhr."

„Ich ziehe meine nur nachts aus."

„Wir sind unterschiedlich. Vermutlich in fast allem." Sie lachte leise, doch es wirkte nicht so fröhlich wie üblich. Dann deutete sie auf die Lichter in der Dunkelheit. „Das ist ein wunderbarer Ausblick. Bei Nacht ist es unglaublich."

„Das wird mir fehlen", murmelte Tilo. *Und du auch.*

Mit gerunzelter Stirn sah sie wieder zu ihm. „Warum wird dir das fehlen?"

Er musste es aussprechen. In dem Moment, in dem man etwas sagte, wurde es zur Gewissheit. Und der Brief mit der Kündigung lag immerhin schon mit der Adresse des Vermieters versehen auf seinem Schreibtisch und wartete nur darauf, am zweiten Januar abgeschickt zu werden. „Ich ziehe aus."

Fritzis Lippen öffneten sich leicht, dann pressten sie sich aufeinander. Wieder starrte sie in den Sekt. „Und warum?"

Tilo seufzte, schob einige der leeren Gläser mit den Lippenstiftabdrücken in diversen Farben zur Seite und stemmte die Ellenbogen auf dem Stehtisch auf. „Ich kann nicht hierbleiben. Ich ertrage es nicht, Tag für Tag zu sehen, was ich nicht haben kann, aber unbedingt will."

„Sprechen wir noch von der Aussicht?", fragte sie leise.

„Nein." Tilo beobachtete, wie Fritzi einen Moment lang die Luft anhielt. Dann schluckte sie. Er wusste nicht, warum er plötzlich so offen war, ihr sagte, was in ihm vorging. Vielleicht, weil er dieses Jahr sauber zu Ende bringen wollte. *Ehrlich.* Vor dreizehn Jahren hatte Friederike Neumann mit der schrecklichen Frisur vermutlich ein ziemlich mieses Silvester gefeiert. Heute schloss sich der Kreis. Heute bezahlte er für damals. Denn nun war er derjenige, der sich mies fühlte. Vielleicht waren sie jetzt ja so etwas wie quitt?

„Du kannst doch nicht einfach ausziehen!" Fritzis Stimme klang ungewohnt kräftig.

Tilo sah auf die Uhr. *Neun Minuten.* Ein Blick nach drinnen verriet, dass seine Gäste sich die Jacken überzogen, um nach draußen zu kommen und das Feuerwerk über der Stadt zu bewundern. Natürlich hatte er keine Raketen gekauft, auch wenn Luis deswegen gemosert hatte. Feuerwerk war eine Umweltsünde, die er nicht bereit war, zu unterstützen. „Ich muss es", brummte er.

„Ich hasse Silvester", platze es aus ihr heraus.

Tilo hatte keine Ahnung, was das jetzt sollte. „Wie bitte?"

„Ich hasse Silvester." Fritzi nickte. „Ich finde es doof. Und natürlich magst du es."

„Um ehrlich zu sein, habe ich Schwierigkeiten, zu folgen …"

Sie hob eine Hand. „Wir sind das genaue Gegenteil voneinander. Das ist entweder gut oder ganz arg schlecht. Jetzt gerade weiß ich nicht, was von beidem zutrifft. Aber ich kann Silvester nicht leiden und dir geht es so mit Weihnachten." Sie schüttelte den Kopf. „Wie auch immer man Weihnachten nicht leiden kann", fügte sie leise hinzu.

„Wegen dir!" Tilo stemmte die Hände in die Hüften. „Mir ist vor ein paar Tagen klargeworden, dass ich wegen dir nie wieder Weihnachten gefeiert habe, weil es mich an dich erinnert hat. An die Tage mit dir in Davos. An unseren ersten Kuss im Schnee. An unser erstes Mal. Und daran, dass ich mich wie ein Arsch aufgeführt habe." Eigentlich war es komisch, dass er diesen Zusammenhang so lange nicht begriffen hatte. Dabei war es mehr als offensichtlich.

Nun war es raus. Das hatte nicht einmal Tara erkannt. Die dachte nur, er hätte einfach irgendwann entschieden, dass er von nun an zu cool für das Fest wäre und das hatte er sich vermutlich auch all die Zeit eingeredet. Aber es stimmte nicht. Er hatte Weihnachten geliebt. Jedenfalls siebzehn Jahre lang. Und dann nicht mehr. Dann hatte es ihn mit alten Geistern konfrontiert.

Fritzi sagte nichts, sie starrte ihn nur ungläubig an.

Die Tür öffnete sich und Stimmen kamen näher. Tilo fasste sie an der Hand und zog sie mit ihm zur Balustrade der Terrasse.

„Wir haben beide keine Jacken an", protestierte Fritzi und hinkte neben ihm her.

„Das macht nichts, es sind nur noch vier Minuten bis Mitternacht. Etwas frieren stärkt das Immunsystem."

„Das ist so ein typischer Spruch für dich", murrte sie, lehnte die Krücke an das Geländer und schlang die Arme um sich. Sie blickte über die Schulter. „Wo ist eigentlich Alina?"

„Vögelt ins neue Jahr, wie ich vermute." Er griff erneut nach ihrer Hand, damit sie sich wieder auf ihn konzentrierte. „Ich wollte hier neu anfangen. Mit allem. Der Plan war gut und eigentlich läuft es auch so, wie es sollte, bis auf die eine Sache."

„Ach ja?" Sie linste ihn unter der Kappe hervor an.

„Ja." Tilo sah erneut auf die Uhr. *Noch zweieinhalb Minuten.* Ein Sektkorken knallte und er hörte die aufgekratzten Stimmen der anderen, während die Sektgläser nach Lippenstiftfarben wieder an ihre Besitzerinnen sortiert wurden. Aus den Augenwinkeln sah er, wie Reto mit seiner ehemaligen Lehrerin links und Tara rechts am Arm nach draußen kam. *Zwei Minuten.* „Du warst nicht geplant", sagte er und sah Fritzi fest an. „Du hast alles durcheinandergebracht."

Sie schob das Kinn vor. „Oh, bitte entschuldige, dass ich dein aufgeräumtes Leben durcheinandergebracht habe und hier wohne." Jetzt bemerkte sie, dass er noch immer ihre Hand hielt und zog sie weg.

„Ich fand es toll." Er lächelte sie an. „Ich fand es toll, dass du mit diesem Rentieronesie in meine Wohnung gekommen bist, deinen Kompost auf meinen Boden geworfen und mir schmollend beim Kochen zugesehen hast."

„Ach ja?"

Tilo nickte. „Ich werde dir jetzt etwas sagen und du hast genau eine Minute Zeit zu antworten, weil ich diese Frage in diesem Jahr klären muss, okay?" Er brauchte einen Abschluss, egal, wie der aussah. Dieses Mal war es Fritzis Entscheidung und er war bereit, sie zu akzeptieren.

Sie nickte kaum merklich.

„Ich kann so nicht weiter neben dir wohnen. Ich liebe dich vermutlich seit dreizehn Jahren und das hier ist wie Folter. Also: Soll ich ausziehen oder gibst du uns eine Chance?"

Verdattert blickte sie ihn an. Liebeserklärungen hatte er wohl nicht so drauf. Es war ja auch die erste seines Lebens. Vermutlich brauchte man da mehr Übung.

Tilo räusperte sich. „Ich würde wieder Weihnachten feiern und sogar ab und zu Käse essen, wenn das hilft. Und ich kaufe dir auch eine Jahreskarte für den Zoo, damit du mit den Zwillingen und mir hingehen kannst." Er rieb sich über den Nacken. Was zum Teufel sollte er noch anbieten?

„Wie war das im Mittelteil?" Fritzi kräuselte die Nase.

Tilo sah auf die Uhr. *Fünfzehn Sekunden.* „Was?"

„Du liebst mich?"

„Das habe ich doch gesagt", murmelte er und starrte auf die Uhr. *Fünf Sekunden.*

In der Ferne knallten Raketen auf und Tilo hörte die Freudenrufe seiner Gäste wie durch einen Nebel. Dann spürte er Fritzis Lippen auf seinen. „Du bleibst hier wohnen", nuschelte sie an seinen Mund.

***

Fritzi

Silvester war eigentlich gar nicht so doof. Zumindest dieses eine war es nicht gewesen. Es war aber auch das erste, das ihr eine Liebeserklärung eingebracht hatte. Und eine Jahreskarte für den Zoo. So eine hatte Fritzi sich schon gewünscht, seit sie in Lörrach wohnte.

Sie gähnte, rollte sich zur Seite und schmiegte sich an Tilos Rücken. Wohlig atmete sie seinen Geruch ein und genoss die Wärme seiner Haut. Wie in einem kitschigen Film hatten sie geknutscht, während die Raketen den Nachthimmel über ihnen bunt eingefärbt und die anderen Gäste laut gegrölt und gepfiffen hatten. Tara hatte ihr, als Tilo und sie endlich voneinander abgelassen hatten, einen hochgestreckten Daumen gezeigt und von einem Ohr zum anderen gestrahlt. War das wirklich passiert?

Neben ihr streckte Tilo sich. Bestimmt sah sie furchtbar aus. Sicherlich war die Mascara verlaufen und ihre Schafslocken nach dem Schlafen nun noch viel schlimmer. Aber das war egal. Keine zehn Pferde würden sie jetzt aus diesem Bett bekommen. Sie wollte frühestens zum Mittagessen aufstehen. Ob Tilo ihr wohl Spaghetti kochen würde?

Eine Hand streichelte über ihren Oberschenkel und Tilo drehte sich zu ihr um. Er blinzelte müde, sah sie an und lächelte. „Guten Morgen, Waschbär."

Also war ihre Schminke wirklich verlaufen. „Und die Haare?", fragte sie.

„Sehen aus, als hättest du in eine Steckdose gefasst." Tilo legte den Arm um ihren Rücken und seine Brust presste sich an ihre. „Das ist der beste erste Januar aller Zeiten", brummte er und küsste ihren Hals.

In der Tat sah das neue Jahr in diesem Moment ziemlich gut aus, wie Fritzi fand. Immerhin brachte es grüne Augen und einen verdammt heißen Hintern mit sich. Ihre Fingerspitzen fuhren über besagtes Prachtexemplar. Tilo hatte ihr wirklich seine Liebe gestanden. Es waren ja auch nur dreizehn Jahre vergangen, seit sie es getan hatte. Manche brauchten wohl etwas länger.

Sie lächelte und sah einen Moment lang den jungen Tilo von damals vor sich, wie er nach dem Zusammenprall unter ihr gelegen hatte. Vielleicht hatten sie einfach beide erst erwachsen werden und sich dann noch einmal begegnen müssen.

Ende